dtv

Paul Plotek, der gescheiterte Münchner Schauspieler und hypochondrische Trinker, sitzt mal wieder in seiner Lieblingsgaststätte, dem *Froh und Munter* im Stadtteil Neuhausen. Wie meistens geht es ihm schlecht, und wie meistens ist er pleite. Das alljährliche Oktoberfest steht vor der Tür, und so heuert Plotek als Kellner beim neuen Wiesnwirt an. Eigentlich geht dann auch zunächst alles seinen bierseligen Gang – bis Plotek die Leichen hinter den Hendlkartons entdeckt: eine alte Frau und einen alten Mann, dem ein Lebkuchenherz mit der Aufschrift »Glückliches Ende« um den Hals baumelt. Na ja, irgendwer muss ja was tun – und die clevere BR-Journalistin Dr. Agnes Behrendt (die mit den tiefblauen Augen) ist auch nicht ganz unschuldig daran, dass Plotek im Verlauf der Wiesn immer tiefer hineingezogen wird in den Sumpf aus Bestechung, Altenheim-Misere und Sterbehilfe.

»Sobo Swobodnik hat den Münchner Bierzelt-Hockern und der Bussi-Bussi-Schickeria sehr genau aufs Maul geschaut (...) Mit viel schwarzem Humor erzählt er seine grimmig-düstere Geschichte.« (Ulrike Frick im ›Münchner Merkur‹)

Sobo Swobodnik, geboren 1966 auf der Schwäbischen Alb, absolvierte eine Schauspielausbildung und arbeitete als Rundfunkredakteur und Theaterregisseur. 2002 erschien nach zahlreichen Kinderbüchern sein erster Paul-Plotek-Roman ›Altötting‹ (dtv 20970), der mit dem Pfefferbeißer-Literaturpreis des Theaters im Schlachthof, München, ausgezeichnet und 2002 für den Friedrich-Glauser-Preis für das beste Krimidebüt nominiert wurde. Mit den Folgebänden ›Oktoberfest‹ und ›Schöne Bescherung‹ (dtv 24506) avancierte Paul Plotek zum Serienheld. Swobodnik lebt und arbeitet in Berlin.

Sobo Swobodnik

Oktoberfest

Kriminalroman

Deutscher Taschenbuch Verlag

Von Sobo Swobodnik
sind im Deutschen Taschenbuch Verlag erschienen:
Altötting (20970)
Schöne Bescherung (24506)

Sämtliche Figuren und Ereignisse in
diesem Roman sind frei erfunden.
Übereinstimmungen mit der
Wirklichkeit sind nicht beabsichtigt
und wären rein zufällig.

Ungekürzte Ausgabe
September 2007

www.dtv.de
Umschlagkonzept: Balk & Brumshagen
Umschlaggestaltung: Stephanie Weischer
Satz: Fotosatz Reinhard Amann, Aichstetten
Druck und Bindung: Druckerei C. H. Beck, Nördlingen
Gedruckt auf säurefreiem, chlorfrei gebleichtem Papier
Printed in Germany · ISBN 978-3-423-21016-4

»Zu Münchens schönsten Paradiesen
zählt ohne Zweifel seine Wiesn.«
Eugen Roth

I

Plotek saß jetzt wieder im *Froh und Munter*. Das *Froh und Munter* ist Ploteks Lieblingsgaststätte, in Neuhausen, einem Stadtteil von München. Da sitzt Plotek immer vor seinem *Unertl*-Weißbier und schaut in den Schaum hinein – wenn es ihm schlecht geht. Aber auch wenn es ihm gut geht, sitzt er da und schaut. Eigentlich sitzt Plotek immer im *Froh und Munter* und schaut. In den Schaum vom Weißbier hinein, wie ein Schamane in eine Glaskugel. Und was er da alles sieht – die Welt, makro, mikro, Menschen, das Leben, viel Leid, wenig Glück, sich selbst und den ganzen Wahnsinn. Und noch viel mehr – aber vergiss es.

Jetzt auch. Das *Froh und Munter* ist für Plotek ganz wichtig. Mittlerweile sogar das Wichtigste. Wenn es für einen Menschen im Leben nicht mehr viel Bedeutendes gibt, erhält das vermeintlich Wenige ein ganz besonders hohes Ansehen. Für Plotek das *Froh und Munter* – Lieblingsgaststätte eben. Wenn man keinen Lieblingsmenschen hat, keine Lieblingsfrau, gar keine Frau, auch keinen Lieblingsberuf, seit kurzem gar keinen Beruf mehr, einen Lieblingsfreund auch nicht, überhaupt keinen Freund, Lieblings- oder nicht Lieblings-, Freundin ebenfalls nicht – wenn man also auch kein Lieblingstier oder Lieblingsbuch hat, dann ist es besonders wichtig, wenigstens eine Lieblingsgaststätte zu haben. Denkt sich Plotek. Das schafft zumindest ein bisschen Ermunterung und Trost in der Verlorenheit der Welt. Da wirkt die Welt dann nicht mehr ganz so trüb. Im Gegenteil, sie hellt sich von Weißbier zu Weißbier immer mehr auf. Wenn Susi dann Feierabend macht und den Tresen hochklappt und Plotek nach Hause wankt, leuchtet die Nacht wie ein Sonnwendfeuer. Der Himmel ist voller Sterne, auch wenn es bewölkt ist. Die Sonne scheint noch immer, obwohl sie meteorologisch eigentlich schon lange im Amiland sein sollte. Haha, wieder mal den fetten Amis ein Schnippchen geschlagen, denkt Plotek dann, und streckt in Gedanken dem Bush die Zunge raus, dass die Funken sprühen. Brennender Dornbusch quasi. Am Horizont taucht nicht selten verschwommen der Stern von Bethlehem auf. Und schon sieht sich Plotek dann in der Person der Heiligen Drei Könige die Artilleriestraße entlangmarschieren. Zu Hause liegt dann zwar kein Erlöser im Bett, schon gar keine Erlöserin, sondern nur sein Flanellschlafanzug. Aber mit genügend Promille und einer gesunden Fantasie bekommt so ein Flanellschlafanzug auch die richtigen Proportionen. Da legt sich Plotek dann dazu und schläft seinen Rausch aus. Am nächsten Morgen weiß er natürlich nichts mehr davon. Nichts mehr von den drei Königen, nichts mehr vom brennenden Dornbusch. Und auch der Flanellschlafanzug ist bloß noch ein Flanellschlafanzug. Obgleich sich Plotek natürlich wundert, warum er nicht *im,* sondern *neben* dem Schlafanzug liegt. Da hilft dann auch kein Grübeln – er kommt nicht drauf. Das Einzige, woran er sich erinnern kann, ist das *Froh und Munter.* Das geht ganz einfach. Am Pullover riechen und Plotek ist klar, wo er am Vorabend gewesen ist. So riecht nur seine Lieblingsgaststätte. Das ist ein Geruch aus Bier, Rauch, Schweiß und Bratfett. Vertraut, wohlig und radikal. Ja, der Geruch polarisiert. Durch den Geruch wird man polarisiert. So riecht kein *Käfer*, kein Promi-Fresstempel, kein *Tantris*, keine Schickimicki-Spelunke in der Innenstadt, so riecht nur das *Froh und Munter*. Und jetzt Ploteks Pullover. Herrlich. Vergiss Fahrenheit, kein Gedanke an Calvin Klein – das Einzige, was zählt, ist das Odeur vom *Froh und Munter*. Dass da noch kein Parfümhersteller drauf gekommen ist – unverständlich. Bei Plotek zu Hause riecht es jetzt auch so, als wäre seine Wohnung eine Zweigstelle vom *Froh und Munter*. Quasi *Freudig und Aufgeweckt*. Obwohl Plotek nachts das Fenster gekippt hat, riecht es bei ihm nach Schweinelendchen, Gauloises Blondes, Weißbier und Kroketten.

Apropos: Das mit dem offenen Fenster in der Nacht wird Plotek manchmal schon zum Problem. Obwohl, eigentlich nicht ihm selbst. Für Plotek ist so ein permanenter nächtlicher Luftzug schon in Ordnung. Mehr als in Ordnung, sogar erwünscht. Aber nicht für die anderen. Na ja, jetzt könnte sich so mancher fragen, welche anderen? Plotek ist überzeugter Junggeselle, gern ohne Freunde und am liebsten allein. Heikles Thema jetzt für Plotek. Darüber hat er noch nie gerne gesprochen. Immer wenn darauf das Thema kommt, wird er verschwiegen wie ein Grab. Nicht grundlos. Hin und wieder kommt es vor, dass Plotek nicht allein als Heilige Drei Könige die Artilleriestraße entlangwankt, sondern dass da auch noch eine Königin dabei ist. Da brennt dann nicht nur der Dornbusch, sondern das ganze christliche Abendland. Der Himmel ist ein Feuerwerk, Amerika gar nicht mehr existent, und der Flanellschlafanzug muss auf dem Boden übernachten. Und plötzlich ist das Problem auch schon da. Nein, nicht mit dem Flanellschlafanzug. Dem macht das nichts aus. Aber der Frau neben Plotek ist das offene Fenster ein Dorn im Auge. Oder vielmehr der Luftzug. Die kann nämlich kein Auge zubringen, wenn das Fenster auf ist. Bei Plotek ist's genau umgekehrt. Und schon ist der Konflikt vorprogrammiert. Meistens zieht Plotek dann den Kürzeren, weil er doch sehr ungeübt ist im Streiten. Plotek ist überhaupt nicht konflikterprobt. Das ist eine seiner Schwachstellen jetzt. Schon immer gewesen. Früher im Kindergarten schon. Nahm ihm ein anderes Kind den Bauklotz weg, dachte Plotek als Kind schon: Mir doch egal! Soll das Kind an meinem Bauklotz doch ersticken. Das sprach sich natürlich unter den Kindern herum, dass bei Plotek Bauklötze ohne Probleme zu haben waren. Kam Plotek natürlich, mangels Masse, auch nicht zum Türmchenbauen. Die Kindergartentante sah also bei allen Kindern Türmchen, nur bei Plotek sah sie keines. Nicht einmal Bauklötze sah sie bei ihm. Da dachte die Kindergartentante natürlich sofort, Plotek checkt nichts, ist geistig nicht auf der Höhe. Da sieht man mal wieder, wie aus einem Missverständnis das Gegenteil werden kann. Kurz vor der Abschiebung zu den Deppen schlug Plotek dann eben einem Kind seinen Bauklotz auf den Kopf. Dann hatte er plötzlich auch ein Türmchen. Und das Problem war gelöst.

Jetzt, in Bezug auf das Fenster, ist das Problem unlösbar. Die Folge ist Fenster zu und Plotek ist wach. Die ganze Nacht über wälzt er sich von links nach rechts und von rechts nach links. Quasi ständig unterwegs. Während die Frau neben ihm schnarcht wie ein *Herkules*-Moped. Das ist jetzt auch so was! Wenn Plotek eines nicht ausstehen kann, dann ist das die Schnarcherei. Schlimm sind schnarchende Männer. Noch schlimmer schnarchende Frauen. Die ganzen Klischees, mühsam zurechtgetrunken – plötzlich futsch. Das ist ungefähr so, wie wenn eine Frau aus Sachsen »Ich liebe dich!« sagt. Da ist dann bei Plotek Feierabend. Da kann die noch so schön aussehen, da kann die noch so intelligent sein, humorvoll, schlagfertig, alles. Alles kann die haben – egal. »Ich liebe dich!« auf Sächsisch – Katastrophe. Nein, nein, nichts Theorie jetzt, das ist Plotek tatsächlich passiert. Damals, als Plotek noch Schauspieler war. Gastspiel in Cottbus mit dem Landestheater Tübingen, Sommer 1997, eine sächsische Inspizientin sagte: »Öisch löiböi döisch!« – Plotek ist auf und davon. Danach schrieb er natürlich einen Brief, entschuldigte sich tausendmal und alles. Aber es war nichts mehr zu machen. Die Liebe war dahin.

Aber auch schnarchende Männer sind für Plotek ein rotes Tuch. Obwohl er selbst die ganze Nacht hindurch sägt. Einmal war er in Paris, auf Kurzurlaub mit einem Schulkameraden. Viele Jahre ist das jetzt schon her. Aber in der Erinnerung erscheint es, als wäre es erst gestern gewesen. Plotek und der Freund lagen in einem Zimmer, beide auf jeweils einer Isomatte im Schlafsack. Kaum hatte Plotek die Augen zugeklappt, startete in der Ecke schon das *Herkules*-Moped. Zuerst nur wie bei Standgas. Gleichmäßig knatterte es vor sich hin. Dann wurde aber kurz mal hochgeschaltet, ein, zwei Gänge, und plötzlich war die Herkules eine hochtourige Kawasaki 1000er. Die Gedanken an Schlaf fuhren auf Nimmerwiedersehen davon. Zurück blieb der wache Plotek. Also rollte er die Isomatte ein, den Schlafsack auch, ist raus aus dem Zimmer und rein ins Auto. Mitten in Paris schlief Plotek in einem 2CV mehrere Nächte im Sitzen (weil, 2CV keine Liegesitze). Na ja, von Schlaf konnte auch da keine Rede gewesen sein. Aber immerhin hatte er die ganze Nacht nicht das Gefühl, im Auspuff einer Kawasaki zu liegen.

Das fiel Plotek jetzt alles ein, beim Blick in den Weißbierschaum vom *Unertl*. Und da musste er auch ein wenig schmunzeln. Das erste Mal wieder seit langem. Kein Wunder, weil, viel hat es in letzter Zeit nicht gegeben, worüber Plotek sich hätte freuen können. Nach Marburg, dem Absturz im Theater und dem Ende der Schauspielerei, gibt es da eigentlich gar nichts mehr. Höchstens noch ein kurzzeitiges Zwischenhoch in Altötting. Wobei das auch eher unter einem mörderischen Licht gestanden ist.

Jetzt war also kein meteorologisches, sondern eher wieder

ein emotionales Tief. Und ein ökonomisches noch dazu. Eine zweifache Talsohle zog durch Plotek hindurch, mit der Ankündigung, sich längerfristig in ihm einzunisten. Auch am Tresen vom *Froh und Munter* war Plotek dagegen nicht gefeit.

»Ein Tequila!«, rief er Susi, die jetzt hinter dem Tresen in die *Abendzeitung* vertieft war, als letzte Prophylaxe zu.

»Das gibt's doch nicht!«, sagte Susi, ohne den Kopf zu heben. Zuerst dachte Plotek noch, sie meinte ihn. Als er dann aber verstohlen aus dem Augenwinkel heraus über den Tresen schielte, merkte er schon, dass nicht er gemeint sein konnte. Und wie zur Bestätigung: »Jetzt guckt schon wieder ein Toter aus der Zeitung!«

Plotek interessierte sich nicht für Tote – für Lebende momentan auch nicht. Plotek interessierte sich für gar nichts. Im Augenblick zumindest. Das gibt's! Es gibt Momente im Leben, da ist das Leben selbst so uninteressant wie ein ausgeleierter Hosengummi. Das eigene auch. Der Tote in der Zeitung nicht. Aufgeschwemmt sah er aus und gar nicht schön. Das war kein schöner Toter. Das war ein alter Toter. Wobei jeder Tote irgendwie alt aussieht. Zumindest wenn man aus der Isar gefischt wird.

»Wie kommt jetzt dieser Alte in die Isar?«, fragte Susi über den Tresen hinweg.

Das war Plotek egal. Vielleicht ist er ja hineingesprungen. Gründe gab es genügend. Nicht nur für Plotek, sicher auch für den Alten.

»Der zweite Tote in vier Wochen«, sagte Susi. »Und beide aus der Isar. Und beide noch nicht identifiziert!«

Na ja, so ungewöhnlich war das jetzt auch wieder nicht. Oft springen Lebensmüde und Verzweifelte von der Wittelsbacherbrücke kopfüber in die Isar und aus dem Leben.

»Wer kennt diesen Mann?«, fragte jetzt Susi und mit ihr die *Abendzeitung* im Auftrag der Münchner Kriminalpolizei die

Leser, also jetzt Plotek, und zeigte auf das Bild in der Zeitung. Plotek nicht. Plotek kennt kaum Lebende. Tote noch weniger. Den auf dem Bild auf keinen Fall.

»Ungewöhnlich ist ...«, sagte Susi, noch immer mit den Augen in der Zeitung, »... ungewöhnlich ist, dass der ungefähr achtzigjährige Mann gar nicht selbst ins Wasser gesprungen sein kann.«

Jetzt horchte Plotek doch ein wenig auf. Und noch ehe er nachfragen konnte, warum das jetzt nun so ungewöhnlich sein sollte, ließ Susi die Katze schon aus dem Sack.

»Der war querschnittsgelähmt. Vom Becken abwärts. Saß höchstwahrscheinlich im Rollstuhl. Haben die Kriminaler bei der Obduktion herausgefunden. Danach haben sie die ganze Isar von der Wittelsbacherbrücke bis zum Deutschen Museum nach dem Rollstuhl abgesucht. Aber nichts.«

Na ja, so stimmt das auch wieder nicht ganz. Gefunden haben sie einiges: drei Kühlschränke, eine Waschmaschine, 18 Fahrräder, zwei Fernseher, einen VW-Golf und allerhand Kleinteiliges – aber keinen Rollstuhl.

Hat er sich eben aus dem Rollstuhl heraus ins Wasser fallen lassen, dachte Plotek und ärgerte sich dann sogleich ein bisschen, dass ihn dieser hässliche Tote aus der Zeitung jetzt doch mehr beschäftigte, als ihm lieb war.

»Vergiss es!«, sagte Susi, als ob sie Ploteks Gedanken erraten hätte. »Der war vorher schon tot! Auf natürliche Weise zu Tode gekommen. Hat sich auch bei der Obduktion ergeben.«

»Aber wie kommt der dann ins Wasser?«

Susi zuckte mit den Schultern.

»Wenn er nicht gerade fliegen konnte, hat ihn jemand reingeschmissen!«

»Aber wer schmeißt einen achtzigjährigen Verstorbenen in die Isar?«

Jetzt zuckte Plotek mit den Schultern. Vielleicht wollten die

Hinterbliebenen die Beerdigungskosten sparen? Sterben ist heutzutage eine kostspielige Angelegenheit – für die Überlebenden.

Leben auch, dachte Plotek. Dabei fiel ihm wieder der Tequila ein. Also fragte er noch einmal: »Was ist jetzt mit meinem Tequila?«

»Kommt!«

Susi pfefferte den Toten in der Zeitung ins Eck und griff nach Flasche und Glas.

Eigentlich hätte Plotek ja noch gar nicht im *Froh und Munter* sitzen dürfen. Weil, das *Froh und Munter* hatte noch zu. Normalerweise. Normalerweise sperren die erst um 18 Uhr auf. Aber wenn Plotek schon um 17 Uhr auf dem Trottoir unruhig auf und ab läuft, macht Susi eben früher auf. Von da an sitzt Plotek dann am Tresen und schaut abwechselnd in den Schaum und Susi zu, wie sie die leeren Schubfächer wieder auffüllt. Oder der Köchin Manuela, wie sie in der Küche den Schweinsbraten für den Abend vorkocht und die Tapas zaubert. Er schaut durch den Türspalt in die Küche, wie sie da herumwirbelt. Ein Tanz ist das – da sind alle Witzigmanns und Schubecks Krankengymnasten dagegen. Es sind immer nur Ausschnitte, die sich Plotek vor die Augen schmuggeln, aber im Kopf läuft der Film in Überlänge ab. Jetzt auch. Obwohl das Kino eigentlich noch geschlossen ist. Plotek ist das im Prinzip egal, Hauptsache, er bekommt sein Weißbier. Jetzt seinen Tequila. Wegen den Tiefs. Plotek nahm die Zitrone in die linke und den Tequila in die rechte Hand. Das Salz lag ruhig auf dem Handrücken. Dann ging es blitzschnell. Und schon waren die Tiefs nicht mehr ganz so tief. Für einen Moment. Zwei Momente später war aber alles noch viel grauenhafter. Der Grund war die Überschrift in der *Süddeutschen Zeitung*. Plotek meidet Zeitungen ja normalerweise. Auch Zeitschriften,

Magazine und alles, was mit Journalismus im weitesten Sinne zu tun hat. Wegen den schlechten Erfahrungen. Das, was da als Realität zusammengezimmert wird, ist für Plotek in Wirklichkeit doch nur ein Sack voller Lügen. Das ist bei den Theaterrezensionen so, das ist bei der kulturellen Berichterstattung so und bei der sportlichen hundertprozentig auch. Warum soll es dann bei der politischen, wirtschaftlichen, gesellschaftlichen und allen anderen nicht auch so sein? Nein, nein, das ist nicht nur Theorie jetzt wieder. Quasi alles praktisch erlebt. Im Theater, damals noch als Schauspieler. Da haben die Rezensenten das Blaue vom Himmel heruntergelogen. Alles Interpretation, könnte man sagen, oder journalistische Darstellung, nur sich selbst, der Wahrheit und dem eigenen Gewissen verpflichtet. Und wenn das versaut ist, das Gewissen, ist auch die Darstellung versaut. Die journalistische und daraus folgend auch die auf der Bühne. Die Wirklichkeit ist nur noch eine Konstruktion des versauten Gewissens einer versauten Journaille. Darauf kann Plotek dann auch verzichten. Also: keine Zeitung, Zeitschriften und alles. Jetzt schon. Aus dem Augenwinkel heraus und wie zufällig auf dem Tresen liegend die *Süddeutsche*.

Aber noch mal zurück zu der Berichterstattung. Manchmal musste man bei den Theaterrezensenten sogar glauben, die hatten was ganz anderes gesehen, als gezeigt wurde. Oder waren gar nicht in der Vorstellung gewesen. Und einmal stimmte es sogar. Der Redakteur war nachweislich bis zur Pause im Zuschauerraum – danach nicht mehr. Da war er dann in der Garderobe und vergnügte sich mit der Berta, also der Darstellerin der Berta, Dienstmädchen in *Hedda Gabler*, Ibsen jetzt. Was die da alles machten – keine Ahnung. Auf jeden Fall erwischte sie das Fräulein Juliane Tesman, also die Darstellerin von der Tesman, und erzählte alles brühwarm in der Kantine. Natürlich stritt Berta das ab, der Schreiberling auch. Von da an war aber allen klar, warum Berta, eine wirklich selten schlechte Schauspielerin, selbst für Castrop-Rauxels unterstes Level, immer solche Bombenkritiken bekam.

So viel zu den Zeitungen. Und Ploteks Einstellung dazu.

In der *SZ* stand jetzt: »Die fünfte Jahreszeit beginnt!« Und darunter: »Morgen ist es so weit. Die Wiesn fängt an.«

Scheiße, dachte Plotek, auch das noch. Und dann an die voll gekotzten Bürgersteige, die grölenden Lederhosen, an die fetten Amis und die italienischen Bierleichen, die stinkenden U-Bahnen und an die Menschenmassen, die sechzehn Tage lang die Stadt voll pissten und voll kackten. Ja, zur Wiesnzeit fallen alle Schranken, die Landeshauptstadt wird zum Mekka der internationalen Bruderschaft der Anonymen Alkoholiker, und München, die »Weltstadt mit Herz«, wird zu einem multikulturellen Abort mit Ammoniakgeruch. Australier, Kanadier, Japaner, Amerikaner, Chinesen, Italiener, Franzosen, Europäer – die ganze Welt lässt sich in München voll laufen. Es ist fast nicht möglich, dieser ganzen alkoholisierten Massenhysterie aus dem Weg zu gehen. Außer im Flugzeug nach Kuba. Aber das mit dem Fliegen ist für Plotek auch so ein Problem. Fliegen ist für ihn undenkbar – erstens wegen der Flugangst und zweitens aus ökonomischer Sicht. Reisen generell jetzt aus ökonomischer Sicht. Und drittens wegen Fritz. Jetzt muss man wissen, dass Fritz eine Katze ist und Ploteks Nachbarin Frau Wammerling gehört. Obwohl Plotek ja glaubt, dass Fritz eher ein Kater ist, weil er im Badezimmer immer in eindeutiger Bewegungsabfolge auf den Handtüchern herumreitet. Aber Frau Wammerling behauptet felsenfest, dass Fritz weiblich ist.

»Warum heißt er dann Fritz?«, hat Plotek die Frau Wammerling gefragt.

»Wegen meinem verstorbenen Mann«, hat Frau Wammerling gesagt. »Ich wollt mir, auf meine alten Tage, einfach keinen anderen Namen mehr merken müssen.«

Das hat Plotek dann auch eingeleuchtet.

Mit Frau Wammerling ging es in der letzten Zeit rapide abwärts. Offene Beine, Rheuma, Arthritis, Arthrose und die Organe waren auch nicht mehr die Besten. Kein Wunder, Frau Wammerling war kurz vor neunzig. Der gesundheitliche Niedergang erreichte dann den Punkt, wo sie nicht mehr aus dem Bett kam. Anfänglich sind dann immer die Altenpflegerinnen von der Caritas-Sozialstation am Morgen gekommen und haben sie gewaschen, Katheter geleert, Verbände gewechselt, alles schnell, schnell – für Hand halten war keine Zeit. Am Mittag ist dann das Essen auf Rädern in den Warmhalteboxen herangekarrt worden. Meistens war das auch schon kalt. Nachmittags schaute dann einmal die Woche eine Studentin vorbei, wegen dem Einkaufen, Blumengießen und allem. Ansonsten lag Frau Wammerling im Bett mit ihren offenen Beinen und dem wund gelegenen Rücken und guckte den Fernseher leer. Fritz auch. Tag und Nacht lief der Apparat und zeigte Frau Wammerling, dass sie noch ist. Manchmal schaute auch Plotek zu Frau Wammerling hinüber. Er redete ein bisschen mit ihr, fütterte Fritz, und goss auch mal die Blumen. Vor zwei Tagen ging es dann nicht mehr. Da wurde dann Frau Wammerling abgeholt. Ins Pflegeheim.

»Nur vorübergehend«, hatte der Hausarzt gesagt, sonst wäre sie erst gar nicht mitgegangen. »Drei, vier Wochen, dann sind sie wieder zurück, Frau Wammerling«, log der Arzt sie an.

Plotek war klar, so schnell kommt die nicht mehr zurück. Wenn überhaupt. Das war schlimm für Frau Wammerling, das erste Mal nach 60 Jahren aus der Wohnung und woanders übernachten zu müssen. Das Schlimmste war aber, dass sie Fritz nicht mitnehmen konnte. War natürlich nicht erlaubt. Katzen sind im Pflegeheim verboten. Im Altenheim auch. Frau Wammerling kam ins Alten- und Pflegeheim der Arbeiterwohlfahrt nach Haidhausen. Da waren sogar Kanarienvögel tabu. Sie hat Plotek gefragt, ob er nicht für drei, vier Wochen Fritz nehmen würde. »Sie müssten ihn halt füttern, mehr ist es eh nicht. Vielleicht ein bisschen streicheln noch«, sagte Frau Wammerling mit Tränen in den Augen. Fritz sagte nichts, hatte aber auch Tränen in den Augen. Hat Plotek natürlich nicht Nein sagen können. Sagte er eben Ja und: »Keine Sorge, Frau Wammerling, bei mir wird er es gut haben.«

Recht war es ihm nicht. Fritz nicht und Plotek nicht. Plotek wegen der Verantwortung und allem. Fritz wegen Plotek. Freunde werden die beiden bestimmt nie. Aber egal. Seitdem ist also Fritz in der Obhut von Plotek.

Plotek blieb also nichts anderes übrig, als während der Wiesn-Zeit hier in München zu bleiben. Ausharren, Nase zu und durch. Hoffen und schauen, dass es ihn nicht allzu stark betraf. Jetzt wieder sinnierend in den Weißbierschaum. Apropos Ökonomie – wieder ein ganz wunder Punkt von Plotek. Ja, Plotek war mal wieder pleite. Jetzt fragt sich vielleicht so mancher, was das mit dem Oktoberfest zu tun hat. Wo da der Zusammenhang ist. Ganz einfach. Auch Susi wusste natürlich über Ploteks Finanzmisere Bescheid. Der Deckel mit seinen Schulden in der *Froh-und-Munter*-Schublade sprach eine eigene Sprache. Jeder wusste darüber Bescheid. War ja auch im Prinzip nicht schwer zu erkennen. Plotek hat einfach so einen Hang, sich hängen zu lassen. Das hat jetzt gar nicht unbedingt was mit Ökonomie zu tun. Vielmehr mit Psyche. Wobei so ein ursächlicher Zusammenhang zwischen dem einen und dem anderen schon auch gefunden werden kann, wenn man mögen würde. Auf jeden Fall sieht Plotek immer ganz abgebrannt aus, mit seinen fettigen, langen Haaren, dem Übergewicht und der verschlissenen Cordhose. Ungepflegt sieht er aus. Wie einer, der aufs Äußere keinen besonderen Wert mehr legt. Und auf alles andere auch nicht. Plotek sah aber jetzt nicht nur abgebrannt aus, er war jetzt auch abgebrannt.

»Also«, sagte Susi, »Plotek, du suchst doch 'nen Job, oder?«

Plotek nickte in den Weißbierschaum hinein. Bloß gut, dass Ploteks Schuppen nicht schwarz sind, sonst hätte jetzt der Weißbierschaum wie eine Mohnsemmel ausgesehen.

»Versuch's doch mal auf der Wiesn!«

Jetzt lachte der Weißbierschaum schadenfroh aus sich heraus.

»Da suchen sie immer jemanden. Zuckerwatteverkäufer, Steckerlfischbrater, Kassierer in der Geisterbahn oder als Bedienung. Da lässt sich in zwei Wochen so viel Geld verdienen wie woanders nicht einmal in zwei Monaten.«

Jetzt wurde Plotek hellhörig.

»Stimmt!«, sagte der Bierfahrer, der jetzt gerade vom Keller hochkam. Der stellte sich neben Plotek an den Tresen und erinnerte Plotek irgendwie an den Dichter Gottfried Benn. Warum? Keine Ahnung.

»Der Oberländer sucht händeringend Bedienungen! Mich hat er auch schon gefragt«, sagte der Bierfahrer, legte dann los und erzählte Plotek alles über die Wiesn, was man seiner Meinung nach über die Wiesn unbedingt wissen musste. Die neuesten Neuigkeiten hatte der Bierfahrer auf Lager, die in keiner Zeitung zu finden waren.

»Aus erster Hand, weil, als Bierfahrer sitzt man sozusagen an der Quelle.«

Jetzt lachte der Bierfahrer, dass der Schaum auf dem Weißbier von Plotek zusammenfiel.

»Das wird ohnehin schwer für den Oberländer. Aber ein Teufelskerl ist der schon. Das hätte keiner gedacht.«

Der Bierfahrer machte eine Pause. Ob das jetzt wegen der Rhetorik oder wegen der Bieraufnahme war – keine Ahnung.

Auf jeden Fall fragten sich Plotek und Susi jetzt, was das sei, was sich keiner gedacht hätte. Der Bierfahrer nahm einen Schluck aus dem Weißbierglas, rülpste still in sich hinein und sagte dann: »Dass es dem Oberländer mit seiner Königs-Brauerei tatsächlich gegen allen Widerstand gelungen ist, dieses Jahr sein Bierzelt auf die Wiesn zu bringen. Alle Achtung! Das hat nicht mal der Prinz Luitpold von Bayern mit seiner König-Ludwig-Brauerei geschafft. Aber der Oberländer! Es gibt über 600 Brauereien in Bayern. Davon sind nur sieben auf der Wiesn. Sechs davon aus München. Eine nicht. Der Oberländer! Alle waren zuerst dagegen, der Stadtrat, der OB, die Oktoberfestleitung, die Brauereien sowieso, natürlich auch die anderen Zeltwirte, weil die dadurch Konkurrenz witterten. Und die wird es auch geben. Und trotzdem hat der Oberländer es mit seiner kleinen Privatbrauerei geschafft. Wie? Keine Ahnung. Zumal der Oberländer mit seiner Brauerei nicht einmal in München ansässig ist. Also normalerweise ausgeschlossen. Aber vergiss es! Der Stadtrat, der OB und die Oktoberfestleitung sind schließlich nacheinander eingeknickt und haben erlaubt, was bisher undenkbar war. Seit 1966 ist die Zahl der Zelte geregelt. Seit jeher dürfen nur Münchner Brauereien auf der Wiesn ihr Bier ausschenken. Dem Oberländer seine Brauerei ist nicht aus München. Das erste Mal gibt es jetzt 14 Bierzelte von sieben Brauereien auf dem Oktoberfest.«

Der Bierfahrer streckte seine zwei Bierfahrerfäuste in den *Froh-und-Munter*-Himmel und zählte dann auf. Dabei schnellte ihm bei jeder Brauerei ein Finger aus der Faust.

»Spaten-Franziskaner, Paulaner, Hacker-Pschorr, Hofbräu, Löwenbräu, Augustiner Bräu und jetzt auch noch der Oberländer mit seinem Königsbräu.«

»Und der sucht Bedienungen?«, fragte Susi.

»Händeringend!«

»Ruf an!«, sagte Susi zu Plotek, dass sich der gleich verschluckte. Der Bierfahrer klopfte ihm auf den Rücken, dass nicht nur Ploteks Rücken knackte wie beim Reisigmachen, sondern der Schluck wieder ins Glas zurücksprang.

»Ruf ihn an, der nimmt jeden!«, sagte der Bierfahrer und lachte sein feistes Bierfahrerlachen.

»Ich geh mal pissen!«, sagte Plotek, weil er so seine Probleme mit den schnellen Entschlüssen hat. Bei Plotek dauert alles etwas länger. Alles geht bei ihm immer ganz langsam voran. In dem Fall wäre das aber zu langsam gewesen. Weil bis Plotek endlich zu einer Entscheidung gekommen wäre, hätte die Wiesn längst schon ihre Zelte abgebaut gehabt. Bei negativer Entscheidung egal. Bei positiver, also bei: »Ich mach's!«, wäre es schade gewesen.

Als Plotek vom Klo zurückkam, hatte Susi den Hörer schon in der Hand und das Freizeichen im Ohr.

»Oberländer!«, sagte der Herr Oberländer im Hörer.

Susi redete nicht lange um den heißen Brei herum, sondern fragte den Herrn Oberländer direkt, ob er Plotek nehmen würde. Oberländer war sofort einverstanden und wollte Susi auch gleich noch mit engagieren. Susi legte wieder auf, und der Bierfahrer klopfte Plotek auf den Rücken, auch ohne verschlucken. Wieder knackte es wie beim Lagerfeuer.

»Gratuliere!«, sagte der Bierfahrer und: »Darauf trinken wir einen!«

Plotek nickte: »Susi, noch zwei Tequila!«

Das sind dann auch nicht die letzten geblieben.

Plotek kamen natürlich sofort Zweifel. Kann ich das, schaff ich das – das ganze übliche Programm eben. Bloß gut, dass neben ihm der Bierfahrer saß, weil, der kannte dergleichen überhaupt nicht. Weder für sich noch für andere, auch nicht für Plotek. »Klar kannst du das! Klar schaffst du das! Kein Problem. Du musst dir nur immer vor Augen halten, Kellnern ist wie Bier fahren.«

Dann wieder lange Pause. Fragten sich natürlich alle, wie Bierfahren ist. Nach dem Schluck und dem kleinen Rülpser, jetzt schon lauter, sagte der Bierfahrer: »Schleppen, schleppen, schleppen und sich nicht bescheißen lassen!«

Dann kam wieder ein Lachen, das Plotek nicht mehr an den Dichter Benn erinnerte, sondern an einen ausgewachsenen Elefanten.

Von da an war der Bierfahrer Alleinunterhalter. Je mehr er trank, desto mehr erzählte er. Das ist bei Plotek gerade umgekehrt. Plotek erzählt im nüchternen Zustand wenig und im betrunkenen gar nichts. Jetzt auch nicht. Nur schweigen und in den Schaum schauen. Der Bierfahrer redete dagegen und klopfte ihm hin und wieder auf den Rücken. Jetzt stellte sich heraus, dass der Bierfahrer nicht nur über die Wiesn Bescheid wusste, sondern über alles. Zu allem hatte er eine Meinung. Politik, Wirtschaft, Frauen natürlich und Fußball. Da standen dann aber Plotek die Haare zu Berge. Das, was der Bierfahrer da über Fußball, Taktik, Spielsystem und alles von sich gab, war fußballerische Steinzeit, der ganze 54er-Herberger-Mist mit: *Elf Freunde müsst ihr sein*, *Der Ball ist rund* und so ein Schwachsinn. Plotek hätte ihm schon was entgegnen, mit den Worten des Fußballphilosophen Cesar Luis Menotti sprechen und zum Beispiel sagen können: »Fußball ist Ordnung und Abenteuer, präzise, schnell, und eine Mannschaft braucht eine Idee.« Vom Fußball hat Plotek nämlich Ahnung, mehr als von allem anderen. Früher in der Jugend ist er aktiv gewesen, bis zu den Jugendnationalmannschaftseinsätzen hinauf. Deshalb macht ihm in Sachen Fußball niemand etwas vor. Da hätte er dem Bierfahrer einiges erzählen können. Aber das hätte der Bierfahrer nie kapiert. Also ließ er es bleiben. Der Bierfahrer nicht. Zwischen zwei Weißbier und einmal Klo tischte er dann Plotek auch noch sein ganzes Leben auf. Natürlich könnte man jetzt annehmen, dass bei so einem Leben die Zeit auf dem

Klo vollkommen ausgereicht hätte – richtig, dem Bierfahrer sein Dasein war so spannend wie der ausgeleierte Hosengummi der plotekschen *Schiesser*-Unterhose. Aber da sind sich die Menschen einfach gleich. Ob Bierfahrer, Einzelhandelskaufmann, Bauingenieur, Elektriker oder Gynäkologe – sie variieren und wiederholen, bis die Wiederholung sich variiert. Immer und immer wieder. Die einzige Möglichkeit ist: auslaufen lassen wie ein angestochenes Bierfass. Und das kann dauern. Bei dem Bierfahrer bis zur Sperrstunde. Und auf dem Trottoir vor dem *Froh und Munter* gab er noch immer Worte im Überfluss von sich. Natürlich hätte Plotek auch sagen können: »Halt's Maul!«, oder: »Schluss jetzt! Ich will nix mehr hören!« Ja, theoretisch schon. Aber praktisch – vergiss es! Das ist wieder eine Schwäche von Plotek. Im Zuhören ist er Weltmeister, im Reden Amateur. Und im Widersprechen blutiger Laie. Schon damals, als er noch am Theater war, in Dinslaken. Auf der Bühne, bei den Proben, machte er immer, was der Regisseur verlangte. Obwohl das manchmal völliger Schwachsinn war. Sagte der Regisseur: »Plotek, geh nach rechts und küss die Julia auf die linke Wange, weil so und so ...«, ist Plotek eben nach rechts und hat die Julia auf die linke Wange geküsst. Obwohl er genau wusste, viel besser wäre nach links gehen und auf die rechte Wange küssen. Bei der Premiere bekam er dann die Quittung. Oder besser, zwei Tage später in der Zeitung. Kein Wunder, weil, Plotek war mit dem Bewusstsein und dem Wissen, dass rechts gehen und linke Wange küssen Schwachsinn ist, einfach nicht überzeugend genug gewesen. Und schon stand's in der Zeitung, schwarz auf weiß, in der Rezension. »Plotek unglaubwürdig!«, stand da und: »Der Romeo nicht überzeugend in seiner Liebe zu Julia.« Wie auch, wo rechte Wange und links gehen viel besser gewesen wäre. Aber egal.

Als dann Susi den Tresen hochklappte und Plotek die Artilleriestraße entlangwankte, dachte er, noch sieben Stunden, dann ist es so weit: Der Wiesn-Wahnsinn beginnt – und ich bin mittendrin. An der Kreuzung Leonrod-/Artilleriestraße fiel ihm dann plötzlich ein, was ihn bei dem besoffenen Bierfahrer an den Dichter Benn erinnert hatte. Während er seine Gedanken ordnete und ein Gedicht rezitierte, folgte er dem Stern von Bethlehem nach Hause.

2

Wenn mehr als 30 Personen auf einem Haufen sind, bekommt Plotek immer Beklemmungen. Jetzt waren 4000 auf einem Haufen. Und Plotek war mittendrin. Das Oberländer-Zelt war bis auf den letzten Platz gefüllt. Ploteks Kopf auch. Wenn man acht Weißbier und sechs Tequila getrunken hat, hat man kurz danach nicht nur einen Rausch, sondern etwas später auch einen Kater. Also Schädelweh! Ploteks Kopf war jetzt so groß wie das ganze Festzelt. Ploteks Kopf war das Festzelt. Und da ging es zu wie beim Sommerschlussverkauf beim *Hertie*. Die Blasmusik brachte die Nervenbahnen zum Glühen. Die Neurotransmitter waren Bierpfützen und die Rezeptoren gegrillte Hendl. Bloß nicht stehen bleiben, war Ploteks einziger Gedanke, sonst falle ich um. Immer weiterlaufen, Schritt für Schritt, Maßkrug für Maßkrug vorwärts, dem Kollaps entgegen. Wie unter Drogen donnerte Plotek die Maßkrüge auf die Tische.

»Vorsicht!«

»Acht Maß, sechs Hendl mit Kartoffelsalat!«

Geschrei, Musik, Gesang.

»Plotek, bringst du das Maß raus, an die Tisch fünf, dann nimm ich der Hendl, an die Tisch zwei!«

Plotek nickte, packte die acht Maß und lief los.

»Vorsicht!«

Die Musikkapelle spielte zum zwanzigsten Mal *I bin der Anton aus Tirol*. Und 4000 Kehlen behaupteten dasselbe. Die

Einzigen, die nicht der Anton aus Tirol sein wollten, waren Plotek, Thea und Konny. Alle drei zusammen waren sie ein Team. Soll heißen, sie arbeiteten zusammen auf eine Kasse, also auf einen Geldbeutel. Zwölf Tische fielen in den Aufgabenbereich von Plotek, Thea und Konny. Also, Brathendl, Maß, Grillwürste, Kartoffelsalat, Krautsalat, Schweinshaxn und Ochsenbraten. Vereinzelt Wasser oder Spezi. Aber wer in einem Bierzelt auf der Wiesn ein Spezi bestellt, wird noch vor dem ersten Schluck visuell exekutiert. Da muss man nicht erst zum *Schichtl*. Zuerst stirbt man den Tod in den Augen der Bedienung, dann in denen der anderen Gäste. Spezi im Bierzelt auf der Wiesn ist wie Weißbier beim Heurigen in Wien. Da ist Plotek auch schon gewesen. Und ganz ehrlich, da gibt es gar kein Weißbier. Im Oberländer-Zelt gab es Spezi. Aber getrunken hat's niemand. Aus Angst.

Alles, was Plotek, Thea und Konny verdienten, wurde am Abend geteilt. Auch Trinkgeld und alles. Baute einer der drei Mist, gab falsch raus oder verrechnete sich zum Beispiel, mussten das alle ausbaden. Der Vorteil war, dass jeder für jeden da war. Es gab also keine Konkurrenz, Ellbogenmentalität und alles, sondern Kollegialität. Einer für alle, alle für einen quasi. Das war Plotek eigentlich sehr recht. Erstens ist ihm der Egoismus schon immer auf die Nerven gegangen. Im Theater, beim Fußball, überall. Auch gesellschaftlich, zwischenmenschlich. Jeder versucht doch heutzutage, alles im eigenen Sinne und zum persönlichen Gewinn zu regeln. Im Kleinen wie im Großen. Zu Hause im Reihenhaus, in Familie, Beruf, Klima, Wirtschaft, Globalisierung, Weltpolitik und allem. Das Motto lautet: Nach mir die Sintflut. Oder: Zuerst komme ich, dann lange nichts und an Weihnachten die Kollekte für die Biafra-Kinder.

Im Theater war das ganz schlimm gewesen. So einen Konkurrenzkampf hat Plotek noch nirgends erlebt. Eitelkeit auch nicht. Nach außen hin sind alle gut Freund, Bussi-Bussi und schöne Worte, aber hinter den Kulissen zappeln die Messer in den Hosentaschen. Da ist sich jeder selbst der Nächste. Und der andere immer die Jungfrau von Orleans – in jedem Stück.

Jetzt gehörte Plotek also zum Bedienungskollektiv. Das war ihm, zweitens, auch deshalb ganz recht, weil sich dadurch die eigenen Schwächen natürlich auch besser verbergen ließen. Und die Stärken kamen besser zur Geltung. Na ja, die Stärken waren bei Plotek als Bedienung jetzt eher Mangelware. Höchstens die Ruhe. Die unerschütterliche Ruhe war Ploteks einzige Stärke. Nichts konnte ihn aus der Ruhe bringen. Gar nichts. Er war der unverrückbare Fels in dieser Bierschwemme. Da konnten die Besoffenen noch so viel schreien: »Scheng' ma no a Mass ei!«, oder: »Bier her, Bier her, oder ich fall um!« – Plotek geriet dadurch nicht in Hektik. Eher Gegenteil. Je hektischer es um ihn herum wurde, desto ruhiger war er. Ganz anders Thea. Die war überhaupt nicht ruhig, also eher Schwäche. Dafür war sie ein Organisationstalent. Das war ihre Stärke. Thea hatte alles im Griff. Die sagte Plotek ganz genau, was er zu tun hatte, wem er wie viele Hendl bringen sollte, wer einen Ochsenbraten und wer welches Bier bekam. Konny sagte sie's auch. Konny war weder organisatorisch eine Leuchte, wie Thea, noch ruhig, wie Plotek. Dafür war er schnell und flink. Schneller und flinker als beide zusammen. Kaum war er am Biertisch und nahm die Bestellung auf, riss er dem Schankkellner schon die vollen Maßkrüge aus der Hand. Na ja, voll waren die natürlich nie ganz. Und meistens nicht mal bis zum Eichstrich. Beschwerden gab es genügend. Dafür war dann Plotek wieder zuständig. Der hörte sich das an und nickte. Und wenn der Gast noch so fluchte, schrie, beleidigte, juristische Schritte androhte und alles – Plotek machte nur ein ernstes Gesicht und nickte. Mehr nicht. Beruhigte sich der Gast dann auch ganz schnell wieder und dachte sich das fehlende Bier einfach dazu. Für die meisten Trinker reichte das Bier im Krug auch vollkommen aus. Ob die nun hinterm Zelt das Bier bis zum Eichstrich wieder herauskotzten oder weniger, dürfte für den Speienden im Prinzip unerheblich gewesen sein. Oder wenn schon, dann eher Gegenteil. Haben sie weniger getrunken, gab es weniger zu speien. Im Prinzip hätten sie noch dankbar sein müssen für die schlecht eingeschenkten Maßkrüge.

Zusammenfassend kann mal also sagen: Plotek, Thea und Konny waren ein ideales Team. Was die charakterlichen Eigenschaften, das Naturell und die Dispositionen anging. Noch wichtiger als die Verträglichkeit und der Einklang war aber das Vertrauen untereinander. Ja, so eine Teamarbeit setzt in erster Linie blindes Vertrauen voraus. Jetzt muss man wissen, dass bis vor dem Wiesn-Start Plotek weder Thea noch Konny kannte. Konny weder Plotek noch Thea. Und Thea genauso. Das macht also hundertprozentiges Vertrauen bei null Prozent Kennen. Das hätte schon zu Schwierigkeiten führen können. Hat es aber nicht. Bei den dreien war alles perfekt.

»Zwölf Maß, drei Ochsenbraten mit Kraut und vier Hendl, zwei mit und zwei ohne Kartoffelsalat.«

»Vorsicht!«

»Konny, nimmst du das Maß, an die Tisch vier, Plotek du der Hendl, an die Tisch drei und ich bring das Ochsenbraten weg.«

Plotek nickte, Konny nickte und alle sind los.

Plotek hätte Thea gern auch schon früher gekannt. Was natürlich unmöglich war, weil Thea aus Estland kam. Extra für die Wiesn. Mit Touristenvisum, für 16 Tage nach München, um da im Dirndl *der* Hendl, *das* Maßkrüge und *das* Ochsenbraten zu verteilen. Um dann mit dem in zwei Wochen verdienten Geld nicht nur zwei Monate, sondern zwei Jahre in Tallinn zu leben. Und zu studieren. Thea studierte nämlich Deutsch in Tallinn, der Hauptstadt Estlands. Deswegen sprach die auch so gut Deutsch. Besser als so mancher Bierzeltbesucher. Einzig die Artikel vertauschte sie manchmal. Also nicht die Hendl, sondern der Hendl. Nicht die Maß, sondern das Maß. Und beim Ochsenbraten manchmal der, die oder das.

Als Plotek am ersten Tag Thea sah, war sie, neben dem zu erwartenden Verdienst, natürlich eine zusätzliche Motivation. Thea war nicht nur bildhübsch, sondern für eine Frau in ihrem Alter auch ziemlich resolut. Und das gefiel Plotek. Außerdem gefiel ihm, dass sie aus Estland kam. Plotek ist zwar noch nie in Estland gewesen. Aber bei einer Premiere in Memmingen Ende der neunziger Jahre – der *Revisor* von Gogol war's – bekam er vom Luká Lukisch Chlopów, also dem Darsteller des Luká Lukisch Chlopów, einen *DuMont*-Reiseführer Estland geschenkt. Und seitdem kennt Plotek sich in Estland besser aus als zum Beispiel in Ex-Jugoslawien. Keine Kunst, denkt jetzt so mancher, wer kennt sich schon in Ex-Jugoslawien aus. Plotek! Und zwar ziemlich gut. Besser aber in Estland. Auch besser als die Estin Thea, wie sich später herausstellen sollte.

Auch mit Konny kam Plotek ganz gut zurecht. Obwohl Konny von Anfang an ein bisschen zerfahren auf ihn wirkte. Vielleicht war's das Alter, die Anspannung – keine Ahnung. Konny sah immer furchtbar angespannt aus. Er war auch noch blutjung, zwanzig vielleicht. Und eigentlich Zivildienstleistender. Aber fürs Oktoberfest nahm er sich extra frei, um, wie er sagte: »So viel Kohle zu verdienen wie in meiner ganzen Zivi-Zeit nicht.« Und das waren immerhin zehn Monate.

Konny verstand sich auch ganz gut mit Thea. Was wiederum Plotek nicht so recht war. Also fürs Team war es natürlich bestens. Aber nicht für Ploteks Psyche. Natürlich merkte er auch, dass Thea mit Konny ganz gut konnte. Da wurde viel gelacht und geschäkert – quasi stimmungsmäßig 1a. Altersmäßig waren die beiden auch auf derselben Höhe. Für die war Plotek höchstwahrscheinlich ein alter Sack. Und auch äußerlich waren die beiden vom selben Kaliber. Ästhetisch quasi aus einem Guss. Da hinkte Plotek natürlich auch weit hinterher. Die Hitze im Bierzelt, die schlechte Luft und der ganze Schweiß zeigten ihn auch nicht in einem besseren Licht. Thea dagegen bekam vom Schweiß einen richtigen Glanz. Ihre Haut glitzerte und funkelte, dass Plotek sich immer gern in ihrer Nähe aufhielt. Außerdem roch sie wie seine Lieblingsgaststätte. Plotek konnte die Nase nicht voll kriegen von Thea. Konny roch dagegen nicht gut. So säuerlich, gärig und auch ein wenig aggressiv. Ähnlich wie Plotek selbst. Obwohl Konny die Gutmütigkeit in Person war. Das merkte Plotek sofort.

»Zehn Maß an die Tisch zwei, sieben Hendl an fünf, mit drei Mal Kraut und vier Mal Kartoffelsalat, sechs Schweinshaxe an die Tisch sechs und zwei Ochsenbraten an die Tisch drei. Plotek, gehst du mit der Hendl! Konny mit das Maß und ich nehm der Ochsenbraten und das Schweinshaxe.«

Wieder nicken und los ging's. Und wieder: »I bin so schön, i bin so toll, i bin der Anton aus Tirol.« Die australischen Frauen mussten jetzt jedem ihre Brüste zeigen. Auch Plotek. Dem wurde es bei diesen nassen, wackligen Titten ganz schwindlig. Nicht schwindlig, aber schlecht wurde es ihm bei den entblößten Hinterteilen der Italiener. Die streckten jetzt jedem ihren Arsch entgegen. Warum? Keine Ahnung. Ein innerer Zustand artikulierte sich eben äußerlich. Da mochte man lieber weghören. Das war natürlich unmöglich. Die Blasmusik spielte so laut, dass die Ohren zwitscherten. Alle standen auf den Tischen, obwohl's verboten war, tanzten und sangen. Kein Durchkommen war da mehr, nirgends.

Bis abends um elf ging das so. Dann war Feierabend. Sperrstunde. Schankschluss. Damit es auch jeder kapierte, spielte die Blaskapelle auch gleich den Peter Alexander: »Feierabend ...« Ein paar Schwerbegriffliche waren natürlich auch wieder darunter. Bei denen half das nichts. Manche waren einfach weder akustisch noch für Rippenstöße empfänglich. Die lagen auf den Bänken, unter den Tischen auf dem Boden und träumten schon, bestimmt von australischen Brüsten, italienischen Ärschen und vom Anton aus Tirol. Also musste der Sicherheitsdienst her. Das waren dann Schorsch und ein paar Kollegen. Die trugen eine blaue Uniform, mit Sticker *Sicherheitsdienst* drauf plus Namen. Schorsch schulterte dann die Schlafenden und schaffte sie ins Ausnüchterungszelt. Oder er legte sie hinter die Klocontainer ins Gras.

Zuletzt mussten Plotek, Thea und Konny nur noch die Bierkrüge einsammeln und da und dort noch ein wenig aufräumen. Dann war auch für sie Feierabend.

»Was machen wir jetzt?«, fragte Thea am zweiten Tag nach der Frühschicht. Jetzt muss man wissen, dass es eine Früh- und eine Spätschicht im Service gab. Die Frühschicht war von neun bis 16 Uhr und die Spätschicht von 16 bis 23:30 Uhr, mit Aufräumen und allem. Früh- und Spätschicht wurden immer abgewechselt. Also einmal hatte das Team Früh-, dann Spät- und dann wieder Frühschicht. Jetzt hatten Thea, Konny und Plotek die Frühschicht hinter sich.

»Was machen wir jetzt?«, fragte Thea noch einmal, als ob Plotek die Frage nicht richtig verstanden hätte. Hatte er auch nicht. Jetzt nicht akustisch, sondern allein inhaltlich. Er dachte zuerst, vielleicht was vergessen, also Besteck einwickeln, Abrechnung falsch, oder was? Aber vergiss es. Beim Blick in Theas Gesicht wurde es Plotek dann klar. Thea sah aus, als ob für sie der Tag noch lange nicht zu Ende wäre. Thea sah so aus, als ob sie noch was erleben wollte. Ob das jetzt an ihrer Herkunft lag, also an Estland, am noch jugendlichen Alter oder an der nachmittäglichen Uhrzeit – keine Ahnung.

»Gehen wir noch aus? Uns vergnügen?«

Konny war sofort dabei. Da konnte Plotek natürlich auch nicht kneifen. Also schlenderten die drei über die Wiesn. Thea aß eine Zuckerwatte und Plotek riss ein Stück davon ab. Dann ließen sich Konny und Thea im *Fighter* durchschütteln. Plotek wirbelte es allein beim Zuschauen den Magen durcheinander. Bei jedem Fahrgeschäft ging das so. Thea konnte alles mitmachen. Konny auch. Plotek nichts. Dafür beneidete Plotek Konny schon ein bisschen. Nicht wegen den Fahrgeschäften, sondern wegen Thea. Gerne wäre er neben ihr im *Fighter* gesessen, im Riesenrad, *Eurostar* oder im *Sensorium* und hätte mit ihr zusammen »die ultimative Zeitreise durch Vergangenheit, Gegenwart und Zukunft« angetreten. War nicht möglich. Reiste Konny eben mit ihr. Und Plotek musste draußen bleiben. Das Einzige, was für Plotek infrage kam, war der Autoscooter. Na ja, für ein vergnügungssüchtiges, estnisches Energiebündel ist Boxautofahren vielleicht nicht gerade das Nonplusultra. Aber trotzdem stieg Thea mit Plotek ins Boxauto. Konny guckte zu. Plotek saß neben Thea. Richtig eng war es da. Aber schön. Die Knie berührten sich und die Schultern auch. So nahe war Plotek seit der Monika aus Altötting schon lange keiner Frau mehr gekommen. Das brachte Plotek auch richtig durcheinander. Einen Crash nach dem anderen baute er mit dem kleinen Boxauto. Thea lachte ständig und kreischte, wenn Plotek mit vollem Karacho in ein anderes Auto krachte.

Nach dem Boxautofahren und einer weiteren Zuckerwatte war es dann auch schon dunkel. Die Wiesn sah jetzt aus wie ein Lichtermeer und Thea wie eine Schlafmütze. Ständig gähnte sie. Das estnische Energiebündel war bettreif. Konny brachte sie in die Jugendherberge nach Pullach. Natürlich hätte auch Plotek sie gern in die Jugendherberge bringen wollen. Aber Konny hatte ein Auto, Plotek nicht. Warum Jugendherberge, wird sich jetzt mancher vielleicht fragen. Ganz einfach: Wenn man aus Estland kommt und niemanden in München kennt, dann geht man eben in eine Jugendherberge zum Übernachten. Zumindest, wenn man noch in einem jugendlichen Alter ist. Plotek musste gar nicht lange nachdenken, da fiel ihm auch schon eine andere Übernachtungsmöglichkeit ein. Aber morgen ist auch noch ein Tag, dachte er, und bloß nicht mit der Tür ins Haus fallen.

»Gute Nacht!«, sagte Plotek und Thea: »Bis morgen!«

Konny startete mit seinem Z3-Cabriolet und Plotek stand am Straßenrand und winkte ihnen zu. Natürlich hätte er jetzt denken müssen, wie kann sich ein Zivildiener einen Z3 leisten. Aber Plotek dachte nicht mit einem Gedanken an Konny. Sondern mit allen an Thea.

An schlafen war jetzt nicht zu denken. Plotek war noch nicht bettreif. Da ist er einfach anders. Wenn andere gähnen, als wollten sie die ganze Welt verschlucken, wacht Plotek erst richtig auf. Und wenn andere Guten Morgen sagen, ist er meistens hundemüde. Jetzt nicht. Also ab ins *Froh und Munter*. Weil die am Wochenende bis drei Uhr aufhaben. Da trank Plotek noch ein paar Weißbiere und Tequila und schaute in den Schaum. Dann folgte er dem Stern von Bethlehem wieder nach Hause. Da war alles unverändert. Fritz hatte sich, wie schon die letzten Tage immer, versteckt. Nur zum Fressen kam er hervor. Wo er genau steckte – im Wäschekorb, unterm Sofa, hinterm Schrank –, keine Ahnung. Plotek war es recht. Es war mit Fritz jetzt wie ohne Fritz. Bloß dass das Katzenklo vor sich hin stank. Und das Katzenfutter jetzt auch. Das lag unangerührt im Napf. Wird schon fressen, wenn er Hunger hat, dachte Plotek und zog den Flanellschlafanzug an. Der Flanellschlafanzug glotzte vorwurfsvoll, so als wollte er sagen, die kommt mir nicht ins Haus! Dabei war sie eigentlich schon da: Thea. Im Kopf von Plotek. Aber nicht nur Thea spazierte fröhlich darin herum, auch Konny, Schorsch und 4000 Zeltbesucher. Und noch mal so viele Eindrücke. Der Kopf war wieder voll wie eine *Aldi*-Tüte nach dem Einkauf. Und alles drehte sich. Und schmerzte. Quasi wie eine *Aldi*-Tüte nach dem Einkauf und dem anschließenden Sturz auf dem Trottoir.

Plotek war so aufgedreht, dass er trotz sperrangelweit offenem Fenster nicht einschlafen konnte. Also zappte er sich noch durchs Fernsehprogramm. Und da war jetzt auch die Wiesn. Der Wiesn-Wahnsinn im Fernseher, bei tv.münchen. Da lief als Wiederholung, was Stunden zuvor live gesendet worden war. Die Wiesn im Kopf und die Wiesn im Fernsehen – das war jetzt zu viel für Plotek, könnte man denken. Aber falsch gedacht. Gegenteil. Keine Ahnung, warum, auf jeden Fall hoben sich beide gegenseitig auf. Plotek dämmerte ein. Und da dann schon wieder: Wiesn! Jetzt wurde das Unterbewusste aktiv, und das war jetzt auch wieder nichts anderes als das Bewusste, soll heißen: das Oktoberfest. Hätte Plotek jetzt denken können, er hätte gedacht, zum Wahnsinnigwerden ist das. Gedacht hat er nicht, dafür träumte er. Von sich selber als Hendl. Am Spieß. Immer wieder drehte er Runden, schwitzte, tropfte und zischte. Ganz knusprig wurde Plotek als Hendl, goldbraun. Jetzt wird es aber mal Zeit, dachte sich das Plotek-Hendl (weil, das ging, ja, das Denken als Hendl) und guckte den Brater erwartungsvoll an. Aber der ließ das Plotek-Hendl noch immer kreisen, so dass die Haut immer brauner wurde, dann schwarz und gar nicht mehr knackig aussah. Und weil das Plotek-Hendl gar keiner wollte, musste es sich immer weiter drehen, immer weiter um sich selber kreisen. Bis die Haut ganz trocken und schrumpelig war. Dann nahm es der Brater herunter und warf es einem Hund zum

Fraß vor. Aber der mochte das Plotek-Hendl auch nicht. Lag es also auf dem Boden, bis die Besoffenen damit Fußball spielten. Und wie schlecht! Das erinnerte das Plotek-Hendl an die Unterhachinger Kicker. Die Kicker grölten: »Ich wünscht, ich wär ein Huhn, da hätt ich nicht viel zu tun, da legt ich mal ein Ei und sonntags auch mal zwei.« Das Plotek-Hendl dachte, während es herumgetreten wurde, an saftige Wiesen und an einen schönen Hahn. Weil, das hilft manchmal, an was Schönes denken. Das Plotek-Hendl dachte an das Thea-Hendl und an einen gemeinsamen Hendl-Ausflug. Nach Kuba, mit dem Schiff, wegen der Flugangst. Mit dem Plotek-Hendl ging die Fantasie wie ein fliegender Hahn über einen Gartenzaun davon. Bis Konny sie wieder einfing. Und das Plotek-Hendl auch. Er steckte es, zermanscht, wie es war, in den blauen Sack. Da lag es dann neben anderen Hendl-Teilen. Hendl-Friedhof quasi. Und wartete auf die Auferstehung. Die kam aber nicht. Dafür kam der Schredder. Und der schredderte. Das Plotek-Hendl schrie, nein, es krähte oder krächzte nicht, es schrie. Komisch, dachte das Plotek-Hendl noch, das klingt ja gar nicht wie ein Hendl, sondern wie ein Mensch. Und tatsächlich: »Hilfe!«, schrie es. Dem Hendl half es aber nichts. Niemandem half es. Plotek schon. Er wachte ziemlich ramponiert auf.

Nach drei Tagen Wiesn-Service dachte Plotek, er müsse den Notarzt kommen lassen. Er kam morgens kaum mehr aus dem Bett. Schlafen war ohnehin undenkbar. Höchstens Dämmern. Und dann immer den Hendl-Traum. Und morgens dann die Schmerzen. Am ganzen Körper. Innerlich, äußerlich, überall. Plotek hat ja ein gesundes Verhältnis zum Schmerz. Es hat bisher in seinem Leben keinen Tag gegeben, an dem ihm nicht irgendetwas wehgetan hätte. Normalerweise war's der Kopf. Kopfschmerzen. Chronisch. Dann Bauch, Magen, Arthritis. Plotek ist Stammgast bei seinem Hausarzt Doktor Hohenthaler. Wenn Plotek nicht mindestens einmal in vier Wochen bei ihm ist, macht Doktor Hohenthaler sich schon Sorgen. Mindestens achtmal im Jahr kommen dann zu den alltäglichen Wehwehchen die schwer wiegenderen Schmerzen hinzu. Verdacht auf Lungenkrebs, Verdacht auf Hodenkrebs, Darmkrebs, Gehirntumor, Schlaganfall, Herzinfarkt. Ploteks Gedanken kreisen ständig um irgendwelche Krankheiten und der Angst vor ihnen. Da scheut er keine Mühen. Kein Weg ist ihm zu weit. Da werden Spezialisten konsultiert. Internisten, Neurologen, Homöopathen, Radiologen – Computertomografie, Magenspiegelung und, und, und. Neben dem Doktor Hohenthaler kümmert sich ständig ein ganzes Ärztespezialistenteam um Plotek. Jetzt kann man natürlich denken, dass bei so viel Behandlung und Beistand das Resultat zufrieden stellend ist. Soll heißen: Linderung, keine Schmerzen, Heilung. Aber vergiss es. Objektiv schon, ja. Objektiv fehlt Plotek nichts. Aber subjektiv – keine Chance. Subjektiv können die ganzen Untersuchungen und Behandlungsmethoden gar nichts bringen, weil Plotek gar nicht krank ist. Also nichts mit Lungenkrebs, Schlaganfall, Hodenkrebs und Gehirntumor. Höchstens hin und wieder Kopfschmerzen, aber alles im Rahmen. Dem Ärztestab ist's egal. Die untersuchen munter weiter drauflos und wissen, die Raten fürs neue Cabriolet der Frau sind damit auch bezahlt.

Jetzt dagegen war der Rahmen gesprengt. Das hatte aber weniger mit Ploteks Leidensanfälligkeit als vielmehr mit den geschleppten Maßkrügen zu tun.

Bevor Plotek jetzt also auf die Wiesn ging, ist er als allererstes zum Doktor Hohenthaler. Der schaute ihn einerseits ganz besorgt an. Andererseits war er aber auch erleichtert, dass Plotek mal wieder da war. Zuerst tastete er den ganzen Körper ab und stellte fest: Die Muskeln waren so hart, als wären sie erigiert. Verspannungen an Rücken, Hüfte und Oberarmen. Der Nacken war wie in Beton gegossen. Die Handgelenke angeschwollen, die Armbeugen gezerrt. Blasen an den Füßen und Muskelkater in den Waden.

»Tja, da kann man fast nichts machen. Außer Ruhe. Außer Bettruhe kann ich Ihnen da fast nichts verschreiben«, sagte Doktor Hohenthaler und provozierte damit bei Plotek einen Blick wie ins eigene Grab.

Plotek schaute, als wäre er schon tot. Deckel zu und Ruhe in Frieden, Amen.

Fehlte nur noch, dass er sich bekreuzigte. Das musste er gar nicht, weil Doktor Hohenthaler auch so sah, was mit Plotek los war: Also Bettruhe unmöglich. Hohenthaler ist nicht nur ein hervorragender Allgemeinmediziner, sondern auch ein erstklassiger Psychologe. Ohne Diplom, aber aus der Abteilung Menschenkenntnis. Er sieht auch meistens, ohne Stethoskop und sonstige Hilfsmittel, allein beim Blick in Ploteks Gesicht, was Sache ist.

Jetzt: »Viel Stress zurzeit, was?«

Plotek nickte.

»Und körperliche Anstrengung auch?«

Wieder nickte Plotek.

»Schleppen, rennen, schlechte Luft, Lärm und Hitze?«

Nicken.

»Und die nächsten anderthalb Wochen geht das so weiter?«

Hohenthaler las aus Plotek wie aus einer Glaskugel. Oder wie Plotek aus dem Weißbierschaum.

»Na gut, Hose runter, und legen Sie sich auf die Pritsche!«

Jetzt rammte Hohenthaler Plotek eine Spritze in das Gesäßfleisch, dass Plotek aufschrie.

»Gleich ist's vorbei!«, sagte Doktor Hohenthaler.

Und behielt Recht. Bis dahin zog sich aber ein Flächenbrand über den Rücken hinauf bis zum Nacken und vorne wieder herunter über den Bauch bis zu den Fußsohlen. Heiß, brennend, kribbelnd wie ein Stromschlag. Der Flächenbrand vernichtete auf einen Schlag alle Schmerzen. Plotek sprang von der Pritsche auf und schaute Hohenthaler an, als wäre er der Messias. Dass er ihm nicht die Füße küsste, war alles.

»Nananana, erwarten Sie nicht zu viel. Das ist nur vorübergehend. Ich will Ihnen ja nicht Angst machen, aber spätestens heute Abend ist alles wieder so wie zuvor.«

Sofort verdunkelte sich der Blick von Plotek wieder.

»Na ja, dann kommen Sie eben morgen früh wieder vorbei.«

Und schon hellte sich der Blick wieder auf. Dann noch tausendmal Dank, und Plotek sprang wie ein junges Reh zum Oktoberfest.

Natürlich war Plotek viel zu spät dran. Thea und Konny hatten schon alles aufgebaut. Also Tische geputzt, Besteck in Servietten gewickelt und alles hergerichtet für die Bierzeltbesucher.

»Donnerstag bist du dran!«, sagte Konny säuerlich, weil, da hatten sie wieder Frühschicht. Plotek nickte und zwängte sich in seine Lederkniebundhose, in das Hemd mit den Applikationen drauf und die Haferlschuhe. Alles traditionell bayerisch. Trachtenlook quasi. Mit Ploteks langen fettigen Haaren und dem unrasierten Gesicht war ein ästhetischer Stilbruch nicht zu übersehen. Also Tradition mit Schwächen. Aber nach einer Maß veränderte sich bei den Bierzelthockern der Blick ohnehin. Nach zwei Maß dann nicht nur der Blick, auch die Haltung. Ab drei Maß waren alle ganz anders. Und jeder ein anderer. Finanzbuchhalter sprangen auf Tische und versuchten Tango zu tanzen. Gescheitert. Linguistikprofessoren grölten: »I bin der Anton aus Tirol.« Richter am Oberlandesgericht auch. Architektinnen knöpften ihre Blusen auf und wackelten mit den Brüsten. Sozialpädagogen zeigten ihr entblößtes Hinterteil. Schwule gaben Frauen Zungenküsse. Gynäkologinnen pinkelten in Lederhosen. Mütter von vier Kindern lupften sich gegenseitig ihre T-Shirts. Die Väter tauften dann deren Brüste mit Bier. Computerspezialisten aus Indien und Japan schrien dabei im Chor: »Mak tzi nasch!« Männer jenseits des Beschäftigungsalters grabschten nach Mädchen in der Pubertät. Und Mädchen in der Pubertät stopften drei Hendl in sich hinein und grölten: »Alice, who the fuck is Alice.« Australierinnen fühlten sich angesprochen und zeigten alles, was die Italiener immer schon sehen wollten. Und so weiter.

»Wie sich der Menschen nur so verändern können wegen so einem bisschen Flüssigkeit«, sagte Thea zu Plotek.

»Manchmal brauchen sie gar keine Flüssigkeit«, entgegnete Plotek.

Thea lachte und zeigte ihre weißen, estnischen Zähne. Plotek wurde rot. Konny lachte nicht, sondern schrie: »Was ist los! Schneller! Da geht ja heut gar nichts voran.«

Irgendwie hatte sich Konny in den drei Wiesn-Tagen auch total verändert. So langsam sah man seine Nerven durch die Kopfhaut hindurchschimmern. Kein Wunder eigentlich. Der Stress eines Zivildienstleistenden hält sich normalerweise in Grenzen. Hier mal ein bisschen Popo abputzen, da mal ein bisschen Brei füttern und die Schnabeltasse reichen – bei so was behält so ein Zivi immer die Ruhe. Anders im Bierzelt. Da wird die Grenze mit jeder Minute mehr gesprengt. Zumindest bei Konny. Offenbar mischte sich in seine Transmitter ein Wiesn-Extrakt aus Hektik, Bier und schlechter Luft und beeinflusste die Rezeptoren. Was vorher locker gewesen war, war jetzt angespannt. Was cool gewesen war, jetzt nervig. Konny war dermaßen gestresst, dass Thea sagte: »Setz dich mal hin, ruh dich ein wenig aus.«

Vielleicht lag es aber auch daran, dass plötzlich das ganze Arbeiterwohlfahrt-Altenheim ins Zelt stiefelte, dass Konny so nervös wurde. Nicht irgendein Arbeiterwohlfahrt-Altenheim war's, sondern das, in dem Konny seinen Zivildienst ableistete. Quasi Alten-Ausflug mit Rollstühlen, Stöcken und Begleitpersonal. Zwei Tische voller Männer und Frauen über siebzig. Einer war angeblich sogar hundertundzwei. Der schaute, als ob das Bierzelt schon der Himmel wäre und die Blasmusiker Engel. Er sang auch nicht: »I bin der Anton aus Tirol«, sondern: »I ben a Boiyer em Hemml«. Zumindest hörte es sich in Ploteks Ohren so an. Er konnte sich auch täuschen, weil der Opa schon vor dem ersten Schluck so aussah wie die anderen nach dem letzten. Damit die Alten alle Platz hatten mit ihren Rollstühlen, wurden einige Sitzbänke weggeschoben. Dafür holte Konny den Schorsch, den Security-Mann. Wenn es Schlägereien im Zelt gab, ist Schorsch dazwischengegangen. Wenn's zu voll geworden ist im Zelt, spielte Schorsch auch den Türsteher. Ein Bär von einem Mann. Mit Oberarmen wie Maßkrüge. Abends, wenn das Zelt dann geschlossen wurde, schob er mit andern Kollegen auch noch Nachtwache. Ja, das musste schon sein. Es lag ja ein Vermögen im Zelt. Lichtanlage, Besteck, Krüge, Bier – alles unbezahlbar. Jetzt trug Schorsch die Bänke raus und schob die Rollstühle rein. Außerdem palaverte er freundlich mit den Alten. Ganz das Gegenteil von Konny. Schorsch war überhaupt nicht gestresst. Er hatte immer ein Schwätzchen auf den Lippen. Vor allem mit den Alten. Warum, wurde Plotek später auch klar. Thea erzählte es ihm.

»Der Schorsch ist eine Kollege von das Konny!«

Natürlich begriff Plotek zuerst gar nichts.

»In der Altenheim. Die Schorsch ist normalerweise das Pförtner in die Altenheim. Nur während der Oktoberfest ist er die Sicherheitsmann. Wie ich normalerweise das Studentin bin und Konny die Zivi.«

Plotek kapierte es jetzt und nickte.

»Und du?«

»Ich?«

»Ja, was bist du normalerweise?«, fragte Thea.

Da musste Plotek jetzt nachdenken.

»Schauspieler«, sagte er dann, ganz leise, weil es niemand hören sollte. Weil, eigentlich stimmte es ja gar nicht mehr. Die Zeit war vorbei. Und die sollte auch gar nicht mehr reanimiert werden.

»SCHAUSPIELER!!!«, schrie Thea jetzt vor Überraschung ganz laut, dass Plotek richtig zusammenzuckte.

Konny schaute, Schorsch schaute und Maren schaute auch. Jetzt wird sich so mancher vielleicht fragen: Wer ist Maren? Das fragte sich Plotek auch, als Konny ihm und Thea die stark geschminkte Frau mit einer roten Perücke auf dem Kopf vorstellte.

»Das ist die Maren«, sagte er.

»Oberländer«, ergänzte Maren.

»Wie unsere Zeltwirt«, sagte Thea.

»Pscht!«, ging Konny dazwischen.

Plotek stand mal wieder auf dem Schlauch, Thea auch. Erklärte Konny es ihnen eben.

»Die Halbschwester vom Oberländer!«

Eigentlich nichts Schlimmes, dachte Plotek.

»Und das schwarze Schaf der Familie.«

Also doch Schlimmes.

»Zeltverbot!«

Noch Schlimmeres.

»Deshalb«, sagte Konny und zeigte auf die Perücke.

Also inkognito quasi.

»Wenn das mein Halbbruder wüsste, würde ich hochkant rausfliegen.«

»Und ich auch!«, sagte Konny und küsste Maren auf den Mund.

Plotek war etwas erleichtert, weil Konny als Konkurrent jetzt wegfiel.

Schorsch dagegen schaute böse. Und auch Thea schien etwas enttäuscht zu sein.

Aber zurück zum »SCHAUSPIELER!!!«.

Während Thea jetzt strahlte und »berühmt?« fragte, füllte Maren gerade den 102er-Opa mit Kartoffelsalat ab.

»Nicht so sehr«, sagte Plotek. Und wollte es schon wieder korrigieren. Weil, so pauschal konnte man das nicht sagen. In München nicht, nein, in Hamburg auch nicht. In Marburg dagegen schon eher und in Altötting auf jeden Fall, sogar noch vor kurzem. Dann korrigierte Plotek es aber doch nicht. Thea strahlte noch immer und betrachtete Plotek jetzt mit ganz anderen Augen. Plotek merkte das natürlich sofort und dachte: Da hab ich jetzt aber einige Punkte gutgemacht bei ihr. Reichen tat das natürlich noch lange nicht. Aber: *Redlich ernährt sich das Eichhörnchen* – blöder Spruch jetzt. Apropos: Fiel Plotek sofort das tote Eichhörnchen an der Wand in Lauterbach ein. Dann noch ein anderer alter Spruch: *Der Krug geht so lange zum Brunnen, bis er bricht.* Auch wieder so ein Lieblingsspruch von Ploteks Mutter. Der stand ebenfalls auf einem Rindenholzstück, gepinselt in Lauterbach, und hing im Wohnzimmer neben einer ausgestopften Eule. Wie alle anderen Sprüche war der natürlich auch Schwachsinn. Obwohl, jetzt mit dem Maßkrug in der Hand erfasste Plotek den Spruch in einer ganz anderen Semantik. Und schon war's zu spät. Rutschte ihm der Krug bei so viel Denken aus der Hand und fiel auf den Boden – und brach nicht! Da sieht man mal wieder: Selbst im wörtlichsten Sinne ist das völliger Blödsinn. Apropos: »Bist du blöd!«, schrie Konny, als der Krug auf seinen Fuß fiel. Na ja, nicht wirklich auf den Fuß, aber trotzdem streifte er ihn. Natürlich entschuldigte sich Plotek tausendmal. Aber Konny war trotzdem verstimmt. Dann kam auch noch der Herr Oberländer angerannt und legte eine Hektik an den Tag, dass selbst Ploteks Ruhe in Gefahr war.

»Ich hab eine zusätzliche Reservierung dazugekriegt«, sagte er und wusste nicht, ob er sich freuen sollte oder Gegenteil.

»Zu den zehn reservierten Tischen kommen noch zwei dazu. Alles VIPs, könnt ihr die noch unterkriegen?«

»Wir sind eigentlich voll«, sagte Konny und gab Maren ein Zeichen, dass sie verduften sollte. Weil, trotz Perücke war Gefahr im Verzug. Maren stahl sich hinter Schorschs Rücken davon. Und das war auch gut so. Der Herr Oberländer sah die ganzen Rollstühle und fragte: »Wie lang sind die schon da?«

»Noch nicht so lange«, sagte Thea.

»Lang genug!«, zischte Oberländer und: »Sorgt dafür, dass die in einer Stunde weg sind.«

»Aber...«

»Nichts aber, erstens nehmen die Platz weg mit ihren Rollstühlen und allem und zweitens sind die, die kommen, wichtiger als alle anderen, verstanden?«

»Aber wie sollen wir jetzt das alte Menschen rauskriegen?«, fragte Thea.

»Keine Ahnung, lasst euch was einfallen.«

»Das geht nicht«, sagte Konny. »Nur weil die alt sind, kann man die doch nicht einfach rausschmeißen.«

Klar hatte Konny jetzt einen ganz anderen Bezug zu den Opas und Omas. Quasi Betreuungspersonal a.D.

»Natürlich nicht rausschmeißen, du Idiot!«, wurde Oberländer jetzt rabiat. »Das wäre viel zu auffällig, womöglich stört sich daran auch noch irgendein Depp. Um Gottes willen keinen Skandal. Sonst ist's vorbei mit dem Oberländer-Zelt. Probezeit quasi, da darf nichts passieren. Gar nichts! Kapiert?«

Nicken von Thea. Wegschauen von Konny.

»Also … und denkt an euer Trinkgeld. Von den Alten da kriegt ihr doch nichts, von den anderen mehr als genug. Es ist also auch in eurem Interesse!«

»Schorsch!«, schrie der Herr Oberländer dann. »Herrgott, Sack, wo ist der Trottel jetzt schon wieder!«

Schorsch tauchte wie ein deutscher Schäferhund hinter der Schänke auf und kam angerannt.

»Brav!« Und dann ging der Oberländer mit dem Schorsch an der Leine durch die Menge davon – so kam es Plotek zumindest vor.

»Drecksack!«, zischte Konny noch hinterher. Und: »Das zahl ich dem heim!«

»Lass doch«, beruhigte ihn Maren, die jetzt wieder zurück war. »So war der schon immer. Aber du weißt doch: *Wer zuletzt lacht, lacht am besten.*«

Schon wieder so ein blöder Spruch, dachte Plotek und blickte in die ernsten Gesichter von Maren und Konny.

Keine halbe Stunde später zogen die Alten mit Maren wieder ab. Und wie bei einem fliegenden Wechsel waren auch schon die VIPs da. Plotek traute seinen Augen nicht. Das war allererste Münchner Schickeria. Und sogar über München hinaus. Deutschlandweit. Und was da alles ins Zelt geschwemmt wurde: reich, berühmt und wichtig. Politiker aller Parteien und jeglicher Couleur. Auch der Oberbürgermeister tauchte auf, jetzt die rechte Hand im Gips, vom Fass anzapfen. Dafür hat er auch nur einen Schlag benötigt. Rekord! Superlative haben eben ihren Preis. Beim OB ein gebrochenes Handgelenk. Aber so, wie er jetzt lachte, nahm er das offenbar gern in Kauf. Die Frage war nur, wie konnte dieser Rekord noch gebrochen werden? Das fragten sich auch die Zeitungen. Vorschlag eines Leserbriefschreibers: »Mit Telepathie! Also kein Schlag mehr. Dafür vielleicht ein toter OB. Der OB würde sich das bestimmt überlegen. Dann wäre er unsterblich. Und für die Unsterblichkeit riskiert man schon mal den Tod.« So stand es in der Zeitung. Das mögen jetzt vielleicht welche geschmacklos finden. Plotek nicht. Weil, die Geschmacklosigkeit gehört doch zum Geschäft, zum politischen allemal. Und zum Aufmarsch der Schickeria auch. Als da jetzt waren: schwule Modetussen, die unter Solarien schlafen und aussehen wie zusammengeschrumpelte Handtaschen. Rechtsradikale Fußballer, die auf dem Platz »Steh auf, du Nigger!« sagen und behaupten: »Außerhalb des Feldes bin ich ein ganz netter Kerl.« Unterhaltungschefs und Medienmogule, bei denen nur noch Fakten, Fakten, Fakten im Kopf existieren, aber wenig Hirn. Bigotte Fernsehpfarrer mit wund gescheuerten Knien. Literaten mit Doppelnamen, die aussehen wie Start-up-Unternehmer und auch so reden. Literaturkritiker, die aussehen wie Literaten und auch Doppelnamen haben. Unternehmer und Zuhälter. Ehemalige Tennisprofis und aktuelle Wetterfeen. Schlagersängerinnen, die mit ehemaligen Showmastern ins Bett gehen, damit man nicht merkt, dass sie gar nicht singen können. Greise Fußballkommentatoren, die ein Fußballspiel gern mit dem Einmarsch in Polen verwechseln, Mittelstürmer zu Sturmführern machen und das Spiel zur Schlacht um die Ehre, bei der »aus allen Rohren geschossen wird«. Außerdem waren da noch schwangere Moderatorinnen und bulimische Lottozicken, die das große Los in Kloschüsseln vermuten. Fußballpräsidenten mit hormonellen Störungen und entspiegelten Brillengläsern und Manager, die den Ball mit der Welt verwechseln. Und sich selbst mit einem Kaiser. Und Schauspieler! Na ja, lauter Filmheinis und Filmtussis eben, die fürs Gesicht-in-die-Kamera-halten viel Geld kriegen – mehr Geld, als wenn sie die Beine spreizen würden. Das machen sie zwar auch, aber das ist natürlich inklusive. Quasi einmal mit allem.

Das waren die Gedanken, die Plotek beim Anblick dieses

Gruselkabinetts durch den Kopf gingen. Bis ein Bild auftauchte – und alles durcheinander warf.

»O Gott, auch das noch!«, murmelte Plotek vor sich hin. Er wurde ganz bleich. Und dann machte sich Übelkeit in ihm breit.

»Was ist?«, fragte Thea.

»Die kenn ich«, flüsterte Plotek.

Am Tisch stand eine blonde Schönheit, neben dem Regisseur mit der Pudelfrisur. Sie war groß und schlank. Große Brüste, enges Kleid.

»Schauspielerin?«

»Ja«, sagte Plotek und wollte es gleich wieder korrigieren. Ließ es dann aber, weil es doch zu kompliziert war.

»Berühmt?«

»Ja, sehr, aber Katastrophe!«

»Sieht aus wie aus Plastik!«, sagte Thea.

»Die ist auch aus Plastik!«

»Wie willst du das wissen?«

»Ich hab's kontrolliert.«

Jetzt schaute Thea, als ob Plotek Witze machen würde. War kein Witz! War alles echt. Vielmehr, nichts war echt. Brüste, Nase, Lippen – alles geflickt!

»Silicon?«

»Plastische Chirurgie, ästhetische Korrektur, Implantate und alles.«

»Warum?«

»Sie will schön sein«, sagte Plotek, »sie will große Brüste, große Lippen, große Nase!«

»Und kleine Hirn!«

Plotek nickte und schilderte Thea im Schnelldurchlauf die Begegnung mit diesem hochgezüchteten Klon. Lange war es her. Damals, Schauspielschule noch, Wien-Ausflug, Knutscherei im Riesenrad, Übelkeitsanfall, und dann in hohem Bogen die ganze Kotze auf die Schöne drauf. Thea lachte jetzt Tränen, und Plotek dachte, wieder ein paar Punkte mehr. Reichen tat es aber noch immer nicht. Ab jetzt hoffte Plotek, dass die Tussi ihn nicht erkannte. Jetzt wäre die Perücke von Maren gut gewesen. Aber eigentlich bestand gar keine Gefahr. Solche Menschen sind blind für andere und nur mit sich selbst beschäftigt.

Die Promis führten sich auf, als ob ihnen das Zelt allein gehören würde. Irgendwie stimmte es ja auch. Jeder Wunsch musste erfüllt werden. Da sorgte der Herr Oberländer schon dafür. Jede Maß kontrollierte er an der Schänke höchstpersönlich. Dass ja kein Schluck zu wenig drin war. Weit über dem Eichstrich musste eingeschenkt sein, sonst tobte er. Wenn ein Hendl nicht ganz so knusprig war, wie vielleicht erwartet, ging es sofort zurück. Einen Heidenrespekt hatte der Oberländer vor diesen VIPs.

»Komm mal her!«, brüllte die geliftete Schauspielerin Plotek zu.

Na ja, von brüllen konnte man da eigentlich nicht mehr sprechen, eher lallen, nuscheln.

»Dich kenn ich doch!«

»Nicht, dass ich wüsste«, log Plotek.

»Doch, doch dein Gesicht kommt mir bekannt vor.«

»Mir Ihres nicht«, sagte Plotek, weil er immer höflich blieb, auch wenn innerlich bereits Revolte bei ihm herrschte. Sie roch aus dem Mund wie hinterm Klowagen im Gras.

»Was, du kennst mich nicht?«, sagte die Tussi jetzt und schrie dann noch lauter in die Runde: »Habt ihr das gehört? Der kennt mich nicht!«

Alle anderen lachten.

»Der hat vielleicht keinen Fernseher«, schrie einer.

»Ins Kino geht er auch nicht.«

»Zeitung ist bei dem ein Fremdwort.«

Und wieder lachten alle.

Plotek ist im Prinzip gutmütig. Manchmal zu gutmütig. Es dauert lange, bis bei ihm der Hut brennt. Aber wenn, dann ist da gleich ein Flächenbrand. Jetzt war da ein Flächenbrand – innerlich. Äußerlich war er noch immer die Ruhe in Person. *Wer zuletzt lacht, lacht am besten* – blöder Spruch jetzt wieder. Aber dieses Mal stimmte es. Ja, als Plotek dann ein Hendl, das so aussah wie das in seinem Traum, an Oberländers prüfendem Blick vorbeischmuggelte und der Tussi servierte, musste er lachen. Noch viel mehr, als sie dann das verkohlte Hendl, besoffen, wie sie war, und ohne mit den falschen Wimpern zu zucken, an den aufgespritzten Lippen vorbei in sich hineinwürgte. Tränen lachte er, der Plotek, dass Thea fragte: »Was hast du denn?«

Plotek konnte nichts sagen, nur lachen. Später sah Plotek die Tussi dann vor dem Zelt speien, und dabei dachte er wieder an Wien und das Riesenrad. Sodass er noch einmal lachen musste. Quasi: *Wer zuletzt lacht, lacht doppelt.*

Dann war Theas, Konnys und Ploteks Schicht vorbei und die Service-Ablösung kam. Konny hat zuletzt noch die am Tisch eingeschlafenen Bierleichen aufgeweckt. Die, die er nicht wach kriegte, wurden vom Sicherheitsdienst ins Ausnüchterungszelt abtransportiert. Da konnten dann die Besoffenen ihre Räusche in aller Ruhe ausschlafen. Thea hat das Besteck eingesammelt und Plotek die leeren Gläser. Als er die letzten Gläser von den Tischen geräumt hatte und mit zwei Händen voll Krügen zurück zum Tresen ging, stolperte er plötzlich. Der Grund war ein Bein. Nein, nicht sein Bein, sondern ein fremdes, das unter dem Biertisch hervorschaute. An dem Bein hing auch ein Körper. Der Körper gehörte einem Menschen. Der dachte sich wohl, unterm Tisch ist mein Schlafzimmer, der Holzboden, ungewöhnlich hart, aber trotzdem mein Bett, und der Nachmittag schon mitten in der Nacht. Ob es tatsächlich so gewesen war, kann man nicht sagen, weil der Mann nichts sagen konnte. Im Tiefschlaf und völlig betrunken lag er, um die Tischbeine gewickelt, auf dem Boden. Irgendwie kam Plotek der Mann mit dem Lebkuchenherzen um den Hals bekannt vor. Ja, der erinnerte ihn an den Opa, den Hundertzweijährigen. Aber mit so viel Bier, wie der intus hatte, sieht vermutlich jeder ziemlich alt aus. Plotek wollte Schorsch holen. Der war aber nicht auffindbar. Holte er eben seine zwei Kollegen. Die transportierten dann die Bierleiche wie einen Zementsack ab.

Plotek fuhr dann noch eine Runde Boxauto mit Thea. Konny und Maren waren auch dabei. Dieses Mal ohne Perücke. Plotek hätte sie fast nicht erkannt – wie so rote Haare eine Frau doch verändern können. Später kam dann auch noch Schorsch dazu und fing mit Konny auch gleich Streit an. Oder umgekehrt. Auf jeden Fall schrien die sich an, als Plotek gerade mit Thea im Boxauto Runden drehte. Das sah Plotek aus dem Auto heraus. Warum? Keine Ahnung. Als es mit dem Boxauto vorbei war, war Schorsch verschwunden und Konny hatte eine katastrophale Laune. Maren auch. Plotek war das nicht unrecht. Beschäftigte er sich eben nur noch mit Thea. Und beide zusammen mit Estland. Da erzählte Plotek Thea zunächst einmal die Geschichte ihres Landes. Zumindest so, wie es im *DuMont*-Reiseführer dringestanden ist. Thea war ganz begeistert, dass jemand so viel über ihr Land wusste, wo doch die meisten nicht einmal wissen, dass es das überhaupt gibt. Und wenn schon, dann keinen blassen Schimmer haben, wo das liegt. Und jetzt das!

»Du musst mich in Tallinn besuchen kommen«, sagte Thea.

Plotek nickte.

»Nach die Oktoberfest!«

Und noch mal Nicken von Plotek.

»Es ist sehr schön bei uns.«

»Ich weiß«, sagte Plotek und hatte die Bilder aus dem *DuMont*-Reiseführer vor Augen. Den Rathausplatz von Tallinn, den Domberg mit der russischen Kathedrale, den Blick von der Nikolaikirche über die Altstadt, die Olaikirche, die Frauen in Tracht, die Küstenlandschaft bei Leesi in Nordestland, die Moorlandschaft im Naturschutzgebiet Virurabe in Lahemaa, die Ruine der Ordensburg von Toolse aus dem 15. Jahrhundert, die Wanderfelsen bei Käsmu, die Windmühlen bei Angla und, und, und.

»Du kannst bei uns wohnen«, sagte Thea.

Jetzt kein Nicken mehr von Plotek. Dafür eine vage Vermutung. Nur kurz, dann Gewissheit.

»Ich und meine Mann haben große Wohnung mitten in Tallinn.«

Scheiße, dachte Plotek. Jetzt war seine Laune auch im Eimer. Thea erzählte noch ein bisschen weiter, aber bei drei Hängern um sie herum ließ sie es dann auch bald sein. Allgemeiner Aufbruch war jetzt angesagt. Konny fuhr Thea mit seinem Z3 wieder nach Hause. Maren rief Konny noch ein »Bis später, dann!« hinterher. Plotek stand wieder daneben und winkte.

»Du musst doch auch nach Neuhausen?«, fragte Maren, als die Rücklichter schon verschwunden waren.

Plotek nickte.

»Kann ich dich mitnehmen?«

Da konnte Plotek natürlich nicht Nein sagen. Außerdem war es ihm ganz recht, dass er nicht mit den ganzen Besoffenen in der U-Bahn fahren musste.

»Ich hab da oben in der Kazmairstraße geparkt.«

Also liefen sie an der Bavaria vorbei zur Kazmairstraße. Viel redeten sie bis dahin nicht miteinander. Was jetzt weniger an Maren lag, sondern vielmehr an Plotek. Der war gar nicht mehr so gesprächig. Maren erzählte ein wenig von sich und dem Halbbruder. Ein richtiges Arschloch sei das, sagte sie. Den gemeinsamen Vater schirme er ab, dass ihm ja nichts entgehe. Alles wolle der für sich haben. Die Brauerei, das Land, die Häuser. Obwohl sie ja auch ein Anrecht habe, als Halbschwester. Zumindest auf einen Teil. Aber vergiss es! Da habe der Bruder den Vater so unter Druck gesetzt und alles frühzeitig auf seine Frau und den fünfjährigen Sohn überschreiben lassen, damit sie, die Maren, bloß nichts abkriege.

Plotek hörte gar nicht richtig zu. Erstens, was interessierten ihn die Probleme anderer. Und zweitens war er noch ganz in Tallinn. Das musste Maren auch gemerkt haben, weil sie plötzlich nicht mehr von den Problemen, sondern von ihrer Arbeit im Altenheim redete. Krankenschwester sei sie, vom Beruf her. Aber seit fünfzehn Jahren arbeite sie in verschiedenen Altenheimen. Jetzt muss man wissen, dass Maren auch nicht mehr die Jüngste war. Also eher Ploteks Jahrgang. Und fast doppelt so alt wie Konny. Wie das zusammenpasste – keine Ahnung. Aber die Liebe fragt nicht, die Liebe macht, dachte Plotek und dann wieder an Thea.

In der Kazmairstraße gab es dann eine Überraschung.

»Da ist es«, sagte Maren und meinte ihr Auto.

Das war auch ein Z3. Jetzt musste sich Plotek natürlich schon wieder das Gleiche wie bei Konny denken. Wie kann sich eine Krankenschwester einen sündteuren Z3 leisten. Gefragt hat er dann nicht, sondern eingestiegen ist er und ließ sich nach Neuhausen fahren.

Auf dem Armaturenbrett pappte ein Aufkleber. Komisch, dachte Plotek, hab ich doch schon mal irgendwo gesehen. Und dann: Nicht so wichtig. Pech gehabt, doch wichtig. Aber das hat er dann erst viel später gemerkt.

Zu Hause dann wieder derselbe Ablauf. Zuerst konnte er nicht schlafen, dann zappte er durchs ganze Fernsehprogramm. Bei tv.münchen blieb er wieder hängen. Dann dämmerte er weg. Dazwischen, also zwischen Wegdämmern und tv.münchen, sah Plotek sich selbst noch im Fernseher. Bedienend im Zelt. Komisches Gefühl war das, sich selbst zuschauen zu müssen. Dann sah er auch noch Thea. Das Gefühl war schon besser. Und dann Konny. Das war wiederum seltsam. Konny stellte gerade einem Mann ein Hendl mit Kartoffelsalat und einen Maßkrug hin. Nein, das war nicht seltsam, quasi eigentlich seine Aufgabe. Komisch war auch nicht, dass Plotek dachte, den Mann hab ich doch irgendwo schon mal gesehen. Nein, das Ungewöhnliche war, dass Konny, nachdem er das Hendl, den Kartoffelsalat und die Maß vor dem Mann abgestellt hatte, etwas zu ihm sagte, dann lachte und dann ging. Ohne abzukassieren! Und das bei Teamwork und alles auf denselben Geldbeutel. Da kriegt das Vertrauen dann plötzlich einen Knacks, dachte Plotek. Dann an die Verantwortung und die Katze Fritz. Das wurde Plotek langsam unheimlich, weil er Fritz schon seit Tagen nicht mehr gesehen hatte. Gehört auch nicht. Und der Napf stand abends immer genauso im Eck, wie er ihn morgens hingestellt hatte. Selbst das Katzenklo stank nicht mehr. Katzenklos stinken immer – Folgerung: unbenutzt! Fritz war verschwunden. Das wenn die Frau Wammerling erfährt, dachte Plotek vor sich hin dämmernd. Und dann träumte er wieder von sich selbst als Hendl.

3

»Hilfe!« Plotek ist wieder vom eigenen Schrei aufgewacht. Und schon wieder zu spät. So spät, dass der Doktor Hohenthaler jetzt ausfallen musste. Es war Donnerstag und schon halb neun. Und um neun musste er bereits im Zelt sein. Heute war Plotek dran mit den Vorbereitungen. Bei jeder Frühschicht ein anderer vom Team. Na ja, Team, hat Plotek in Anbetracht der tv.münchen-Aufzeichungen gedacht, als er sich anzog. In aller Ruhe. Da ist er wieder eigen. Wenn es schnell gehen soll, macht er noch langsamer. Und wenn Zeit noch und nöcher, kommt plötzlich Hektik auf. Jetzt stieg er also gemütlich in seine Cordhose und in die alten Mokassins. Dann ging er zur U-Bahn. Mit der und den Vergnügungssüchtigen aus aller Welt zusammen auf die Wiesn. Kurz nach neun war er dann im Oberländer-Zelt. Fünf Minuten später in der Tracht. Thea war auch schon da, obwohl die mit den Vorbereitungen gar nicht dran gewesen wäre.

»Ich habe gedacht, du bist bestimmt wieder am Verschlafen«, sagte sie und wickelte dabei das Besteck in Servietten ein.

»Tschuldigung!«, antwortete Plotek reumütig und dann: »Ich mach schon.«

»Das Servietten sind ohnehin aus«, sagte Thea. »Weißt du, wo welche sind?«

»Ich glaube, im Lager oder im Kühlraum, keine Ahnung«, sagte Plotek, und Thea ging sofort los. Lange dauerte es, bis sie wieder zurück war. So lange, dass Plotek inzwischen schon die Tische abgewischt hatte. Und dann war nichts mehr so wie vorher. Die Servietten hatte Thea nicht gefunden. Dafür was ganz anderes. Bevor sie das aber Plotek zeigen konnte, hat Plotek noch »Aaaaa!« geschrien. Thea dagegen zitterte am ganzen Körper. Warum? Na ja, Theas Kugelschreiber, den sie immer an die Bluse steckte und mit dem sie die Bestellungen auf einen kleinen Block schrieb, ist ihr im Kühlraum heruntergefallen. Genau hinter die Kartons, wo die gekühlten Hendl drin waren. Irgendwie muss sie ungeschickt an den Kugelschreiber hingekommen sein. Normalerweise ist ihr das nie passiert. Die ganzen Tage nicht. Jetzt schon. Hat sie sich eben auf der Suche nach dem Kugelschreiber gebückt. Dann hinter die Kartons gegriffen und: Entsetzen! Thea hat sofort die Hand zurückgezogen und verharrt. Regungslos ist sie vor den Kartons gekniet. Wie die Schlange vor dem Kaninchen. Wobei jetzt eher sie das Kaninchen war. Das Herz raste, der Puls war auf 180, die Augen ohne Wimpernschlag – sie konnte sich nicht bewegen. Das gibt's oft. Da blickt man in den Abgrund und kann nichts tun. Zum Beispiel bei einem Unfall. Hilflos steht man vor dem zertrümmerten Auto. Man hat allein schon Schwierigkeiten, die Situation überhaupt zu realisieren. Von Einschreiten, von etwas machen, erste Hilfe oder was – keine Spur. Innen wird gestöhnt, gejammert, geblutet, und auf der Straße steht man selbst und glotzt. Manche glotzen aber auch dann noch immer, wenn sie schon längst realisiert haben, was Sache ist. Warum? Keine Ahnung. Vielleicht weil sie hoffen, dass sich ein anderer erbarmt und den Verblutenden von Mund zu Mund beatmet. Vielleicht auch, weil sie Angst haben, was falsch zu machen. Machen sie eben gar nichts. Thea machte auch nichts. Sie ist nur dagekniet und hat geschaut. Wie lange sie jetzt dagekniet ist, eine Minute, fünf, zehn oder eine halbe Stunde – keine Ahnung. Auf jeden Fall so lange, wie

Plotek brauchte, die zwölf Tische im Zelt abzuwischen. Und das hat gedauert, weil Plotek nicht der Schnellste ist. Plötzlich ist Thea dann aufgesprungen – und so schnell sie konnte raus aus dem Kühlraum gerannt, weil: Situation realisiert und drohender Herzstillstand. Dann ist sie rein ins Zelt und hinter der Schänke Plotek direkt ins Tablett mit dem Besteck gelaufen. Plotek hat »Aaaaa!« geschrien.

Das Tablett segelte wie eine Frisbeescheibe durchs Zelt. Dabei verteilte sich das eingewickelte Besteck gleichmäßig. Thea sprang Plotek an die Brust. Dann weinte sie und konnte nichts sagen. Warum, wusste Plotek natürlich nicht. Das war ihm jetzt auch ganz egal. Plotek war Thea an der Brust nämlich nicht unangenehm. Eher Gegenteil – einerseits. Man muss wissen, dass Thea ohne Beinaheherzstillstand dem Plotek kaum um den Hals gefallen wäre. Auch wieder eher Gegenteil. Ob Thea jetzt treu war, wie das Verhältnis zu ihrem Mann in Tallinn ausgesehen hat, ob ihre Beziehung unerschütterbar war oder ob sie sich vielleicht vorstellen ... – konnte Plotek nicht wissen. Was er wissen konnte, war, dass Thea in den letzten Tagen immer sehr freundlich und reizend gewesen war. Aber nicht nur zu ihm, auch zu Konny. Zu Schorsch. Sogar zu Maren. Mehr war da bisher nicht gewesen. Die gestrige Einladung nach der Spätschicht in seine Lieblingsgaststätte hatte sie ausgeschlagen.

»Nicht böse sein«, hatte sie gesagt, »aber ich bin müde.«

Kein Wunder, war ja auch schon kurz vor Mitternacht gewesen. Weit vor Mitternacht hatte Plotek sich aber noch nicht zu fragen getraut. Hat er sich natürlich wieder geärgert. Und der vertanen Chance und Konnys Z3 hinterhergewinkt. Aber egal.

Auf jeden Fall hatte es, bis auf die Knie im Boxauto, seit Tagen zwischen den beiden keine Berührung gegeben. Jetzt hätte man beim Anblick der zwei denken können: ein Herz und eine

Seele! Andererseits – jetzt wieder typisch Plotek. Er wusste natürlich nicht, was anfangen mit so einer Situation. Also nichts mit Trösten, Übers-Haar-Streichen, »Was ist denn?«-Fragen und »Wird schon wieder werden«-Sagen. Nein, Plotek streckte die Arme aus wie Flügel und wusste nicht, wohin mit sich. Ähnlich wie Thea vor den Hendl-Kartons. Oder wie der Unfallgucker vor dem Verblutenden. Thea blutete zwar nicht, dafür weinte sie aber und schluchzte an Ploteks Hals, dass ihm die Tränen in den Hemdkragen tropften. Aber egal. *Not schweißt zusammen* – auch wieder so ein blödes Sprichwort, dachte Plotek, und weiter: Natürlich nicht sofort, aber irgendwann. Und kurze Zeit später: Welche Not? Bevor Plotek noch darüber hätte philosophieren können, also über Existenzangst, Seinserfahrung und alles, löste sich Thea schon wieder von ihm. Schade! Sie nahm ihn bei der Hand und sagte: »Schnell, komm mit!«

Bis ans Ende der Welt wäre Plotek diesen Worten gefolgt beziehungsweise dem Mund, der Frau, der Estin, Thea. Auch bis nach Estland. Da fühlte er sich ja mittlerweile wegen dem *DuMont*-Reiseführer mehr zu Hause als hier. Das Ende der Welt war aber nicht in Estland, sondern gleich hinter der Schänke, im Kühlraum vom Oberländer-Zelt. Genau hinter den Kartons mit den gekühlten Hendl. Wobei das Ende gar nicht zu sehen war. Zuerst zumindest nicht. Nur zu ertasten.

»Mach, da hinten!«, sagte Thea und zeigte hinter die Kartons.

Griff Plotek eben hinter die Hendl-Kartons. Vielleicht ist ja ein Hendl in den Spalt gefallen, dachte Plotek und zog einen Kugelschreiber hervor. Er sah sofort, dass der Thea gehörte. Ganz stolz streckte er ihr den Kugelschreiber hin. Als wär's ein Ehering. »Willst du, Thea aus Estland, den hier vor dir knienden Paul Plotek ...«

»Nein!« Thea beachtete den Kugelschreiber gar nicht. Mit

dem Kopf deutete sie noch immer hinter die Kartons. Griff Plotek eben noch einmal dahinter. Und plötzlich hatte er eine Uhr in der Hand. Ich werd verrückt, dachte Plotek, das ist eine Tschekist. Eine ganz seltene sowjetische Uhr der Firma Poljot. Ein rares Sammlerstück. So eine, wie er sie schon immer gern gehabt hätte. Jetzt muss man wissen, dass Plotek ein zwiespältiges Verhältnis zu Uhren hat (dazu später mehr.) Deswegen, also wegen der Tschekist, muss man doch nicht gleich weinen, dachte Plotek und meinte Thea. Eher Gegenteil. Er guckte jetzt über die Schulter hinweg Thea freundlich an. Aber die sagte nur: »Weiter, weiter!«

Hat Plotek eben weitergetastet. Und plötzlich Finger gespürt. Zuerst dachte er gar nicht viel dabei. Vermutlich war ab jetzt nur noch die seltene Uhr in seinem Kopf. Dann dachte er doch noch was anderes, nämlich: Seit wann haben Brathähnchen Finger? Ist ihm nichts eingefallen. Dafür was aufgefallen, nämlich, dass die Finger eine Hand waren. Und die Hand jetzt in *seinen* Fingern! Die Hand konnte unmöglich zu einem Hendl gehören. Hat sie auch nicht. Sondern zu einem Menschen. Nach kräftigem Ziehen und Zerren an der Hand und Verschieben der Kartons schaute der Mensch dahinter hervor. Ausgesehen hat er nicht gut. Gar nicht gut. Aber erkannt hat ihn Plotek sofort. Ja, das war der Mann unter dem Biertisch. Der mit dem Lebkuchenherz um den Hals. Und tatsächlich. Das Lebkuchenherz war auch noch da. Da stand drauf »Glückliches Ende«. Na ja, Zynismus oder was?, dachte Plotek und: Irgendwo hab ich das schon mal gesehen. Kam er aber nicht drauf. Erst später. Der Anblick des Toten hätte jetzt für Plotek Herzstillstand bedeuten können. Aber denkste. Plotek machte das gar nichts aus. Auch nicht, die Hand von dem Toten zu halten. Oder die Hände. Jetzt waren es nämlich schon zwei. Dann ist es Plotek doch noch ein bisschen unheimlich geworden. Plötzlich hatte er nämlich noch eine Hand zwischen den Fingern. Komisch, dachte er. So wenig, wie ein Brathähnchen Finger haben kann, hat ein Mann drei Hände. Also? Genau. Hinter dem toten Mann lag auch noch eine tote Frau. Die sah auch nicht mehr ganz frisch aus. Sie war im Gesicht schon ganz blau. Nein, bunt. Entweder lag die jetzt noch länger hinter den Kartons oder sie hatte sich im Schminkkasten vergriffen. Gibt's ja oft. Frauen die sich morgens, weil unausgeschlafen und noch kein richtiges Gefühl für Mengenverhältnisse, die Wangen mit zu viel Rouge und Make-up zukleistern. Sich unter die Augen schwarze und blaue Streifen malen wie beim Fasching. Bei Tageslicht betrachtet und in der Trambahn auf dem Weg ins Büro kommen sie einem dann vor, als stünden sie mit sich selbst auf Kriegsfuß. Fehlen nur noch der Tomahawk und Winnetou. Der steigt aber bestimmt bei der nächsten Haltestelle zu und dann: Huck! Auf zu den ewigen Jagdgründen.

Wenn die weibliche Hand mit zunehmendem Alter zittriger wird, ist es gar nicht verwunderlich, dass bei der Schminkerei was danebengeht. Dann sieht die Frau eben so aus wie die Tote hinterm Karton. Soll heißen: gar nicht gut. Die ersten Anzeichen von *rigor mortis* treten im Gesicht vier bis sieben Stunden nach dem Tod auf. Es dauert dann noch einige Stunden, bis alle Muskeln steif geworden sind. Die waren bei der Frau hinterm Hendl-Karton eindeutig verstrichen. Dann dauert es noch mal zwei Tage, bis die Schlaffheit wieder über den toten Körper kommt. Das ist nicht nur bei den Menschen so. Nein, auch die toten Tiere bleiben davon nicht verschont. Auch beim Schweinsbraten ist das so. Ja, da glaubt man immer, man kauft frisches Fleisch beim Metzger. Dabei ist der Schweinsbraten uralt. Tagelang liegt der schon rum und gammelt vor sich hin. Wenn nicht, wäre er steif. Wenn der Schweinsbraten auf den Tisch kommt, ist er bereits ein Aas. Deswegen schmeckt er ja auch so gut. Das dachte Plotek jetzt alles, während er die Toten betrachtete. Und dabei lief ihm das Wasser im Mund zusammen. Wegen dem Schweinsbraten. Ein bisschen viel Gedanken auf einmal, könnte man denken. Aber so ist er eben, der Plotek. Vom Hundertsten ins Tausendste in kürzester Zeit – und wieder zurück.

Jetzt zur Leiche hinter den Kartons. Die Bluse der Frau war so verrutscht, dass die Brüste hervorschauten. Daran konnte Plotek erkennen, dass die Frau ungefähr das gleiche Baujahr war wie der Mann. Die Brüste von der Toten sahen haargenau so aus wie die Brüste von Ploteks Großmutter, kurz bevor die starb. Da war Plotek – Jahre ist es her und Kindheit jetzt – von der Mutter mit der Schnabeltasse ins Schlafzimmer von der schwer kranken Oma geschickt worden. Die Oma, schon ein wenig verkalkt, lag aufgedeckt im Bett. Sie hatte nichts an. Da hat Plotek dann die Brüste gesehen und vor Entsetzen die Schnabeltasse fallen lassen. Das war für den Buben ein unfassbarer Anblick. Brüste kannte der nur aus dem *Playboy*, den er in der Scheune hinter den Strohballen gefunden hatte. Und die sahen da ganz anders aus. Ganz anders als die von der Oma. Und die von der Oma genau so, wie die jetzt von der Toten. Thea schaute sofort weg. Quasi Schamgefühl. Plotek bekam dagegen den Blick nicht mehr los. Eine richtige Faszination ging für Plotek davon aus. Nicht nur von den toten Brüsten. Auch von den toten Körpern. Beim Anblick der zwei Toten geriet er wieder ins Philosophieren. Thea dagegen in Panik.

»Ich geh zu Oberländer!«, sagte sie, sprang auf und ging los.

Plotek schaute sich dagegen noch eine Weile die Leichen an. Dabei dachte er über den Tod nach. Und über das Leben. Generell. Und im Speziellen über das eigene. Letztendlich dient alles Blutpumpen, Verdauen und Nachdenken nur dazu, den Tod für ein Weilchen hinauszuzögern. Mehr ist das nicht, dachte Plotek. Und dann an die Süßwasserpolypen. Die kann man nämlich in zehn Stücke schneiden. Das gibt dann zehn Süßwasserpolypen. Alle völlig intakt. Quasi Vermehrung wie durch Stecklinge. Das ist beim Menschen natürlich nicht drin. Ob das jetzt gut ist oder nicht, keine Ahnung. Aus und vorbei, dachte Plotek beim Anblick der zwei Leichen. Aber Irrtum. Nichts ist aus und vorbei. Nach dem Tod fängt es erst richtig an, das Sterben. Dem Körper steht jetzt seine größte Aufgabe bevor. Alles, Knochen, Muskeln, Nerven und Schleim, muss wieder zu Staub umgewandelt werden. Sonst wird es nichts mit der biblischen Prophezeiung »Asche zu Asche, Staub zu Staub«. Den zwei Leichen hinter den Kartons stand das noch bevor. Bei näherer Betrachtung hatte der Mann eine gewisse Ähnlichkeit mit Lenin. Vielleicht kam Plotek das auch nur so vor. Wegen der sowjetischen Uhr. Die toten Hälse sahen aus wie von Modigliani gemalt, dachte er. Aber vielleicht auch nur wegen der Totenstarre, keine Ahnung. Die Gesichter waren wie aus Wachs. Die Haut bleich, die Augen geschlossen und um den Mund herum ein Lächeln. Wie Jesus' Jünger, schlafend am Ölberg.

Als dann Thea nicht zurückkam und der Herr Oberländer auch nicht, schob Plotek die Toten wieder hinter die Hendl-Kartons. Musste ja nicht gleich jeder sehen. Hat ja auch nicht jeder so ein strammes Nervenkostüm. Vorher hat Plotek aber noch die Tschekist des Toten eingesteckt.

Tschekist ist eigentlich der Name einer in den zwanziger Jahren bekannt gewordenen bolschewistischen Terrororganisation. Später wurde sie dann in KGB umbenannt. Hergestellt wird die Tschekist von der ersten Moskauer Uhrenfabrik Poljot. 1927 gegründet, wurde sie mehrmals umbenannt und erhielt nach dem Flug des ersten Kosmonauten Jurij Gagarin schließlich den Namen Poljot, was auf Deutsch »Flug« heißt. Alle Zeiger der Tschekist sind schwarz, das Gehäuse ist verchromt und tatsächlich, die Prägung auf dem Boden zeigte das Staatswappen der UdSSR sowie eine Nummer. Von der Tschekist gibt es nur eine kleine limitierte Auflage. Ein Exemplar befand sich jetzt in Ploteks Hosentasche. Er dachte, in Bezug auf den Toten, dass der sie ja nicht mehr brauchte, für den spielte die Zeit keine Rolle mehr. Für Plotek dagegen sehr.

Jetzt also zu den Uhren und Ploteks Verhältnis dazu. Das ist von Anfang an ein sehr angespanntes gewesen. Einerseits kann Plotek Uhren nicht ausstehen. Andererseits muss man wissen, dass Ploteks heimliches Hobby Armbanduhrensammeln ist. Jetzt fragt man sich natürlich, wie das zusammengeht. Wie kann man etwas zutiefst ablehnen und gleichzeitig innig mögen? Geht schon. Bei Menschen, Männern, Frauen, ist das oft der Fall. Manchmal könnte man die Freundin an die Wand klatschen. Dann möchte man sie wieder bis in alle Ewigkeit herzen. Da kann man dann nur froh sein, dass das mit der Wand nicht geklappt hat. Bei Uhren ist das auch so. Zumindest bei Plotek. Auf der einen Seite verleugnet er die Uhr. Wenn ihn jemand fragt: »Haben Sie eine Uhr?«, antwortet er kategorisch: »Nein! Noch nie!«

Na ja, er kann ja schlecht sagen: »Ja, doch, 187, alle in einem Koffer unterm Bett!« Das wäre ihm peinlich. Genauso wie das Sammeln von Uhren. Das ist nämlich Ploteks Hobby. Na ja, Hobby ist jetzt vielleicht zu viel gesagt. Auf jeden Fall besitzt Plotek einen ganzen Koffer voller Armbanduhren. Mehr durch Zufall als aus Leidenschaft – die Uhren jetzt. Das Sammeln dagegen ist Plotek in die Wiege gelegt worden. Vom Vater vererbt. Der Vater hat alles gesammelt. Bilder, Kugelschreiber, Postkarten, rostige Nägel, Schubkarren, Fuchsschwänze, Auto-Rückspiegel, Scheren, Hirschgeweihe, Schusswaffen, ausgestopfte Tiere und, und, und. Bei Plotek entwickelte sich die Sammelleidenschaft über Jahre hinweg. Zuerst sammelte er Orangenpapier. Als Kind noch. Dann Briefmarken und

Bierdeckel. Dann Autogrammkarten von Fußballprofis. Dann Zeitungsausschnitte über sich selbst, in den Anfangsjahren als Schauspieler. Zuletzt Uhren. Aber die, wie schon erwähnt, nur aus Zufall. Plotek ist früher, als er noch in Marburg am Theater war, einmal im Monat nach Darmstadt gefahren. Zur Versteigerung von liegen gebliebenen Gepäckstücken. Koffer, Taschen und Rucksäcke, die auf Flughäfen gefunden, zurückgelassen und nicht mehr abgeholt wurden, sind in Darmstadt öffentlich versteigert worden. Das Spannende war, dass den Steigernden nicht bekannt war, was sich in den Gepäckstücken befand. Erst durch die Ersteigerung erfuhren sie es. Und dann gab es manchmal eine böse Überraschung. Einmal ersteigerte Plotek zum Beispiel lauter Unterhosen. Einen Koffer voller Damenunterhosen für 120 DM. Gebrauchte Damenunterhosen! (Heute würde er damit vielleicht einen Versand aufmachen.) Und zuletzt eben einen Koffer voller Armbanduhren. Natürlich war da keine Tschekist drin. Nur Werbeuhren. Billiges Zeug. Was macht man mit so einem Koffer voller Uhren? Das hat sich Plotek natürlich auch gefragt. Zuerst hat er ihn unters Bett geschoben und zu ignorieren versucht. Aber immer, wenn er jemanden mit einer außergewöhnlichen Uhr gesehen hat, hat er angefangen, sich dafür zu interessieren. Also Marke, Funktionen, Uhrwerk, Zifferblatt, Durchmesser, Volumen, Design und alles. Dann hat er angefangen, sich in den Bibliotheken Bücher über Uhren auszuleihen. Schließlich ist er selbst auf Flohmärkte gegangen, um nach Uhren zu suchen. Quasi scheibchenweise zunehmendes Interesse. Hin und wieder hat er sich dann eine gekauft und in den Koffer gelegt. Eine Kienzle, eine Junghans und sogar einmal eine Jaeger-LeCoultre. Eine Futurematic von 1953 mit Gangreserveanzeige und hoch effizientem automatischem Aufzug. Die musste er dann aber in Zeiten höchster Finanzknappheit wieder verkaufen.

Wenn man sich mit Uhren beschäftigt, beschäftigt man sich im Grunde genommen eigentlich mit der Zeit. Aber was ist schon »Zeit«? Das fragt Plotek sich immer wieder, wenn er den Koffer öffnet. Aber nicht nur das, sondern noch viel mehr, nämlich: Kann man Zeit »haben«? Zeit »besitzen«? Oder ist Zeit nur eine hartnäckige Illusion? Kann die Zeit uns davonlaufen? Kann die Zeit stehen bleiben? Können wir uns Zeit lassen? Oder ist Zeit Geld? Hat alles seine Zeit? Eine Barocktreppe eine andere als eine Rolltreppe? Lässt sich die Zeit auf etwas anderes zurückführen? Oder gibt es hinter ihr nichts? Wie ändern sich die Zeiten? Gibt es noch ein zyklisches Zeitverständnis? Oder beginnt der Tag nicht mehr mit dem Sonnenaufgang, sondern mit dem Klingeln des Weckers? Ist also die Zeit völlig losgelöst von den Naturzyklen, von persönlichen Erlebnissen und Erfahrungen? Ein abstraktes Maß, das an das abstrakte Medium Geld gekoppelt und somit kapitalisiert ist? Ist durch zunehmende Flexibilisierung der Arbeits- und Lebensverhältnisse nur noch das individuelle zeitliche Orientierungsmaß gefragt? Ist die Devise der Postmoderne »alles immer und überall sofort« der Eintritt in eine neue Ära, die nicht mehr vom mechanischen Takt der Uhrzeit, sondern von modellierbaren Zeitströmen bestimmt wird? Nimmt der temporale Druck immer mehr zu? Wächst der Entscheidungsstress unter den Terminzwängen? Droht die Überholspurgesellschaft, in der Millionenbeträge in Sekundenschnelle um den Erdball transferiert werden müssen, hundert TV-Sender um die Gunst der Zuschauer buhlen, unentwegt das Handy klingelt, droht diese Überholspurgesellschaft auf dem Standstreifen zu landen? Verschlingt Kronos, der Gott der Zeit, seine Kinder?

Fragen über Fragen, die da in Ploteks Kopf herumticken. Bleibt bei all den Fragen zur Zeit vielleicht nur die Einschätzung Adalbert Stifters, der behauptet hat: »Kein Sterblicher hat noch ausgesagt, was die Zeit ist, und kein Sterblicher weiß, was die Zeit ist.«

Also auch Plotek nicht. Plotek ist aber von der Uhr – oder den Uhren im Koffer – nicht nur zur Zeit gekommen. Nein, von der »Zeit« bis zu »keine Zeit« oder zur »abgelaufenen Zeit« war es dann nicht mehr weit. Plotek beschäftigt sich also über die Zeit hinaus auch mit dem Ende der Zeit. Dem Tod. Wenn man sich mit dem Tod beschäftigt, gibt es immer zwei Möglichkeiten. Erstens: Euphorie, weil man noch lebt. Zweitens: Depression, weil man auch sterben muss. Plotek war lange Zeit für ein Dazwischen. Von der Depression hat er sich eine Euphorie abgeleitet. Mit Weißbier und Tequila. In depressiven Zeiten hat er große Mengen Weißbier, Tequila, Schweinsbraten, Kroketten, Kartoffelsalat und Zigaretten vernichtet. Unmengen getrunken, gegessen und geraucht. Quasi aus Angst hedonistisch ins eigene Grab. So viel, dass der Hausarzt gesagt hat: »Herr Plotek, jetzt wird es kritisch!« Hat Plotek sich das mit den Uhren eben noch einmal überlegt. Und das Interesse daran verloren.

Jetzt offenbar wiedergefunden. Plotek ging mit der Tschekist in der Hosentasche zurück ins Zelt. Da war Thea aber auch nicht. Und von Konny noch keine Spur. Obgleich der schon lange hätte da sein müssen. Jetzt könnte man denken: Ging Plotek eben selbst zum Oberländer. Aber falsch gedacht. Erstens hat Plotek sich für den Herrn Oberländer überhaupt nicht interessiert. Zweitens kam es bei den Toten auf ein paar Minuten mehr oder weniger auch nicht mehr an. Und drittens saßen schon die ersten Gäste an den Tischen und schrien: »Bier her, Bier her, oder ich fall um!«

Plotek war jetzt ganz allein das Team. Soll heißen: Geschwindigkeit und Organisationsgabe mangelhaft. Bedeutet: Es ging drunter und drüber. So schnell konnte Plotek gar nicht schauen, da war das Zelt schon wieder voll. Seine zwölf Tische auch. Er war noch immer allein. Da hatten die Biertrinker natürlich kein Verständnis für. Denen war es egal, wo Thea abgeblieben und warum Konny noch nicht da war. Völlig egal war denen das. Nicht egal war ihnen, dass sie 30 Minuten auf ihr Bier warten mussten. Zuerst haben sie geflucht, geschimpft und geschrien. Dann wurden sie beleidigend. Plotek war noch immer ganz die Ruhe in Person. Den verbalen Beleidigungen folgten Schubsereien und Rempeleien. Schließlich stellten sie Plotek ein Bein. Plotek hatte gerade acht Maß in den Händen. Die fingen ihn dann aber auch nicht auf. Plotek fiel über das ihm gestellte Bein und stürzte mitsamt den acht Maßkrügen auf den Boden. Da lag er nun, in einer Bier- und Scherbenpfütze. Die Bierzelthocker lachten. Die Blasmusik spielte *Ein Prosit der Gemütlichkeit*. Und Plotek hatte einen eigenartigen Geschmack im Mund: Blut. Plotek kann Tote sehen, kein Problem. Auch Tote, die schon länger tot sind, also quasi schon in Auflösung begriffen. Auch kein Problem. Aber wenn Plotek Blut sieht, und wenn es nur das eigene ist, dann ist es aus. Jetzt sah er Blut. Nicht viel, einen Mund voll. Das spuckte er in seine Hand. Mit dem Blut ein Stück Zahn, von seinen Zähnen. Und dann wurde er ohnmächtig. Nicht lange. Als er wieder zu sich kam, lag er beim Oberländer im Wohnwagen, der sein Zeltbüro war, auf einer Pritsche. Neben ihm stand der Herr Oberländer und fluchte:

»Scheiße! Wie konnte das passieren?«

Plotek hätte es ihm schon sagen können, schwieg aber. Neben Oberländer war der Schorsch gestanden. Daneben Konny. Nur Thea fehlte.

»Geht's wieder?«, fragte der Schorsch.

Plotek nickte. Dann wollte er schon wieder aufstehen.

»Jetzt bleibst du noch ein wenig liegen, und dann ab nach

Hause. Morgen dann wieder in alter Frische«, machte jetzt der Herr Oberländer einen auf versöhnlich.

Natürlich hätte Plotek jetzt von den Toten hinter den Hendl-Kartons anfangen können. Aber vergiss es. Das Einzige, was Plotek jetzt interessierte, war, wo Thea steckte. Nur an Thea dachte er jetzt. Gesagt hat er aber nichts. Das war wieder typisch Plotek. Jeder andere hätte jetzt den Herrn Oberländer gefragt: »Wo ist die Thea?«

Da ist Plotek einfach anders. Auf den ersten Blick unverständlich. Auf den zweiten noch immer. Erst im zweistelligen Blickbereich bekommt man dann eine Ahnung, dass das vermeintlich nicht Naheliegendste manchmal doch das Bessere ist. Darüber machte sich Plotek in diesem Moment wiederum keine Gedanken. Er sagte einfach nichts. Weder: »Wo ist die Thea?«, noch das mit den Toten hinter den Hendl-Kartons. Dem Konny wollte Plotek auch nichts von den Toten erzählen. Das Vertrauen zu ihm war dahin. Wegen tv.münchen. Zumal es Plotek jetzt auf der Pritsche vom Oberländer wieder einfiel, woher er den Mann kannte, der als Bierleiche zuerst unter dem Biertisch gelegen hat und jetzt hinter den Kartons ruhte. Ja, das war genau der, den Konny im Fernsehen bei tv.münchen bedient hatte.

Plotek lag noch eine halbe Stunde auf der Pritsche und schaute zur Wohnwagendecke hoch. Mit der Zunge fuhr er immer wieder die Zahnreihen entlang. Immer wieder blieb er an den Schneidezähnen hängen. Kein Wunder, war ja auch ein kleiner Krater drin. Ein fehlendes, abgesprengtes Stück Zahn. Das war aber nicht das Problem. Das Problem war das, was noch da war. Das Stück, das noch im Kiefer steckte. Das schmerzte jetzt noch mehr als die Ahnungslosigkeit in Bezug auf Thea.

Vom Oberländer-Wohnwagen ist Plotek zuerst nach Hause. Dann, als es spät genug war, ins *Froh und Munter*. Im Wohnwagen hat ihm Konny noch die Adresse von seiner Schwester gegeben. Die Schwester, muss man wissen, ist Zahnärztin.

»Geh da mal hin!«, hat er gesagt. »Sag, dass ich dich geschickt hab, dann nimmt sie dich gleich dran.«

Plotek hat genickt und gedacht: Das kann warten. War natürlich wieder ein Fehler. Aber das hat er erst in der Nacht gemerkt.

Im *Froh und Munter* saß er am Tresen und schaute wieder in den Weißbierschaum. Er konnte sich gar nicht richtig auf seine Gedanken konzentrieren. Wegen den Schmerzen im Oberkiefer. Je öfter er jetzt mit der Zunge über die Zahnreihe fuhr, desto dicker wurde das Zahnfleisch. Der Zahnschmerz schmerzte aber nicht nur im Zahn, sondern auch im Kopf. Über die Nasenwurzel zur Augenhöhle hinauf bis zur Stirn klopfte der Schmerz. Immer stärker. Immer schmerzhafter. Versuchte Plotek eben, das Gefühl mit Tequila zu betäuben. Was ihm auch fast gelang. Vorübergehend. Dafür wurde er immer betrunkener. Irgendwann fragte Susi dann: »Was ist denn mit dir heute los?«

Hat er nur abgewunken, quasi nicht der Rede wert. Susi ließ aber nicht locker. Da war die genauso eigen wie Plotek. Irgendwie spürte sie, dass er ihr was sagen wollte. Und nach dem dritten »Sag schon!« von Susi erzählte er ihr eben alles. Das mit den Toten, der Thea und dem Vertrauensbruch im Fernsehen von Konny.

»Wenn ich nur wüsste, was Konny zu dem Toten am Biertisch gesagt hat«, redete Plotek in den Schaum hinein.

»Kein Problem!«, sagte Susi.

Zum ersten Mal schaute Plotek jetzt vom Schaum auf.

»Schau dir die Aufzeichnung einfach noch mal an.«

»Aber wie?«

Susi nahm das Telefon in die Hand und tippte eine Nummer ein. Dann redete sie so leise in den Hörer, dass Plotek nichts verstehen konnte. Dann legte sie wieder auf und sagte: »Samstagabend hast du's!«

Mehr sagte sie nicht. Mehr musste Plotek auch nicht wissen. Mehr hat er erst später erfahren. Eigentlich hätten Plotek die Toten ja egal sein können. Waren ihm auch egal. Nicht egal aber war ihm Thea. Und die war verschwunden. Ihr Verschwinden hatte was mit den Toten zu tun, das war klar. Also musste er herausfinden, was es mit den Toten hinter den Hendl-Kartons auf sich hatte. Dann würde er auch erfahren, was mit Thea war. Die tv.münchen-Aufzeichnung war ein erster Schritt. Natürlich mussten noch viele folgen. Aber das wusste Plotek zu diesem Zeitpunkt noch nicht.

In der Nacht träumte Plotek nicht von sich selbst als Hendl. Dafür von sich selbst als Totem. Und ehrlich: Wenn er es sich hätte aussuchen können, das Hendl wäre ihm lieber gewesen. Plotek war im Traum auch nicht irgendein Toter, damit hätte er sich ja noch arrangieren können. Nein, er war im Traum eine ganz besondere Leiche. Er war Wladimir Iljitsch Lenin! Und tot. Vielleicht deswegen, weil ihn der Tote hinter den Hendl-Kartons an den sowjetischen Führer erinnert hatte. Im Traum vermischt sich ja allerhand, Reales mit Absurdem, Banales mit Genialem. Apropos: Jetzt muss man wissen, dass dieser Lenin nicht einfach gestorben ist und dann … *arrivederci* und ab ins Grab. *Aus den Augen aus dem Sinn.* Auch wieder so ein blöder Spruch, hätte Plotek jetzt denken müssen, wenn er im Traum hätte denken können. Aber im Traum denkt man nicht, da träumt man. Davon zum Beispiel, dass man der tote Lenin ist. Aber nein, der Lenin ist ja nicht wirklich tot. Der ist ja nicht nur in den Köpfen noch immer quietschfidel und lebendig. Er ist auch nach fast 80 Jahren im herzschlaglosen Zustand noch für alle Augen zu sehen. Im Mausoleum in Moskau. In einbalsamierter Pose. Ein bisschen grün im Gesicht, aber sonst äußerlich noch picobello. Innendrin dagegen ist da nichts mehr. Nur Holzwolle. Auch im Kopf. Keine Augen, keine Zunge, kein Gehirn. Das ist völlig ausgeräumt worden und in 31000 Scheibchen zerschnitten. Warum? Man wollte eben sehen, ob der Führer aller Sowjets was anderes im Kopf hatte als Väterchen Normalverbraucher. Und, hatte er?, wird sich so mancher jetzt fragen. Na ja, je nachdem. Die einen sagen so: »Hoch entwickelte Pyramidenzellen, zahlreiche Assoziationsfasern, größere Körnerzellen.« Ist gleich: Genialität bewiesen. Und die anderen sagen das Gegenteil. Was jetzt stimmt, keine Ahnung.

Aber zurück zum Traum. Das Schlimmste im Traum ist, jemand sein zu müssen, der man gar nicht sein möchte. Also Plotek jetzt Lenin. Das Allerschlimmste aber ist, wenn der, der man dann ist, auch gar nicht da sein möchte, wo er ist. Lenin im Mausoleum. Der oberste Sowjet wollte nämlich gar nicht im Glassarg liegen und sich von allen begaffen lassen. Nein, der wäre lieber bei seiner Mutter im Grab in St. Petersburg verfault, als sich in Moskau von Schulklassen, Altersheimen und Reisegruppen aus Wladiwostok und Recklinghausen bestaunen zu lassen. Das hat er auch testamentarisch über seine Frau Krupskaja verfügen lassen. »Genossen und Genossinnen, Arbeiter und Arbeiterinnen, Bauern und Bäuerinnen. Ich möchte eine große Bitte an euch richten. Lasst es nicht zu, dass sich euer Leid in eine äußerliche Anbetung der Persönlichkeit von Wladimir Iljitsch verwandelt. Errichtet in seinem Namen keine Paläste und Denkmäler. All diesen Dingen maß er in seinem Leben wenig Bedeutung bei. Er empfand sie sogar als peinlich. Ihr wisst, welches Elend und welches Chaos in diesem Land herrschen. Wenn ihr das Andenken an Wladimir Iljitsch in Ehren halten wollt, dann baut Kinderkrippen, Kindergärten, Häuser, Schulen und Krankenhäuser. Besser noch: Lebt in Übereinstimmung mit seinen Lehren.«

Plotek-Lenin nickte hinterm Glas im Sarg. Es half nichts. Jetzt fragt man sich: Wie kann der letzte Wille eines so mächtigen Mannes einfach übergangen werden? *Der König ist tot, es lebe der König.* Wieder so ein Spruch, aber in diesem Fall zutreffend. Entscheidend ist nicht, was der Tote will, sondern was den Lebenden nützt. Jetzt Stalin. Dem war der gegen seinen Willen einbalsamierte Lenin im Glassarg nützlicher als ein langsam verfaulender im Petersburger Grab. Seitdem liegt Lenin also im Glassarg auf dem Roten Platz. Jetzt Plotek, im Traum. Dem blieb es nicht erspart, all die Nasen zu sehen, die in einer Mischung aus Ekel und Faszination zu ihm hereinglotzten. Und wer da alles hereinglotzte in Ploteks Traum! Zuerst eine Blaskapelle aus Wolfratshausen. Dann der Anton aus Tirol, die Silicon-Tussi als Kunstfehler an Infusionsschläuchen und mit Mullbinden verhüllt, die verkalkte nackte Oma, der Münchner OB als Besteck in Servietten gewickelt, Papst Wojtyla, rechtsradikale Fußballer, Schauspieler und noch Hunderte von Promis, die alle so aussahen, wie Promis eben so aussehen: prominent. Dann trat Thea mit blutunterlaufenen Augen neben den Sarg. An der Hand hielt sie der Herr Oberländer, der jetzt einen Stalin-Bart trug. »Du Schwein!«, wollte Plotek als Lenin schreien, aber vergiss es! Der Mund von Lenin ist zugenäht. Dann tauchte Konny am Sarg auf. Er hatte einen langen Wehrmachtsmantel an, den er geöffnet hielt. Am Innenfutter hingen unzählige sowjetische Uhren. Das war ein Ticken und eine Melodie wie aus einem Sergio-Leone-Film. Dann kam Schorsch und weinte. Die Tränen tropften auf den Glassarg und zersprangen. Ploteks Lenin-Blick war jetzt verschwommen. Trotzdem konnte er noch Maren erkennen, die Schorsch küsste und ihm ein Lebkuchenherz um den Hals hängte. Darauf stand: *Ich liebe dich!* Den Schorsch? Wo doch

Konny der aktuelle Liebhaber war ... Der kam dann noch einmal zurück, zusammen mit dem Herrn Oberländer, aber ohne Thea. Mit einem Stemmeisen brachen sie den Sarg auf. »Hilfe!«, wollte Plotek als Lenin schreien, aber mit dem zugenähten Mund keine Chance. Sie holten den Leichnam heraus und schafften ihn nach München, in einer Nacht, und legten ihn hinter die Hendl-Kartons. Da wurde es jetzt aber ein bisschen eng, weil die anderen zwei Toten ja auch ihren Platz beanspruchten. Also sagte der Herr Oberländer: »Bloß keinen Skandal!« Und quartierte die anderen zwei in die Ruhmeshalle aus. Da lagen sie dann, bis Plotek als Lenin hörte, zuerst ganz leise und kaum zu verstehen, quasi wie Lenin mit Hörschaden:

»... rostfrei aus ganz besonderem Stahl, mit einer Schutzschicht aus Tetrafluoraethylen ...«

Dann immer lauter. Und immer deutlicher. Quasi Lenin mit Hörgerät:

»... für die ganze Familie, braten, schmoren, einbeizen, kochen, auch für Nachspeisen, Aufläufe ...«

Dann so laut, dass Plotek nicht mehr der tote Lenin war, sondern der aufgewachte Plotek. Und der dachte, noch im Dämmerzustand: Seit wann ist der Fritz wieder zurück? Und seit wann kann der sprechen? Es war aber nicht der Fritz, der da sprach, sondern der Fernseher. Eine Home-Shopping-Verkaufsshow. Wieder typisch. Die ganze Nacht ist der Kasten gelaufen. Abends hat Plotek nicht einschlafen können, hat im Bett liegend noch geglotzt. Ist schließlich doch eingeschlafen, kein Wunder bei dem Programm. Der Fernseher ist allein vor sich hin gelaufen. Jetzt wurden gerade Kochtöpfe verscherbelt. *Home-Shopping-Europe*. Plotek hat einen Narren an diesen Verkaufsshows gefressen. Da kann er sich nicht satt gucken. Einerseits. Andererseits ist das das beste Schlafmittel. Wenn es das auf Krankenschein gäbe, unserem Gesundheitssystem bliebe einiges erspart. Wie dieser überflüssige Konsumschrott mit so viel einfühlsamen, gar zärtlichen Worten an die Frau gebracht wird – sagenhaft! Da wird stundenlang über Funktionen, Beschaffenheit des Materials, Verarbeitung, Anwendungsgebiete und, und, und von einem achtteiligen Kochlöffelset zu 19 Euro 87 geredet, als wäre der Kochlöffel Einsteins Relativitätstheorie. Und auch von der Hausfrau beim Bügeln zu verstehen. Danach raucht einem der Kopf und man glaubt, dieses Kochlöffelset unbedingt haben zu müssen. Weil man sonst gar nichts mehr versteht: die Kochlöffel nicht, den Einstein nicht und die Welt auch nicht. Die Kochwelt gleich zweimal nicht.

Apropos: Beliebt bei Plotek sind auch die Kochsendungen. Aber nicht dieser Biolek-Mist. Nein, die auf ORF. Da haben die Österreicher einfach die Nase vorn. In diesen Sendungen, irgendwas mit *Frisch gekocht ist halb gefressen*, erklärt dann kochend irgendeine Kärntner Hausfrau ein schwäbisches Maultaschengericht. Eine Moderatorin, die ständig grinst und aussieht, als hätte sie zu oft aus dem Topf genascht, liest blöde Fragen vom Karton ab. Dazu kocht ein angeblicher Starkoch, den kein Schwanz kennt, parallel sein Konkurrenzgericht und macht dabei anzügliche Bemerkungen im Stile von: »So eine Gurke ist nicht nur gut für einen Salat.« Dann gemeinsames Lachen, haha, und dazwischen immer Idiotentipps: »Legen Sie den Kopfsalat in den Kühlschrank, dann bleibt er länger frisch.« Und das alles nur, damit dieser Lebensmittelkonzern, der dieses kulturelle Event sponsert, seine Regale leer kriegt. Herrlich!

Plotek war jetzt also, mit Blick auf den rostfreien Dampfkochtopf, wach. Aber noch immer benommen und schweißgebadet, als wäre er in selbigem die ganze Nacht über gegart worden. Aber der Morgen war nicht nur von diesen traumatischen

Eindrücken geprägt. Auch von den Schmerzen. Zu den allmorgendlichen Gliederschmerzen kamen jetzt auch noch Zahnschmerzen hinzu. Sein Oberkiefer fühlte sich an wie mit Silicon aufgespritzt. Beim Blick in den Spiegel erschrak er. Es fühlte sich nicht nur so an, es sah auch so aus. Geschwollen, dick und hässlich. Außerdem tat es weh wie Kopf-, Bauch- und Gliederschmerzen zusammen. Jetzt klopfte nicht nur, wie noch am Vorabend, der Zahn, jetzt vibrierte der ganze Körper, so als begehre der Tod Einlass, in Gestalt eines Lenin oder nicht. Zunächst schwankte Plotek noch zwischen Doktor Hohenthaler und der Zahnarztpraxis Dr. Nelly Purucker, der Schwester von Konny. Bei einem Griff an den Kopf war Plotek aber klar: Fieber! Hohes Fieber. Bloß gut, dass er heute erst Spätschicht hatte. Also zuerst zu Hohenthaler und dann zur Purucker. Danach würde man weitersehen.

Beim Doktor Hohenthaler gab es zunächst eine Enttäuschung, dann daraus resultierend eine Erleichterung: Der Doktor konnte kein Fieber feststellen.

»Alles im normalen Bereich«, sagte Doktor Hohenthaler. »Nur eine kleine Entzündung im Oberkieferbereich.«

»Kleine«, hat der Doktor gesagt, »kleine Entzündung.« Das klang in Ploteks Ohren wie »gar keine Entzündung«. Quasi nicht der Rede wert. Soll heißen: Hab ich mich mal wieder kolossal getäuscht, dachte Plotek. Und sich ein bisschen geärgert. Weil das natürlich immer bedeutet, aus einer Mücke einen Elefanten zu machen. Oder aber: Der Doktor ist im fachfremden Medizinbereich vielleicht doch nicht ganz so firm. Diesen Gedanken konnte Plotek allerdings nicht mehr zu Ende denken, weil der Doktor ihm wieder eine Spritze ins Backenfleisch rammte.

»Aua!«, sagte Plotek.

Und: »Gleich vorbei!«, Hohenthaler.

Der behielt wieder Recht. Die Schmerzen waren weg. Alle Schmerzen. Keine Gliederschmerzen mehr, keine Kopfschmerzen, und auch der Oberkiefer war jetzt empfindungslos.

Von Doktor Hohenthaler ging es dann zur Zahnarztpraxis Dr. Nelly Purucker. Die Frau Doktor Purucker wusste schon Bescheid. Konny hatte sie verständigt. Mit Handy und Rund-um-die-Uhr-erreichbar ist das ja heutzutage kein Problem mehr. Plotek wurde gleich in eines der Behandlungszimmer gesetzt. Mit einem Lätzchen um den Hals und auf dem Stuhl in horizontaler Lage wartete er dann. Das ist ja oft so in den Zahnarztpraxen. Da wird man schon mal ins Behandlungszimmer reingesetzt, damit der Patient glaubt, es gehe jeden Augenblick los. Aber vergiss es! Alles nur Taktik. Der Patient wird zunächst einmal weich gekocht. Wer bis jetzt noch keine Angst vor der Behandlung gehabt hat, bekommt sie, auf dem Behandlungsstuhl sitzend, beim Anblick der provozierend ausgelegten Zangen, Spritzen, Haken und Bohrer, ganz bestimmt. Plotek nicht. Plotek ist da anders. Angst vor der Zahnbehandlung ist ihm fremd. Also Taktik dahin. Plotek hätte stundenlang auf dem Stuhl liegen können, eine ganze Bohrerwerkstatt und Mordinstrumentenfachhandlung vor Augen – kein Schimmer von Furcht. Schmerzen sind für Plotek kein Anlass zur Angst. Noch nie gewesen. Eher die Folgen. Also Krebs, Querschnittslähmung, Tumor, Tod. Angst vor dem Tod hat er, Angst vor Schmerzen nicht. Eher Gegenteil. Für Plotek hat so ein Schmerz auch etwas Sinnliches. Was für andere schon pervers ist, ist für Plotek normal. Wenn eine Liebhaberin mal versehentlich zu heftig an seiner Brustwarze herumbeißt, sagt die gleich: »Entschuldigung!«, und Plotek denkt: Hat was! Beißt aber Plotek mal in eine Brustwarze, dann gibt es gleich einen Aufschrei und: »Spinnst du!« So hat schon so manche Beziehung mit einem Missverständnis begonnen. Ob das jetzt schon sexueller Fetischismus aus der Abteilung Sadomaso ist? Keine Ahnung. Aber immerhin besser als Infantilismus. Gibt's. Ja, da lassen sich Erwachsene in Inkontinenzwindeln wickeln, tragen selbst gestrickte Babymützchen und sind weltweit organisiert. Eine eigene Zeitung bringen die auch heraus. Das monatliche Infantilistenblatt heißt *The New Mommy Magazine* und enthält wichtige Informationen für alle Infantilisten. Eine Tauschbörse gibt es auch, ebenso einen Anzeigenteil, wo Ammen gesucht, Schnuller und Babyrasseln angeboten und Krabbelgruppenmitglieder geworben werden.

Plotek lag also im Behandlungsstuhl und dachte ganz harmlos an angeknabberte Brustwarzen und zerkratzte Rücken. Und dann bekam er doch noch Angst. Nicht vor Bohrer, Spritzen und Zangen, sondern vor der Nelly Purucker. Die kam jetzt und jagte Plotek mit ihrem Anblick Angst und Schrecken ein. Die Frau Purucker sah nicht aus wie eine Zahnärztin oder so, wie man sich eine vorstellt. Nein, die sah aus wie ein Schlachter, eine mit Anabolika gemästete Kugelstoßerin oder ein in dunklen Folterkellern hantierender Folterknecht. Die Frau Purucker brachte sicher drei Zentner auf die Waage und bescherte damit jedem durchschnittlich robusten Messgerät den Tod. Sie hatte Oberarme, wie es sie bei Frauen selten gibt. Bei Männern auch nur in der Doping-Gewichtsklasse. Einen Hals mit Dampfkochtopfdurchmesser. Dazu Brüste, auf denen Bohrer, Hacken, Spritzen und Zangen abgelegt werden konnten. Ein Heftpflaster klebte an ihrem Kinn, als hätte sie sich am Morgen beim Rasieren geschnitten.

»Nein! Ich werd verrückt!«, schrie Nelly Purucker und stürmte auf Plotek zu.

»Der Jesus!«, sagte sie.

Dann: »Sabine, Miriam, Ivonne, schnell, hierher!«, schrie sie so laut, dass Sabine, Miriam und Ivonne sofort um den Behandlungsstuhl herumgestanden sind. Es hatte eben nach Appell auf einem Bundeswehrübungsplatz geklungen. Alle glotzten sie jetzt Plotek an. Wie den Lenin im Traum.

»Das ist er, der Jesus aus Altötting!«, sagte Nelly Purucker, jetzt ganz leise und pathetisch.

Scheiße, auch das noch, dachte Plotek. Jetzt muss man wissen, dass Plotek erst vor kurzem noch den Jesus bei den Passionsfestspielen in Altötting gespielt hatte. Nelly Purucker legte dann mit der Lobhudelei los, dass Plotek der Schweiß an den Schläfen entlang auf das Hemd tropfte.

»Herrlich, also so etwas habe ich schon lange nicht mehr gesehen. So ein Jesus ist mir selten untergekommen. So eine Grazie, so eine Anmut, richtig zum Verlieben.«

Plotek wurde rot. Dann dachte er: Wenn die in die Brustwarze beißt, ist sie ab. Sofort bekam er eine Gänsehaut bis zu den Fußspitzen. Die Zahnarzthelferinnen schmunzelten.

»Nein, so einen Jesus habe ich selten gesehen. Eigentlich noch nie. Weder in Oberammergau noch sonst wo. Bei Passionsfestspielen kenne ich mich aus.«

Wieder folgte ein Nicken der Helferinnen. Quasi alte Leier.

»Überall schau ich mir die an. Jedes Kuhdorf hat ja seine Spiele. Und die haben was, die haben was sehr Interessantes. Da bleibt zwar die Professionalität auf der Strecke, dafür ist aber eine Innigkeit da, sondergleichen. Bei Ihnen ist dagegen beides zusammengekommen. Warmherzigkeit, Begeisterung, Einfühlungsvermögen und eine Sicherheit im Umgang mit Sprache und Darstellung. Also, wenn ich Ihren Jesus mit dem in Oberammergau vergleiche, da liegen Welten dazwischen. Der Oberammergauer Jesus war eher so wie der Altöttinger Judas. Aber Sie, Sie waren ein Augenschmaus, da würde sich jeder Gläubige die Finger abschlecken.«

Plotek wurde wieder rot und dachte auch sofort wieder an Fetischismus. Jetzt aber nichts mit Brustwarze, sondern mit

Blick auf die Finger der Purucker: zehn Debreziner gefaltet vor der Brust. Die Helferinnen schmunzelten auch wieder.

»Ich wollte ja den Konny mitnehmen. Aber der hat ja nur seine Alten im Kopf.«

Jetzt verdunkelte sich der Blick von Miriam. Plotek sah ihre traurigen Augen. *Braune Augen sind gefährlich, aber in der Liebe ehrlich.* Wieder so ein blöder Spruch. Die anderen schmunzelten noch immer. Quasi gar nicht so blöd.

»Das hätte ihn vielleicht auf andere Gedanken gebracht«, sagte Nelly Purucker. Plotek wollte nichts sagen, weil er dachte: Was geht mich denn der Konny an. Dann rutschte ihm aber doch noch was raus, nämlich: »Um die Alten muss sich ja auch jemand kümmern.«

Der Blick von Miriam wurde jetzt rabenschwarz.

»Oh, oh, das sieht ja gar nicht gut aus!«, sagte Nelly Purucker und meinte Ploteks vereiterten Zahn. In horizontaler Lage konnte sie ihm beim Sprechen genau in den Mund schauen. Also nichts mit kleiner Entzündung im Oberkieferbereich, dachte Plotek. Bestätigendes Nicken der Helferinnen. Dann sagte Nelly Purucker: »Sie haben schon Recht, aber man kann ja auch übertreiben.«

Plotek wusste jetzt nicht so genau, ob sie den Zahn meinte oder Konny. Heftiges Nicken von Miriam. Und, solidarisch, nickten auch die anderen Helferinnen. Also, doch eher Konny. Nelly Purucker beugte sich jetzt so über Plotek, dass ihre Brüste auf seinem Hemd gelegen sind. Dann sagte sie: »Mund auf!«, und zog ihm mit den Debrezinern die Oberlippe lang.

»Ich seh schon, da ist noch ein Splitter im Kiefer. Ja, der muss raus!«

Das war das Stichwort für Sabine. Die rannte jetzt los und trug alles zusammen, was Frau Purucker brauchte. Nelly Purucker dann wieder: »Deswegen muss man ja nicht gleich alles aufgeben.«

Plotek dachte wieder: Zahn oder Konny? Jetzt fing Miriam an zu weinen. Deswegen war Plotek auch sofort klar: Konny.

»Reiß dich zusammen!«, herrschte Nelly Purucker die Miriam an. »Das wird schon wieder!«

Während Purucker jetzt in Ploteks Mund herumfuhrwerkte, also Spritze und alles, hat sich Plotek das mit Konny und Miriam im Kopf zusammengereimt. Dann ist Frau Doktor Purucker mit: »Die Spritze muss jetzt kurz wirken«, und: »Ich komm gleich wieder«, abgerauscht. Sabine und Ivonne hinterher. Gibt's auch oft in den Zahnarztpraxen. Parallelbehandlung. Mehrere Behandlungszimmer, mehrere Patienten gleichzeitig. Bedeutet: Behandlung in Etappen. Dazwischen immer wieder warten. Jetzt auch. Natürlich hätte Plotek jetzt wieder an sexuellen Fetischismus denken können. Aber dieses Mal vielleicht nicht an Infantilismus, sondern an Kolligationsfetischismus. Oder Dromomanie. Was das ist, ist Plotek bis vor kurzem auch noch ein Rätsel gewesen. Erst seit bei einer Talkshow ein Dromomane zu Gast war und ganz offen über seine Neigung sprach, weiß Plotek, was er sich darunter vorzustellen hat. Dromomanie ist erotisch bedingte Wanderlust. Aber auch daran dachte Plotek jetzt nicht. Erstens war Wandern für ihn mit oder ohne Erotik eine Qual. Und zweitens sah er Miriam noch immer mit Tränen in den Augen bei den Bohrern stehen. Dachte Plotek beim Anblick von Miriam: Frag ich einfach nach, wie das ist mit dem Konny. Aber vergiss es! Es fiel ihm jetzt noch schwerer zu sprechen als sonst. Der Oberkiefer wurde pelzig und die Zunge war ganz schwer.

»E koiy ar dei eud«, kam es Plotek aus dem Mund.

Eigentlich unverständlich. Miriam wusste aber sofort, was Plotek sagen wollte. Sie schluchzte, dann nickte sie und sagte: »Ja, bis diese Alte ihn mir ausgespannt hat.«

»Ie aren!«

»Ja, das ist doch nicht normal, ein junger Mann und eine doppelt so alte Frau.«

Plotek zuckte mit den Schultern und dachte an Thea. Dann an ihr Alter. Dann an sein eigenes. Und dann: Was ist schon normal? Während Miriam so vor sich hin schluchzte, dachte Plotek zuerst wieder an sexuellen Fetischismus. Also: Ergophilie, Kinephilie, Aberratio und was es da noch so alles gibt. Dann kam Plotek vom Speziellen aufs Allgemeine. Er reflektierte aus horizontaler Sicht in die Praxis hinein. Ist es normal, als Zivildienstleistender einen Z3 zu fahren? Ist es normal, als Semantikprofessor an der Münchner Uni *I bin der Anton aus Tirol* zu singen? Ist es normal, als schüchterne, australische Sachbearbeiterin nach drei Maß der Welt seine Brüste zu zeigen? Ist es normal, sechs Millionen Liter Bier in zwei Wochen zu trinken? Ist es normal, 600 000 Brathendl in gleicher Zeit zu verspeisen? Und überhaupt, ist es normal, dass Barbie weltweit zwei Puppen pro Sekunde verkauft und 250 Millionen Kinder für ein paar Cent pro Stunde arbeiten? Ist es normal, dass 50 Prozent der Weltbevölkerung keinen Strom haben, 70 Prozent kein Telefon und das Privatvermögen von Bill Gates dem Bruttosozialprodukt Dänemarks entspricht? Ist es normal, dass 2,8 Milliarden Erdbewohner von weniger als zwei Dollar pro Tag leben und die 200 größten Vermögen der Welt pro Sekunde um 500 Dollar wachsen? Was ist schon normal, wollte Plotek jetzt sagen. Aber vergiss es. Die Zunge war nicht mehr zu bewegen. Mund und Rachenraum waren taub.

»Und, schon pelzig?«, fragte die zurückgekommene Frau Purucker.

Plotek nickte. Frau Purucker beugte sich wieder über ihn, zog den Zahn und operierte den Splitter heraus. Ihre Brüste drückten dabei so fest auf Ploteks Rippen, dass er fast keine Luft mehr bekam. Zum Glück dauerte es nicht lange.

»Fertig!«, sagte Frau Purucker und nahm ihre Brüste wieder zu sich. »Das schwillt jetzt ab. In ein paar Stunden ist der Schmerz vorbei. Wenn Sie nicht lachen, sieht man die Lücke gar nicht!«

Dabei lachte sie, dass die Zangen, Bohrer und Haken auf dem Beistelltisch wackelten. Den Schmerz spürte Plotek jetzt schon nicht mehr. Dafür wurde es ihm ganz schummrig im Kopf. Frau Purucker nahm mit ihren Debrezinern Ploteks Hand in die Mangel.

»Kommen Sie in drei Tagen wieder, zur Kontrolle!«

Das klang wie ein Befehl.

»Und grüßen Sie mir den Konny!«

Nicken von Plotek, Befreiung aus dem Quetschgriff und raus aus dem Behandlungszimmer. Direkt Miriam vor die Brust.

»'ulgung!«

»Macht nichts! Können Sie mir einen Gefallen tun?«

Zögerliches Nicken von Plotek.

»Sagen Sie ihm, dass ich ihn noch immer liebe. Trotz allem.«

Wieder Nicken von Plotek und raus aus der Praxis.

Auf der Straße sah Plotek plötzlich alles doppelt. Menschen, Autos, Häuser, Hunde, die Trambahn. Ob das jetzt noch die Spritze war? Die von Frau Purucker oder die von Doktor Hohenthaler? Keine Ahnung. Bestimmt beide zusammen. Ein Teufelszeug! Laufen war nur schwer möglich. Schwankend wie ein Dromomane lief Plotek die Ludwigstraße entlang. Dann setzte er sich auf die Stufen der Feldherrnhalle und schaute auf den Odeonsplatz. Lange ist er nicht allein geblieben. Zwei Männer setzten sich neben ihn. Die Männer sahen haargenau gleich aus. Entweder Zwillinge oder noch immer Doppelblick, dachte Plotek. Und dann: doch Doppelblick. Beide Männer bewegten die Lippen, aber nur eine Stimme war zu hören. Synchronsprechen war doch eher unwahrscheinlich.

»Ich sag mal so«, sagte die Stimme, »das kann ich nicht konkret beantworten. Es ist halt so. Was bleibt mir denn anderes übrig? Sie hat mich ja schließlich auch geboren. Ich kann sie jetzt doch nicht einfach ... auf keinen Fall. Das ist aber auch gar nicht das Problem. Die Bettlägerigkeit auch nicht. Nein, ich pflege sie, ich füttere sie und das macht mir auch nichts aus. Meistens ist das nicht so angenehm, aber mit der Zeit gewöhnt man sich daran. Nach elf Jahren hat man darin Erfahrung und ist auch ein wenig abgestumpft. Obwohl es ja die eigene Mutter ist. Da gewöhnt man sich dran, wirklich. Aber an ihre Ungerechtigkeit, ihre Undankbarkeit gewöhne ich mich nie. Seit kurzem ist sie auch noch so jähzornig. Sie schreit immer, ich solle mich zum Teufel scheren. Ich sei ein Nichtsnutz und unfähig, sie richtig zu pflegen. Nach all den Jahren ...«

Entweder verwechselte der Mann die Stufen der Feldherrnhalle mit den Stühlen bei *Fliege* und Plotek mit dem Fernsehpfarrer. Oder er hatte schon lange niemanden mehr gefunden, der ihm zuhörte. Es gibt so Menschen, die haben niemanden, dem sie etwas erzählen können. Erzählen sie es eben wildfremden Menschen. Jetzt dieser Mann Plotek. Da hat der Mann im Prinzip Glück gehabt, weil Plotek 1a im Zuhören ist. Obwohl Plotek gar nicht richtig zuhörte. Aber das ist wiederum eine ganz besondere Spezialität. Körperlich beim Gespräch, geistig ganz woanders. Plotek war jetzt bei Thea. Immer wieder ging ihm ihre letzte Begegnung durch den Kopf. Vom An-den-Hals-springen bis zum: »Ich geh zum Oberländer!« Immer dieselbe Szene. Schneller, langsamer, in Zeitlupe, mit den Toten, ohne die Toten, bis plötzlich ein Handy klingelte und der ganze Odeonsplatz in die Tasche griff. Auch Plotek, obwohl er gar kein Handy hat. Aber wenn das Geistige so überhand nimmt, zieht das Körperliche automatisch nach. Quasi: Vielleicht ruft Thea an. Aber vergiss es! Der ganze

Odeonsplatz war jetzt enttäuscht. Nur der Mann neben Plotek hatte Glück – und »Ja?« in sein Handy gefragt. Hat sich das Glück gleich als Pech herausgestellt. Die Mutter war dran.

»Nein, Mama, ich bin gleich zu Hause, nein, ich trödele nicht herum, bestimmt nicht ...«

Und dann: »Hallo?«, und immer wieder: »Hallo?«

Das Telefonnetz ist wie ein Schweizer Käse.

»Mama? Hallo, bist du noch da? Hallo ...«

War nicht mehr da. Hat der Mann das Handy wieder eingesteckt und einfach weitererzählt.

»Das ist wieder typisch, ich muss rund um die Uhr für sie da sein, wenn ich mal ausgehen will oder sonst was, schreit sie wieder, ich sei ein Nichtsnutz und würde sie ans Messer liefern wollen, und dann bleibe ich halt ...«

Mitten im Satz ist Plotek aufgestanden, die Feldherrnhallenstufen hinuntergesprungen und auf und davon. Aber egal. Der Mann hat einfach weitererzählt. Quasi *Fliege* grad aufs Klo.

Auf dem Oktoberfest hat Plotek zuallererst hinter die Hendl-Kartons im Kühlraum vom Oberländer-Zelt geschaut. Die Toten waren weg! Als ob sie nie da gelegen wären. Plotek ging dann hinters Zelt zum Oberländer-Wohnwagen. Der Herr Oberländer kam ihm gerade entgegen.

»Na, wie geht's?«, fragte er.

»Schlecht«, sagte Plotek. »Sehr schlecht!«

Das hörte der Herr Oberländer gar nicht gern, weil er wusste, dass das nicht gut fürs Geschäft war.

»Ich brauch einen Tag frei«, sagte Plotek.

Jetzt schaute der Herr Oberländer ganz böse drein. Während Plotek versuchte zu lachen, um seine Zahnlücke zu zeigen, dachte der Oberländer nach.

»Also gut, aber nur einen.«

Plotek nickte und fragte dann schon im Weggehen: »Wo ist eigentlich die Thea?«

Jetzt schaute der Herr Oberländer so böse, dass es Plotek ganz bange wurde.

»Die ist zurück nach Estland. Die blöde Kuh. Die hat das nicht gepackt. Verweichlichtes Weib!«, zischte Oberländer. »Jetzt steh ich da wie der Ochs vorm Berg. Ohne Bedienung.«

Der Oberländer streckte die Arme weit von sich und blickte an seinem Körper hinunter. Plotek ließ ihn wie den Ochsen einfach stehen.

»Wart mal, Plotek!«, rief der Oberländer ihm hinterher. »Da ist jemand für dich im Büro.«

Also ist Plotek in den Wohnwagen vom Oberländer. Und da gab's dann eine Überraschung. Eine böse Überraschung. Scheiße, dachte Plotek, das hat mir gerade noch gefehlt. Die Merz Monika aus Altötting saß am Wohnwagentisch und schaute, als wäre sie von den Toten auferstanden. Für Plotek war sie auch von den Toten auferstanden. Dabei wäre es ihm lieber gewesen, sie wäre liegen geblieben. Jetzt muss man wissen, dass Plotek mal was gehabt hat mit der Merz Monika aus Altötting. Zur Zeit der Passionsspiele. Da war Plotek auf der Bühne der Jesus gewesen und die Merz Monika Maria Magdalena. Hinter der Bühne waren die beiden ein Paar. Zumindest in den Augen der Merz Monika. Sogar ein ganz festes, mit besten Zukunftsaussichten. Bei Plotek dagegen war gar nichts fest und es gab auch überhaupt keine Aussichten. Die Voraussetzungen für eine Beziehung waren also im Prinzip gar nicht gut. Deswegen hat Plotek die Merz Monika einfach sitzen gelassen und sich tot gestellt. Jetzt war er wieder auferstanden. Für sie. Oder sie für ihn, je nachdem.

Plotek konnte gar nichts sagen. Musste er auch nicht. Die Merz Monika redete schon. Und das war schon wieder eine Überraschung. Erstaunlicherweise sonderte sie gar keine Vorwürfe und Beschuldigungen ab. Dafür eine allergrößte Überraschung.

»Ich bin schwanger!«, sagte sie, mit Tränen in den Augen.

Plotek dachte zuerst: Selber schuld. Dann: Mir doch egal. Und zuletzt: Was hab ich damit zu tun? Das sagte Monika ihm dann schon. Vorher liefen ihr aber noch weitere Tränen die Wangen hinunter und zeichneten schwarze Striche in ihr Gesicht.

Das Schlimmste für Plotek sind weinende Frauen. Dagegen ist er machtlos, genauso wie bei Kindern. Apropos: »Du bist der Vater!«, sagte Monika jetzt und im Subtext: Auch selber schuld.

Scheiße!, dachte Plotek und konnte noch immer nichts sagen. Jetzt war *ihm* zum Weinen zumute. Ein Kind! Er Vater! Die Merz Monika Mutter! Von seinem Kind! Hilfe! Nein!, hätte er schreien wollen, wenn er hätte schreien können. Aber nichts kam aus seinem Mund. Nicht Muh, nicht Mäh, kein Pieps. Das war wieder typisch Plotek. In den wesentlichen Momenten seines Lebens sagt er nichts, und wenn, dann immer das Falsche. Einmal hat eine Frau, mit der er nichts näher zu tun haben wollte, ihn gefragt: »Sollen wir uns verloben?« Hat Plotek nichts drauf gesagt, also war er schon verlobt. Ein anderes Mal hat eine andere Frau, mit der er gern näher etwas zu tun gehabt hätte, ihn gefragt: »Gehen wir zu dir oder zu mir?« Hat er zunächst nichts gesagt, dann, als sie nicht locker ließ: »Zu dir!« Sind sie eben zu ihr gegangen, und da war dann die Katastrophe. Die Frau hat in einer Wohngemeinschaft gelebt. Eigentlich nicht weiter schlimm. Da hat aber auch noch ein Mann gelebt, einer, dem Plotek mal die Frau ausgespannt hat. Und der war eben nachtragend und wollte es Plotek dann noch nach Jahren zurückzahlen. Folge: blaues Auge, Abend versaut und Frau futsch. Aber egal. Jetzt war Monika da und mit ihr die Fehltritte der jüngeren Vergangenheit.

»Das gibt's doch nicht!«, sagte Plotek, ganz leise und wie zu sich selbst.

»Was?«, schrie Monika jetzt. »Das gibt's nicht? Das gibt es schon. Im vierten Monat bin ich. Ob du's glaubst oder nicht. Du hast wohl gedacht, du kommst so einfach davon, was? Einfach sitzen lassen, einfach auf und davon, was? Aber da hast du dich jetzt geschnitten. Jetzt bist du fällig, jetzt musst du dafür bezahlen!«

Also doch noch Vorwürfe und Beschuldigungen. Monika lachte jetzt ganz hässlich. So wie die Zahnärztin Purucker. Plotek ließ sie einfach sitzen, machte auf dem Absatz kehrt und raus aus dem Wohnwagen. Das war wieder typisch. Einfach nicht konflikterprobt. Monika umso mehr.

»Wenn du's nicht glaubst, kannst du ja einen Vaterschaftstest machen!«, schrie sie ihm hinterher. »Dann wirst du's schon sehen!«

Und dann lachte sie wieder. Wie Frau Purucker.

4

Nachdem Monika wieder in Ploteks Leben getreten war, ist in Ploteks Kopf natürlich fast nur noch das Kind gewesen. Aber nicht nur im Kopf. Überall hat Plotek jetzt Kinder gesehen, gerochen, gespürt. In Kinderwagen, an der Hand ihrer Mütter, auf den Schultern der Väter, im Bauch von Schwangeren. Die Welt war von da an für Plotek ein einziger Kinderspielplatz. Jedes Kind auf der Wiesn, auf der Straße, im *Tengelmann* oder in der Trambahn erinnerte ihn an das Kind in Monikas Bauch. Jetzt muss man wissen, dass Plotek so seine Probleme mit Kindern hat. Eigentlich mag er sie nicht. Die fremden nicht und die zukünftigen eigenen noch viel weniger. Er kann nichts anfangen mit diesen schreienden, Hosen voll scheißenden Egoisten. Er hat's versucht, ja – aber vergiss es! Im Theater ist das Schlimmste für Plotek immer das Weihnachtsmärchen gewesen. Nicht wegen der flachen Geschichten, der Holzhammer-Dramaturgie und der konstruierten Happy Ends. Auch nicht deshalb, weil er immer nur die anstrengendsten Rollen spielen musste. Nicht darstellerisch – darstellerisch gibt es im Kindertheater keine anstrengenden Charaktere. Anstrengend wegen der Maske und dem Kostüm. Das war manchmal die Hölle. Als Blechmann im *Zauberer von Oz* zum Beispiel, in Neuss. Mit einem sauschweren Blechkostüm ist Plotek fast zwei Stunden in der Hitze der Scheinwerfer herumgestanden und hat Sätze durchs Visier gesagt, die ohnehin niemanden interessierten. Die grölenden Kinder im Zuschauerraum hat nämlich gar nichts interessiert. Außer das Grölen, das Randalieren, das Herumlaufen und das Wurstbrote Auspacken. Einmal sind Plotek dann die Sicherungen durchgebrannt. Als in Marburg bei einer *Ronja-Räubertocher*-Vorstellung drei Kinder auf die Bühne kletterten, um den Pappmachéfelsen umzuschmeißen, da hat Plotek sie gepackt, angeschrien und wieder zurück in den Zuschauerraum gestoßen. Aber selbst das hinterließ bei den kleinen Scheusalen keinen überwältigenden Eindruck. Einer flennte zwar und schrie, als hätte ihm der böse Räuber den Arm abgebissen. Die anderen zwei versuchten es aber fünf Minuten später noch einmal. Nur für deren Mütter war Ploteks erzieherische Maßnahme noch wochenlang ein Thema. Sie beschwerten sich zuerst beim Intendanten, und dann schrieben sie in der Lokalzeitung Leserbriefe, in denen dem Theater »Kinderfeindlichkeit«, dem Darsteller »Menschenverachtung« und der Inszenierung »pädagogisch zweifelhafte Ansätze« unterstellt wurden. Scheiß auf die pädagogischen Ansätze, dachte Plotek damals, aber wenn einem 800 Kinder fahrlässig auf den Nerven herumtrampeln, ist das nicht etwa Menschenhass, sondern Notwehr.

Auch die Kinder in der unmittelbaren Verwandtschaft gehen Plotek auf die Nerven. Und umgekehrt. Bei seinen Nichten und Neffen ist Plotek nicht gern gesehen. Beim Bruder auch nicht. Und auch den Eltern ist jeder Plotek-Besuch Anlass zu Verstimmung. Umgekehrt auch. Das ist die einzige Gemeinsamkeit aller Ploteks. Quasi gegenseitige Abneigung. Oder wieder blödes Sprichwort: *Der Apfel fällt nicht weit vom Stamm.*

Jetzt, in der S-Bahn, war Ploteks Kopf brechend voll mit Kindheitserinnerungen, Kinderaussichten und Kinderwahnvorstellungen. Fehlen nur noch die *Kindertotenlieder* von Mahler, dachte Plotek, dann ist der Horror perfekt. Selbst Thea hatte im Kopf von Plotek nur noch wenig Platz. Aber immer noch genügend, weshalb Plotek jetzt zu ihrem letzten Aufenthaltsort fuhr, der Jugendherberge in Pullach.

Jugendherbergen! Auch wieder so ein Thema. Die Jugendherberge in Pullach unterscheidet sich nur unwesentlich von allen anderen Jugendherbergen auf dieser Welt. Quasi: eine gesehen, alle gekannt. Bei den Jugendherbergen ist es eigentlich egal, wie sie aussehen, Hauptsache, sie sind billig. Rucksacktouristen haben kein Geld, wollen aber die ganze Welt sehen. Die Lösung sind Jugendherbergen. Junge Oktoberfestbesucher aus aller Welt wollen Bier trinken und ihr Geld nicht für ein Hotel ausgeben. Auch da ist die Lösung die Jugendherberge.

Plotek selbst hatte schon mal das Vergnügen, eine Jugendherberge von innen kennen lernen zu dürfen. Burg Wildenstein in der Nähe von Sigmaringen. Damals war Plotek noch ein Kind und mit der Schulklasse im Landschulheimaufenthalt. Die Erinnerung daran ist verblasst. Das Einzige, was im Gedächtnis geblieben ist, ist der erste Korb, den Plotek von einer Zahnspangen-Schönheit verpasst bekommen hat. Wie in allen Jugendherbergen waren die Zimmer nach Buben und Mädchen getrennt. Oft waren es auch verschiedene Etagen. Dazwischen übernachtete der Lehrer im Flur auf dem Klappbett. Nachts haben dann die Buben versucht, sich zu den Mädchen zu schleichen. Plotek und die Klassenkameraden sind am schnarchenden Lehrer vorbei einen Stock höher. Und da sind sie dann mit den Mädchen zusammen bei Kerzenlicht im Kreis gesessen. Sie haben geraucht und billigen Wein aus der Flasche getrunken. Als die Flasche fast leer war, fingen die Buben an, die Mädchen mit zittrigen Händen zu berühren. Manche Mädchen haben die Berührungen erwidert. Einerseits, zärtlich. Andererseits, Gegenteil. Bei Plotek eher Gegenteil. Irgendwie hatte er sich in einen falschen Gedanken hineinmanövriert. Auf jeden Fall war er davon überzeugt, dass die Zahnspangen-Schönheit auch einen Narren an ihm gefressen hatte. Die Zeichen auf den Wanderungen tagsüber, das Augenzwinkern und das neckische Lachen waren für Plotek eindeutig. Und doch hatte er da irgendetwas missverstanden. Als er der Zahnspangen-Schönheit seine Hand auf den Schenkel legen und ihr mit geschürztem Mund einen Kuss auf die Wange drücken wollte, verpasste die ihm eine Ohrfeige. Dann schrie sie: »Lass mich, du Sau!« Es war ziemlich laut. So laut, dass der Lehrer im Flur vom Klappbett aufsprang. Danach kam dann das ganze Programm: Verweis, Eintragung ins Klassenbuch und Arrest. Das Schlimmste war aber die Zahnspangen-Schmach.

Natürlich fragte sich Plotek, in der S-Bahn sitzend und aus dem Fenster schauend: Warum fahre ich jetzt eigentlich hinaus nach Pullach? Warum lass ich mich in etwas hineinziehen, was sehr wahrscheinlich nur Scherereien und Ärger bringt? Warum lass ich Thea nicht Thea sein und widme mich meinen eigenen Problemen? Die sind zeitraubend genug. Zu spät, dachte Plotek. *Jede Reise beginnt mit dem ersten Schritt* – auch wieder so ein blöder Spruch. Aber, ob blöd oder nicht blöd, der Schritt war getan. Obgleich Plotek jetzt überhaupt nicht wusste, wohin die Reise letztendlich führen sollte. Aber egal. Jetzt zuerst mal nach Pullach. So, wie sich die Jugendherbergen ähneln, sind auch die Herbergsväter identisch. Schroff, absolutistisch und kurz angebunden. Hemdsärmlige Monarchen in *Birkenstock*-Sandalen im Rucksacktouristenreich. Auch der in Pullach. Obwohl, zunächst nicht, weil er gar nicht da war. Das Empfangskabüffchen verlassen. Kein Herbergsvater weit und breit. Herbergsmutter auch nicht. Hat Plotek eben auf eine Klingel mit dem Schild »Drück mich!« gedrückt. Noch immer nichts. Weder der Herbergsvater noch die Herbergsmutter, auch kein Zivildienstleistender bequemte sich her. Dafür kam Plotek jetzt der kleine Fernseher im Kabüffchen unter die Augen. Der sprach alleine vor sich hin. Talkshow. Um die Mittagszeit gibt es im deutschen Fernsehen nur Talkshows. Plotek sah auf den zweiten Blick, dass das keine Talkshow war, das war eine Diskussionsrunde, öffentlich-rechtlich. Der Oberbürgermeister saß im Halbrund, mit ihm noch drei dickgesichtige Herren in Tracht und mit buschigen Schnauzbärten. Einer davon war der Herr Oberländer. Den erkannte Plotek gleich. Daneben saß ein Mann, der der Vater vom Oberländer hätte sein können. Es war nicht der Vater, es war ein Landrat, wie dem eingeblendeten Schriftzug entnommen werden konnte. Dann saß da noch eine Frau im Dirndl und mit dekolltiert herausgedrückten Brüsten, die aussahen wie Pobacken. Das war die Moderatorin, und die fragte in ein Mikrofon hinein – so leise, dass Plotek die Ohren spitzen musste: »Herr Oberbürgermeister, in der ersten Woche wurden schon 300 000 Brathendl verkauft und drei Millionen Maß Bier. Gibt es dieses Jahr eine Rekordwiesn?«

Dann sprach der OB, langsam schleppend, mit abwägenden Worten und gestelzter Syntax. Wie immer eben. Nur jetzt viel leiser, wegen dem mickrigen Fernsehton. Das ist schon eine Kunst, dachte Plotek, so zu sprechen, so zu denken und so ein Politiker zu sein. Im Prinzip sind Politiker Künstler. Syntax-Akrobaten, Floskel-Artisten, Semantik-Hasardeure, Wort-Talkrunden-Spieler. Quasi immerzu reden und doch nichts sagen. Dann ergriff wieder die Moderatorin das Wort und warf jetzt ein paar Misstöne und eine kritische Nachfrage in das Halbrund. Alles natürlich im Bereich des in Bayern öffentlich-rechtlich Erlaubten, dachte Plotek. Viel war das nicht. Sogar weniger als möglich. Quasi vorauseilender Gehorsam oder Flex im Kopf. In Bezug auf Kritik und Journalismus hat Plotek eben seine eigene Meinung. Aber egal. Die Moderatorin, jetzt bei eingeblendetem von-Namen, fragte auf jeden Fall, ob die

Wiesn nicht immer mehr zu einer Event-Kultur mit Stars und Sternchen werde und auf Kosten des einfachen, bierseligen Volksfestbrauchtums gehe. Quasi Promi-Wiesn statt Volksgaudi. Zuerst war da ein Schweigen unter den Diskutiergästen. Quasi heikles Thema. Dann noch heikler, weil die Moderatorin mit dem Arsch auf der Brust in das Schweigen hinein fragte: »Dieses Jahr ist ja ein neues Zelt auf der Wiesn. Im Vorfeld hat es diesbezüglich schon Reibereien gegeben.«

Jetzt ging einer der Schnauzbärtigen in Tracht dazwischen. Ärgerlich sah er aus, mit dick pulsierender Schlagader, als er sagte: »Ach was, Reibereien, das ist wieder so was, das ist doch von der Presse total hochgespielt worden. Da ist doch nichts dran. Da gab es eine ganz normale Anfrage von dem Herrn Oberländer und seiner Brauerei – im Übrigen ein verdienter Gastronom –, die Wiesn mit einem neuen Zelt und einem neuen Konzept zu bereichern. Natürlich gibt es da unterschiedliche Auffassungen und Meinungen.«

Und dann eilte der OB dem Schnauzbärtigen zuhilfe. Quasi Schnauzbart-Connection. »Das ist ein ganz normaler demokratischer Vorgang. Verschiedene Interessen, verschiedene Meinungen. Da gibt es nichts zu bekritteln. Am Ende hat sich dann die Mehrheit durchgesetzt und der Herr Oberländer mit seiner Brauerei hat die Bewilligung bekommen.«

Der Herr Oberländer nickte. Die Moderatorin gab sich noch nicht geschlagen: »Gut, aber jetzt wird dem Oberländer-Zelt nachgesagt, dass es vor allem ein Schickimicki-Treff, ein Promi-Stammtisch für die Münchner Schickeria bekannt aus Film, Funk und Fernsehen ist und das gemeine Volk nicht ins Zelt eingelassen werde ...«

»Blödsinn!«, schrie der Schnauzbärtige dazwischen, jetzt als »Oktoberfestleitung« an der Bildschirmunterseite betitelt. »Was ist denn daran schlimm, wenn auch ein paar berühmte Menschen auf der Wiesn zu sehen sind? Davon profitieren doch auch die anderen, davon profitieren alle. Im Übrigen haben auch so genannte Promis das Bedürfnis zu feiern. Und wer will ihnen das verbieten, wer will ihnen verbieten, ein Zelt zu besuchen?«

Nicken vom Landrat und vom Oberbürgermeister.

Jetzt meldete sich zum ersten Mal auch der Herr Oberländer zu Wort. Sein Gesicht glänzte wie ein Brathendl am Grill. Und so aufgeregt war er, dass er ganz furchtbar herumstotterte. »Das mit dem … dem Volk und dem … dem nicht ins Zelt … also … also, das ist natürlich … natürlich ist das … ich weiß nicht … nicht wer so was … was in die Welt … Welt hinein … das … das ist an den Haaren … ist das … das also … ich weiß nicht … nicht, wie das … das zustande kommt. Bei uns ins Oberländer-Zelt kommt … kommt, also … also … da kommt jeder … kommt da … da hinein. Außer wenn's voll … voll … voll ist … wenn's voll ist … ist, dann … dann ist's halt voll. Dann geht halt da nichts … nichts geht mehr. Nein. Das ist bei den anderen … ist das auch nicht … nicht anders, oder?«

Nicken der Schnauzbärtigen und Erleichterung bei Oberländer, so als würde er denken: Geschafft! So hat Plotek den Herrn Oberländer noch nie erlebt. Ob der Herr Oberländer jetzt immer so herumgestottert hat? Keine Ahnung. Aber da im Fernseher, furchtbar. Entweder ist das krankhaft, dachte Plotek, oder der Herr Oberländer hat Dreck am Stecken. Soll heißen: *Getroffene Hunde bellen*. Wieder so ein blödes Sprichwort. In diesem Fall besser: *Verdächtiger Schnauzbart stottert*. Dann wieder reden, damit die Worte aus dem Kopf kommen. Egal was. Hauptsache, die Lippen bewegen sich. Plotek schmerzte schon das Genick vom angestrengten Zuhören. Ließ er also einen Augenblick den Kopf kreisen, um den Nacken zu entspannen und entdeckte die *Abendzeitung* auf einem Tischchen im Herbergsflur. Blätterte er eben ein bisschen rum. Und blieb auf Seite 11 überrascht hängen. »Wer kennt diesen Mann?«, stand da. Daneben war ein Foto. Und daneben der Text: »Der Tote wurde entkleidet im Englischen Garten gefunden. Die Todesursache ist noch ungeklärt. Fremdeinwirkung kann nicht ausgeschlossen werden. Bei dem Toten handelt es sich um einen siebzig- bis achtzigjährigen Mann, 1,75 Meter groß und hager. Neben der Leiche lagen die Kleidungsstücke des Mannes und ein Lebkuchenherz mit der Aufschrift ›Glückliches Ende‹. Vermutlich war der Mann vor seinem Tod noch auf dem Oktoberfest. Ob sein Tod in einem Zusammenhang mit dem Wiesn-Besuch steht, ist noch unklar. Die Polizei interessiert vor allem, wer den Mann zuletzt lebend gesehen hat. Hinweise und Angaben zur Identität des Aufgefundenen nimmt jede Polizeidienststelle entgegen.«

Kein Wunder, dass die Leiche hinter den Hendl-Kartons verschwunden ist, dachte Plotek jetzt. Seltsam war nur, wie die in den Englischen Garten gekommen war. Lange konnte Plotek sich aber nicht wundern.

»Was gibt's?«, sagte plötzlich eine Stimme, mitten in Ploteks Gedanken hinein.

Plotek drehte sich weg von Gedanken und Zeitung und hin zu der Stimme. Und da war ihm dann ganz klar, das kann nur der Herbergsvater sein. Typ Hausmeister mit Fortbildungs-VHS-Kurs in Buchführung und Sozialpädagogik. Allerdings lange her. Mit vollem Mund stand er kauend vor Plotek und wartete auf eine plausible Erklärung für die Störung zur Mittagszeit.

»Entschuldigung!«, sagte Plotek ganz unterwürfig und gab sofort den Pagen-Chargen. Quasi Truffaldino in Pullach. Offenbar nicht überzeugend genug. Also Truffaldino mit Schwächen, denn der Herbergsvater schaute jetzt, als wollte er Plotek zum Nachtisch verspeisen.

»Und?«

»Ich wollte nachfragen, ob Thea vielleicht noch bei Ihnen wohnt.«

»Hier wohnen 131 Menschen, aus 12 Nationen«, sagte der Herbergsvater noch immer kauend und sichtlich schlechter gelaunt. »Und das 365 Tage im Jahr!«

Einerseits war ein gewisser Stolz nicht zu überhören. Andererseits, keine Chance, zumindest nicht auf konventionellem Wege, an eine Auskunft zu gelangen. Sind Herbergsväter bestechlich?, fragte sich Plotek jetzt. In Krimis sieht man das ja öfters. Da wird einem Pförtner oder Hotelangestellten für eine Auskunft schon mal ein Brauner in die Brusttasche gesteckt. Aber bei Herbergsvätern? Beim Herbergsvater in Pullach? Jeder ist bestechlich, antwortete Plotek sich selbst. Das ist nur eine Frage der Summe. Und die ist umgekehrt proportional zur Größe der Stadt. Quasi Kuhdorf ausgeschlossen, Kleinstadt möglich, Großstadt wahrscheinlich. Weltstadt für 'nen Appel und 'n Ei.

Pullach, Kleinstadt, also ein Versuch ist es wert. Nichts mit Truffaldino jetzt, sondern Mecki Messer.

»Estland!«, sagte Plotek, »Thea aus Estland.«

Dabei legte er einen 50-Euro-Schein ins Kabüffchen. So unauffällig wie möglich. Der Herbergsvater kaute jetzt nicht mehr. Dafür schaute er auf den Fuffziger wie auf ein Schnitzel. Entweder lief dem Herbergsvater jetzt das Wasser im Mund zusammen, oder Plotek war seines Lebens nicht mehr sicher. Dann tauchte eine Hand aus der Hosentasche des Herbergsvaters auf, bewegte sich langsam, wie in Zeitlupe, auf den Fuffziger zu, packte den Schein und verschwand mit ihm blitzschnell wieder in der Hosentasche. Die Folge war ein inneres Lächeln von Plotek und eine äußere Aktivität vom Herbergsvater. Er schlug ein großes Buch auf und schaute unter den vergangenen Tagen nach. Dabei fuhr sein Finger langsam die Seiten entlang. Plötzlich hielt der Finger an.

»Gestern ist eine Thea aus Estland, Tallinn, abgereist.«

Er drehte das Buch und hielt es Plotek hin. Noch immer war der Finger auf der Zeile mit dem Namen. Das Nagelbett war rot entzündet, der Nagel abgekaut. Plotek entzifferte das Anreisedatum Freitag und das Abreisedatum Donnerstagvormittag undeutlich in Schreibschrift. Daneben noch undeutlicher der Name Thea Valton oder Valtan oder Volte. Auf jeden Fall Sauklaue!, dachte Plotek und sagte: »Danke!« Der Herbergsvater sagte nichts und schlug das Buch wieder zu. Dann warf Plotek noch einen Blick auf den kleinen Fernseher. Da übte sich der OB schon wieder in seiner Kunst. Und dann: »Wiedersehen!«

»Wiedersehen!«

Als Plotek gerade am Parkplatz der Herberge vorbeilief, gab es wieder eine Überraschung. Das ist ja heute ein Tag wie unterm Weihnachtsbaum, dachte Plotek noch, als er den Herrn Oberländer in seinem BMW mit Mühe einparken sah. Der war doch gerade noch im kleinen Fernseher. Und jetzt ist er hier. Das ist ja wie früher in der Rudi-Carell-Show, wunderte sich Plotek noch mal. Ein Vogel pfiff dazu, und Plotek fielen gleich wieder zwei blöde Sprichwörter ein. Erstens: *Nachtigall, ick hör dir trapsen.* Obwohl's ein Sperling war. Und zweitens: *Vögel, die am Morgen zu laut singen, holt am Abend die Katze.* Und wie zur Bestätigung überquerte ein Kater die Straße. Zuerst dachte Plotek noch: Das könnte Fritz sein. Dann: Was macht Fritz in Pullach? Und dann: Ist er nicht, weil der Kater war dunkel, fast schwarz. Der Fritz ist heller, viel heller.

Plotek ist auf und davon. Dabei fiel ihm noch auf, dass er in der Jugendherberge das Kind in seinem Kopf ganz vergessen hatte. Jetzt war es hingegen wieder da.

In der S-Bahn auf dem Weg zurück nach München nickte

Plotek dann ein. Das Kind war aber noch immer da. Jetzt im Traum. Das Kind war nackt, hässlich und sah ganz genauso aus wie Plotek. Es schwamm in einem Maßkrug. Ob jetzt in dem Krug Bier oder Fruchtwasser war, keine Ahnung. Auf jeden Fall schrie das Kind immer (vielleicht war's ja auch noch ein Fötus): »Ich will nicht!« So lange, bis Monika auftauchte. Nicht aus dem Maßkrug, sondern im Traum. Sie zog das Plotek-Kind an einem angebissenen Lebkuchenherzen aus dem Krug. Das Lebkuchenherz hing dem Kind um den Hals. Auf dem Herz stand »Glückloser Anfang«. Wobei das G vom Anfang schon abgebissen war. So genau können Träume sein, dass selbst ein abgebissenes G nicht unbemerkt bleibt. Aber noch viel mehr Auffälliges ist in dem S-Bahn-Traum gewesen. Aus dem Krug gezogen, fing das Kind nämlich an zu sprechen. Wie bei einer Gerichtsverhandlung saß Plotek auf der Anklagebank und musste sich von der Kinderstimme anbrüllen lassen. Es waren nur Fragen, die auf Plotek niederprasselten: »Warum ist die Thea so Hals über Kopf aufgebrochen? Warum hat sie dir keine Nachricht hinterlassen? Was hat das alles mit den Toten zu tun? Und wo ist die zweite Leiche abgeblieben?«

Plotek saß da, schüttelte nur den Kopf und zuckte mit den Schultern. Es gibt Menschen, die wissen beim Aufwachen nichts mehr von ihren Träumen. Andere alles. Plotek wollte nichts wissen. Und doch fielen ihm die Fragen jetzt wieder ein. Antworten leider nicht.

5

Jetzt saß Plotek wieder im *Froh und Munter*. Es war Samstagabend und die Frühschicht lange schon vorbei. Sein Kopf schmerzte mal wieder vom vielen Denken. Vielleicht war es aber auch der Föhn, der die Stirn flächendeckend mit stechendem Schmerz überzog. Dafür war Plotek anfällig. Wetteränderungen, Temperaturabfall, Föhn – sofort reagierte der ganze Körper. Der Nacken war verspannt, der Kopf gepiesackt und der Augendruck erhöht. Prophylaxe: Aspirin. Plotek nahm zwei Tabletten in den Mund und spülte sie mit Weißbier hinunter. Er wartete. Auf den Schmerzverlust, klar. Und sonst? Keine Ahnung.

»Wart einfach!«, sagte Susi. »Sie kommt schon!«

Wer kommen sollte, war Plotek ebenfalls unklar. Aber egal. Plotek schaute jetzt nicht in den Weißbierschaum, sondern auf den Fernsehbildschirm über der Tür. Da lief gerade die Live-Übertragung eines Bundesliga-Spiels. Der SC Freiburg spielte gegen die Münchner Bayern. Auf der einen Seite die Lieblingsmannschaft von Plotek, auf der anderen die Kotzbrocken der Nation. Zumindest für Plotek. Einerseits Spielkultur, Offensivfußball und Leidenschaft. Andererseits die pure Erfolgsorientierung, Angsthasenfußball, Arroganz und Größenwahn. Natürlich schlug da im Spiel über der Tür sein Herz auch für die Breisgau-Buben. Es ist einfach herrlich, diesen jungen Fußballern, diesen Georgiern, diesen Marokkanern beim Kurzpassspiel zuzuschauen. *Ball und Gegner laufen las-*

sen, das ist schon immer Ploteks fußballerische Losung gewesen. Na ja, ist natürlich abgekupfert vom Fußballphilosophen Menotti. Und das wurde von Finke, dem Freiburger Coach, ebenfalls gelehrt. Ob abgekupfert oder nicht. Die Kicker setzten es um – jetzt, im Münchner Olympiastadion. So schnell konnten die arroganten bayerischen Millionenkicker, diese neureichen Schnösel, gar nicht schauen, wie der Ball von einem zum anderen Freiburger Fuß hin- und hergondelte. Beim Anblick von so viel Grazie, Beweglichkeit und Ballbehandlung fühlte Plotek sich an die eigene Kicker-Karriere erinnert. Als eines der größten baden-württembergischen Talente hat Plotek mal gegolten, damals, als die Füße noch wuchsen, dafür der Bart noch nicht. Da wurde dem kleinen Plotek eine Ballbehandlung nachgesagt wie den damaligen Stars und heutigen Legenden Netzer, Overath oder Breitner. Zwar nur vom Jugendtrainer des VFR Aalen, aber immerhin. Von da war es nicht mehr weit an die Spitze des fußballerischen Himmels. Wäre der Bruder mit dem Deutz nicht dazwischengekommen und hätte den Traum zusammengefahren, dann könnte Plotek jetzt, zwar nicht mehr auf dem Platz, weil schon zu alt, aber durchaus als Trainer oder Co-Trainer im Profifußball mitmischen. Zum Beispiel beim SC. Ja, da wäre er auch gut aufgehoben, in dieser Freiburger Fußballschule, wo es nicht nur um Sieg oder Niederlage, sondern auch um Kreativität, spielerische Effizienz und Spielfreude auf dem grünen Rasen geht. Einfach andere Philosophie eben, dachte Plotek, und dann wieder an den Fußballphilosophen Menotti. »Die Qualität ist entscheidend für den Wert einer Darbietung, egal ob auf der Bühne oder auf dem Fußballplatz.« Plotek nickte anerkennend zum Fernseher hoch. Oder Johann Cruyff, Ernst Happel. Und wieder Nicken von Plotek. Das waren noch Typen gewesen, das war noch Fußball. Und mehr. Jetzt gibt es nur noch den SC Freiburg. Mehr nicht. Und wie zur Bestätigung traf der jetzt das Tor. Plotek nickte wieder anerkennend und nahm einen weiteren Schluck aus dem Weißbierglas. Dann wollte er wieder hochschauen über die Tür – aber vergiss es. Den ganzen Abend hat er nicht mehr hochgeschaut. Er bekam nicht einmal mehr mit, wie das Spiel ausging. Der Grund: »Ich bin die Agnes!«, sagte jetzt eine Frau neben Plotek.

Plotek sagte nichts. Nickte nur. Er konnte nichts sagen, weil der Mund voller Weißbier war.

»Susi hat mich angerufen, dass Sie die tv.münchen-Aufzeichnungen brauchen würden.«

Plotek konnte noch immer nichts sagen. Obwohl der Mund leer war, dafür der ganze Plotek voller Staunen. Über Agnes. Zuerst über die Stimme. So eine Stimme hatte er noch nie gehört. Höchstens im Radio. Da gibt es im Bayern-Programm eine Stimme, die ganz genauso klingt. Und bei der sich Plotek immer die Nackenhärchen senkrecht aufstellen. Immer wenn er dieser Stimme zuhört, weiß er nachher nicht, was sie gesagt hat. So fasziniert ist er allein vom Klang. Und jetzt von dem der Agnes. Der ist genauso.

»Das hab ich Ihnen mitgebracht!«, sagte Agnes und stellte eine Schachtel voller Videokassetten auf den Tresen.

»Danke!« Das war jetzt das erste Wort von Plotek.

Und dann von Agnes: »Susi, zwei Tequilas!«

Natürlich wollte Agnes wissen, weshalb Plotek so vernarrt war in die tv.münchen-Aufzeichnungen von der Wiesn. Plotek ist im Prinzip ja keine Plaudertasche. Eher Gegenteil. Wenn es geht, schweigt er. Jetzt ging es nicht. Das lag vor allem an Agnes. Die brachte es irgendwie fertig, dass Plotek ins Erzählen kam. Ganz gegen seine Absicht. Normalerweise antwortet er auf Fragen nur ganz einsilbig, oft auch nur mit Nicken, Kopfschütteln oder Schulterzucken. Jetzt musste Agnes nicht einmal fragen, redete Plotek trotzdem wie ein Buch. So viel wie an diesem Abend hat Plotek, seit er aus Marburg geflüchtet ist, zusammen nicht mehr erzählt. Und das war Monate her. Danach tat ihm sogar der Unterkiefer weh, genau so wie die Oberschenkel immer nach dem Fahrradfahren. Plotek blickte Agnes auf den Leberfleck unter dem rechten Wangenknochen und legte los. In die Augen konnte er ihr nicht schauen. Die Augen waren beim Gespräch für Plotek generell tabu. Wenn er in die Augen schaut, kann er sich nicht mehr auf die Worte konzentrieren. Und wenn er schon mal redet, ist es ihm ganz wichtig, was Vernünftiges zu sagen. Deshalb schaut er fast nie in die Augen. Meistens auf Leberflecke im Gesicht. Hin und wieder auf Warzen. Manchmal auch auf Münder. Jetzt auf den Leberfleck von Agnes. Und der lockte allerhand aus ihm heraus. Obwohl er ihr doch nicht alles sagte. Auch altes Plotek-Prinzip: Wenn schon erzählen, dann nie zu viel. Quasi das Wichtigste kommt noch. Auch wenn Plotek schweigt, sieht er nie so aus, als habe er nichts zu sagen. Eher Gegenteil. Es hat schon immer den Anschein gehabt, als ob Plotek nur überlegen würde, womit er anfangen soll. Wenn das dann den ganzen Abend so geht, denken die Gesprächspartner schon mal: Kommt jetzt noch was oder kommt nichts? Meistens kommt nichts. Jetzt schon. Aber nicht alles. Das mit den Toten erzählte er der Agnes. Das mit dem Vertrauensbruch von Konny in den Aufzeichnungen auch. Das mit Thea nicht. Agnes entwickelte während der Erzählung Neugierde und Interesse, was Plotek schon erstaunte. Sie hing an seinen Lippen, als ob sie dahinter Nachhaltiges vermutete. Vielleicht die Zahnlücke, dachte Plotek und bewegte beim Reden die Lippen noch weniger. Wie der ehemalige Ministerpräsident von Baden-Württemberg sah er jetzt aus, da am Tresen. Agnes musste nichts sagen, nur schauen. Da ist die anders als Plotek, weil immer direkt in die Augen. Wenn Plotek allein ihren Blick streifte, ist er schon gestrauchelt. Also, volles Programm: Nackenhärchen, Gänsehaut, heiß, kalt, Wahnsinn!

Hat er sich sofort wieder im Leberfleck verbissen. Warum Agnes so eine Aufmerksamkeit und Wissbegierde Ploteks Erzählung gegenüber zeigte, konnte der sich gar nicht erklären. Macht nichts, erklärte es ihm Agnes eben.

»Ich interessiere mich generell für alles und fürs Oktoberfest im Speziellen, beruflich jetzt.«

Dachte Plotek natürlich nach, was das für ein Beruf sein könnte. Geahnt hat er es schon. Als Agnes es schließlich aussprach, zuckte Plotek aber trotzdem zusammen.

»Ich bin Journalistin!«, sagte Agnes. »Sie wissen schon, Schmierfink, der überall seine Nase in anderer Menschen Angelegenheiten steckt.«

Wieder nur Nicken von Plotek. Gedacht hat er: Auch das noch! Eine Wirklichkeitskonstrukteurin, eine Realitätsverdreherin, eine Lügenschmiedin. Ploteks Position der Journaille gegenüber ist eigentlich klar und unverrückbar. Und dennoch, das erste Mal hatte er jetzt den Eindruck, dass auch Journalisten nette Menschen sein können. Vor allem, wenn sie so sprechen wie Agnes. Und so aussehen. Das Aussehen von Agnes ist ganz außergewöhnlich. Das passt gar nicht zu den Plotekschen Vorstellungen von diesen Medienfuzzis. Viele kennt er ja nicht. Die wenigen reichen ihm aber schon. Die Agnes hat mit den TV-Püppchen aus den Vorabendprogrammen und Talkshow-Sendungen nichts gemein. Auch nicht mit den burschikos resolut wirkenden Nachrichtentussen der Infotainmentsender. Nicht einmal das Alter ist identisch. Agnes ist um einiges älter als Plotek und nicht mehr weit vom Vorruhestand entfernt. So zehn, fünfzehn Jahre hat sie schon mehr auf dem Buckel als Plotek. Attraktiv ist sie immer noch. Zwei, drei Kilo zu viel, das schon. Na und?, dachte Plotek jetzt und ertappte sich plötzlich bei ganz seltsamen Gedanken. Also musste er sich wieder festgucken am Leberfleck.

»Meist wird die Nase aber nur halbherzig hineingesteckt.

Es geht nur mehr um oberflächliches Zeug. Alles andere interessiert heutzutage gar nicht mehr. Zusammenhänge, Querverbindungen, profunde Einsichten, das alles ist out. In ist, ob die Lady Diana ein rotes oder schwarzes Unterhöschen bei ihrer Todesfahrt angehabt hat«, sagte Agnes. Und: »Da möchte man die Nase dann doch nicht reinstecken.«

Apropos Nase. Das Wichtigste für Plotek ist der Geruch. Ploteks Nase ist hoch empfindlich. Es gibt wirklich wenig, was er gerne riecht. Semmelknödelgeröstetes, *Unertl*-Weißbier, die Ostsee, einen frisch gemähten Fußballplatz, verschwitzte Theaterkostüme, seine Lieblingsgaststätte, ja. Und sonst? Thea, weil sie im Oberländer-Zelt so wie seine Lieblingsgaststätte gerochen hat. Es gibt nur wenige Menschen, die Plotek olfaktorisch standhalten können. Agnes gehörte ab jetzt dazu. Agnes roch verdammt gut. Ganz anders als Thea, ganz anders als seine Lieblingsgaststätte. Da war was von Ostsee drin, von frisch gemähtem Fußballplatz, von geriebenen Rosenblättern, dem Stern von Bethlehem und, und, und – eine wilde Mischung, von der Plotek die Nase nicht voll kriegen konnte. Nach kräftigem Inhalieren fragte er dann Agnes, mit Seitenblick auf die Videokasetten: »Was sind das für Angelegenheiten in die *Sie* ihre Nase stecken, ich meine bezüglich des Oktoberfests?«

»Belangloses Zeug, Reportagen über den Wiesn-Alltag, die ausländischen Gäste, die Prominenten und so.«

Wieder war da eine Portion Wehmut drin. Wollte Plotek ein wenig Trost spenden.

»Klingt spannend!«

»Ist todlangweilig.«

Agnes lachte jetzt wieder. Also, nichts mit Wehmut, eher Galgenhumor. Plotek hätte auch gerne mitgelacht, weil im Galgenhumor ist er ganz groß. Aber vergiss es. Nicht wegen mangelndem Frohsinn, sondern wegen fehlendem Zahn. Humoristisch waren Plotek und Agnes auf einer Linie. Quasi, wo andere weinen, fangen sie an zu lachen. Als Agnes ausgelacht hatte, sagte sie: »Obwohl es da schon anderes zu recherchieren gäbe.«

Jetzt fragte sich Plotek natürlich, was denn das sein könnte. Normalerweise hätte ihm das auch genügt. Normalerweise hätte er sich nicht die Mühe gemacht, das Gedachte auch noch auszusprechen. Quasi nur ein Gedanke und schon vorbei. Jetzt war es mehr als ein Gedanke. Jetzt folgten dem Gedanken die Worte. Fragte er also: »Und was?«

Da musste Agnes nicht lange nachdenken.

»Ach, Lizenzen, Korruption, Vetternwirtschaft, Spezlgeschäfte – Bayern eben«, hausierte Agnes mit Schlagworten. »Aber das ist eine andere Geschichte.«

»Und da hat niemand ein Interesse daran.«

»Eben.«

Wieder Lachen von Agnes.

»Obwohl der Oberländer auch ein Hund ist!«

Noch mehr Lachen von Agnes. Und Lippen zusammenkneifen von Plotek.

Sicher dachte sie: Das ist aber ein nüchterner Geselle, Humor spielt sich bei dem nur im Kopf ab. Außerhalb der Hemisphären muss man ihn mit der Lupe suchen. Vielleicht legte sich Agnes deshalb humoristisch so ins Zeug. Quasi, die Nuss ist zu knacken. Na ja, das Weißbier und der Tequila taten ihr Übriges. Auch konsumtechnisch waren die beiden auf gleicher Höhe. Und am Ende ziemlich knülle. Da erzählte Plotek dann doch noch von Thea.

»Warum gehen Sie nicht zur Polizei?«, lallte Agnes schon ein wenig.

Und dann beantwortete sie mit einem Lachen, so laut, dass Susi ganz streng schaute, die Frage selbst.

Jetzt zeigte Plotek doch ein bisschen von der Zahnlücke.

»Schlechte Erfahrungen, was?«, nuschelte Agnes wieder und dann: »Kann ich verstehen.«

Wieder Lachen, der böse Susi-Blick, und jetzt die ganze Zahnlücke.

Dann sagte Plotek, und das klang nach ganz vielen Tequilas und Weißbieren: »Was soll ich denen denn erzählen?«

Pause, als wollte er nachdenken.

Dann: »Thea aus Estland hat im Oberländer-Zelt gearbeitet. Ohne Papiere, illegal, und jetzt ist sie weg. Sagen die doch: Gott sei Dank! Oder vielleicht sollte ich sagen: Hinter den Hendl-Kartons liegen zwei Leichen. Quatsch, Verzeihung, jetzt nicht mehr, weil eine hat sich in den Englischen Garten gelegt, weil's vielleicht bequemer ist, keine Ahnung. Und die andere, weiß nicht, ist spurlos verschwunden.«

»Auf der Flucht!«

»In den Himmel!«

»Nach Kuba!«

»Zu Fidel!«

»Seien wir Realisten, wagen wir das Unmögliche!«

Und dann wieder Lachen, dass der Tresen wackelte und die Videokassetten auf dem Boden nach einem Rekorderschlitz gesucht haben.

Susi sagte: »Jetzt reicht's!« Und Agnes und Plotek nickten reumütig.

Dann sagte Susi: »Feierabend!«, und Agnes und Plotek sind gegangen.

Eingehakt gingen sie die Artilleriestraße entlang. Immer wenn Agnes was sagte, ist sie stehen geblieben. Und sie sagte viel, jetzt: »Hab ich Ihnen eigentlich schon erzählt, dass der Ministerpräsident einen ganz ekelhaften Mundgeruch hat?«

Sie lachte ganz schadenfroh dabei. Plotek schüttelte den Kopf, als wollte er sagen: Das kann ich gar nicht glauben. Ob es stimmte oder Agnes übertrieben hat, keine Ahnung.

»Ich schwör's«, sagte sie und blieb wieder stehen. »Ich hab es selbst gerochen, danach war mir tagelang schlecht.«

Und wieder Lachen. Dann liefen sie eingehakt wieder weiter. Jedem Auto, das vorbeifuhr, schrie Agnes jetzt »Tod dem Individualverkehr!« hinterher. Plotek ließ dabei den Wind durch die Zahnlücke pfeifen. Am Rotkreuzplatz trennten sich ihre Wege dann. Plotek dachte noch: Schade eigentlich! Und dann: *Was du schwarz auf weiß besitzt, kannst du getrost nach Hause tragen.* Er drückte die Schachtel mit den Videokassetten fester an sich. Wieder so ein blöder Spruch.

Zu Hause kriegte Plotek dann kein Auge zu. Schuld war aber nicht Agnes, auch nicht Thea und auch nicht das Kind im Bauch von Monika. Schuld waren die Videos. Lange musste Plotek nicht suchen, da hatte er die Szene schon gefunden. Oder besser die Szenen. Es waren nämlich zwei, die Plotek den Schlaf geraubt haben. Im Schnelldurchlauf schaute er sich durch die Videoaufzeichnungen. Immer wenn Konny auftauchte, ist er auf Normalgeschwindigkeit runtergegangen. Bei Schorsch auch, weil der auch immer wieder durchs Bild lief. Und Thea auch. Da wurde dann Plotek ein wenig sentimental. Bei Konny dann wieder nachdenklich. Der ist diesmal nämlich auf dem Bildschirm mit einem halben Hendl, einem Kartoffelsalat und einer Maß Bier an Tisch drei erschienen. An Tisch vier saß der Moderator und hat irgendeinen neureichen Schnösel interviewt, so dass im Hintergrund Konny zu sehen war, wie er das Bier abstellt, dann das Hendl und den Kartoffelsalat. Nicht unbedingt aufregend, könnte man denken. Aber Irrtum, sehr aufregend. Das Aufregende war zunächst nicht Konny, sondern die Frau, der er Maß, Hendl und Kartoffelsalat servierte. Die saß nämlich im Rollstuhl, war im Rentenalter und sah genauso aus wie die Leiche hinter den Hendl-Kartons. Es war die Leiche hinter den Hendl-Kartons! Jetzt noch lebendig und mit einem Lebkuchenherz um den Hals. Konny stellte alles hin und sagte dann etwas, ganz kurz, nur zwei Worte. Die Alte nickte und Konny verschwand aus dem Bild – ohne abzukassieren! 17,90 futsch, dachte Plotek, aber egal. Wichtiger und interessanter war, was Konny zu der Frau gesagt hat. Also wieder zurückgespult und immer wieder dieselbe Szene. Nach dem vierundzwanzigsten Mal war Plotek sich fast sicher: Das erste Wort war »wird« oder »Wirt«. Das zweite war auch nach weiteren achtzehn Wiederholungen und dicht vor dem Bildschirm kniend nicht zu identifizieren. Also, anderes Band. Und noch eins. Und immer wieder. Irgendwann, als die Sonne am Morgen schon zum offenen Fenster hereinschaute, kam dann die Szene, die Plotek schon einmal gesehen hatte. Gleicher Ablauf, fast das gleiche Personal. Konny servierte das halbe Hendl, den Kartoffelsalat und eine Maß. Der Gast war diesmal die Leiche mit der sowjetischen Uhr. Der Tote also, der zuerst hinter den Hendl-Kartons, dann im Englischen Garten die ewige Ruhe gefunden hatte. Oder das »Glückliche Ende«. Das hing jetzt als Lebkuchenherz deutlich zu erkennen um seinen Hals. Wieder stellte Konny das Hendl, den Kartoffelsalat und die Maß auf den Tisch. Dann sagte er wieder etwas, ganz kurz, ganz wenig – woraufhin der Alte nickte. Konny verschwand, ohne abzukassieren, aus dem Bild, und der Alte aß den Kartoffelsalat. Plotek musste nur dreimal zurückspulen und hinschauen, da waren die Worte schon entziffert. Wieder waren es zwei. Das erste: »wird«. Das zweite: »schon«.

»Wird schon!«, sagte Konny und die Alten nickten. Was wird, hat er nicht gesagt.

Und Plotek konnte es sich auch nicht denken. Noch nicht.

6

Von irgendwoher hat es gemaunzt, dachte Plotek. Es war Montag in der Früh, und bei dem in den letzten Tagen erschreckenden Schlafentzug und dem übermäßigen Alkoholkonsum hätte es auch ein Hahn gewesen sein können. Krähend von irgendeinem Misthaufen. Oder ein Löwe, ein Elefant, ein ganzer Zoo, ganz Afrika. Plotek hörte jetzt alle Tiere der Welt. Dann wieder die Katze.

»Fritz?«

Oder doch nicht? Egal. Plotek suchte die ganze Wohnung ab – miez, miez, miez –, erfolglos. Das Katzenvieh blieb noch immer verschwunden.

»Scheiße!«

Der Kater war im Kopf. Übelkeit, Schädelweh, Glieder-, Zahn- und Herzschmerzen. Alles zusammen unerträglich. Hilft nur noch kompetenter ärztlicher Beistand. Plotek hatte Frühschicht, also musste der Doktor Hohenthaler heute ausfallen.

Plotek ist auf direktem Wege zur Purucker-Praxis.

»Setzen Sie sich ins Behandlungszimmer drei, es dauert ein bisschen«, sagte die Frau Purucker.

Plotek setzte sich auf den Behandlungsstuhl. Miriam fuhr ihn in die Horizontale und Plotek kämpfte mit dem Schlaf. Miriam wollte gerade wieder raus aus dem Behandlungszimmer drei, da rief Plotek ihr zu: »Ich soll Sie von Konny grüßen!«

Natürlich Lüge. Aber was Besseres fiel ihm nicht ein. Das war sogar so gut, dass Miriam nicht nur stehen blieb, sondern zum Behandlungsstuhl zurückkam.

»Ja?«, fragte sie strahlend. Und als ob das nicht schon genug gewesen wäre, legte Plotek eben nach.

»Ich soll Sie grüßen und sagen, er hat momentan so viel zu tun.«

Miriams Gestrahle verblasste.

»Ich weiß schon, mit den blöden Alten.«

»Auch, ja.«

»Und dieser Schlampe!«

Plotek zuckte mit den Schultern.

»Ich weiß nicht, was er an der für einen Narren gefressen hat. Hässlich ist sie, alt ist sie ...«

»... und reich!«

»Quatsch! Die hat doch nichts.«

»Immerhin einen Z3!«

»Dass ich nicht lache, wenn die einen Z3 hat, hab ich auch einen.«

»Und Konny auch!«

»Was?«

Jetzt wurde Miriam sogar etwas feindselig. Plotek gähnte.

»Gerne würde er mit Ihnen und mit seinem neuen Z3 mal eine Spritztour machen.«

»Was? Das gibt's doch nicht.«

»Gibt's schon!«

»Konny ist Zivi«, sagte Miriam, und es klang irgendwie vorwurfsvoll. »Und arm wie 'ne Kirchenmaus. Wenn wir früher ins Kino sind, hab ich immer bezahlt, weil Konny ständig pleite war.«

»Trotzdem fährt er jetzt ein nagelneues Z3-Cabriolet!«

»Egal. Da setz ich auf jeden Fall keinen Fuß hinein.«

Sture Göre, dachte Plotek und fragte: »Warum nicht?«

»Weil der nicht von ihm sein kann.«

»Von wem dann?«

»Miriam!«, schrie Frau Doktor Purucker.

Also, nichts mehr mit der Antwort, dafür Antritt zum Appell. Miriam ist auf und davon. Plotek gähnte wieder und schaute ins Neonlicht. Dann nicht mehr, weil die Augen zufielen. Er machte ein kleines Nickerchen auf dem Behandlungsstuhl der Purucker-Praxis. Und wie so oft, wenn Plotek völlig übermüdet einschläft, träumt er umso heftiger. Dieses Mal nicht vom toten Lenin, sondern vom lebenden Trotzki in Mexiko. Ob der Auslöser noch immer die Ähnlichkeit des Toten hinter den Hendl-Kartons mit dem russischen Genossen war, oder ob die sowjetischen Uhren Plotek in russisches Traumland gelockt haben, keine Ahnung. Auf jeden Fall träumte er nur noch von Russen oder von sich selbst als Hendl. Jetzt von Trotzki. In Mexiko. Die Sonne schien, und Plotek schwitzte als Trotzki ganz ekelhaft. Er fütterte die Kaninchen, dann die Hühner – puuuut, put, put, puuuut –, dann ging er auf den Balkon. Er schwitzte noch immer, so dass der Schweiß bei jedem Schritt vom Kopf auf den Boden tropfte. Auch das Ziegenbärtchen tropfte wie ein Wasserhahn. Plotek dachte als Trotzki: Was für ein schöner Tag heute! Ein Tag so schön, dass man sterben könnte! Oder auch: Ein Tag viel zu schön, um zu sterben! Plotek war sich als Trotzki im Traum nicht ganz im Klaren darüber, welcher Gedanke denkenswerter war. Aber das ist oft so. Da denkt man und denkt, und während man noch immer denkt, wird lange schon gehandelt – ohne dass man daran gedacht hätte. Sodass es egal ist, was man denkt, weil man es ohnehin nicht mehr ändern kann. Es wird getan, es wird vollbracht! Ob man es will oder nicht. Egal. Nein, nicht von Gott, von Stalin! Im Fall Trotzkis. Stalin stand jetzt im Traum von Plotek als Bräutigam verkleidet auf Trotzkis Balkon in Mexiko. Über seinem Arm hing ein Mantel, der aussah wie eine Leiche. Er wirkte blass – sowohl der Mantel als auch der Bräutigam. Plotek ging als Trotzki in sein Arbeitszimmer. Stalin folgte als Jacson, so sein Name als Bräutigam. Der Bräutigam legte den blassen Mantel auf den Tisch und zog einen Eispickel darunter hervor. Plotek las als Trotzki einen Artikel, in dem es im Traum aber nicht um die Weltrevolution, sondern um das Münchner Oktoberfest ging. Trotzki sagte: »Bier her, Bier her, oder ich fall um!« Da kein Bier kam, fiel er um. Natürlich hat der Bräutigam mit dem Eispickel nachgeholfen und ihm ein Loch in den Kopf gepickelt. Trotzki schrie, Plotek auch! Kein Wunder, mit einem Eispickel im Kopf …

»Mund auf!«, sagte jemand. War's der Bräutigam, Stalin, Trotzki, Plotek selbst im Traum, keine Ahnung. Egal. Plotek hat nicht nur den Mund aufgemacht, sondern auch die Augen aufgeschlagen. Jetzt sah er im Neonlicht den dicken Kopf der Frau Doktor Purucker. Plotek war froh, dass er auf dem Behandlungsstuhl der Zahnarztpraxis lag und die Frau Purucker ihm wieder mit ihren Brüsten Atemprobleme bereitete. Aber was sind schon Atemprobleme gegen einen Eispickel im Kopf in Mexiko.

»Nichts!«, sagte Plotek. »Gar nichts!«

»Na, dann bin ich aber froh«, antwortete die Purucker.

Plotek dachte jetzt, wieder ganz wach: Spinnt die, oder spinn ich?

»Alles in Ordnung«, sagte Nelly Purucker. »Das heilt ja bestens.«

Plotek machte ein Gesicht, als ob noch immer Misstrauen und Zweifel in ihm wären.

»Was ist denn? Tut's noch weh?«

»Manchmal«, sagte Plotek.

Jetzt schaute Frau Doktor Purucker, als hätte sie ihren Patienten nicht ganz verstanden.

»In manchen Situationen schmerzt es. In anderen nicht.«

»In welchen denn?«

»Beim Autofahren. Beim Auto *mitfahren*. Wenn ich mit Konny in seinem Z3 fahre.«

Miriam lachte verächtlich.

»Was? Seit wann hat denn der Konny einen Z3?«

»Das hab ich ihn auch gefragt«, sagte Miriam.

»Keine Ahnung.«

»Wird halt ein Dienstwagen sein«, sagte Frau Doktor Purucker leicht ironisch.

Miriam lachte wieder, noch verächtlicher als zuvor. Die Frau Purucker fixierte sie mit bösen Blicken und zischte: »Sag mal, spinnst du?«

»Ich nicht«, sagte Miriam, »aber er!«

Gemeint war natürlich Konny. Dann weinte sie wieder. Sabine und Ivonne kümmerten sich sofort um sie.

»Mein Gott, diese jungen Dinger«, stöhnte Frau Purucker jetzt auf. »Setzen sich etwas in den Kopf und dann muss alles so laufen, wie sie sich das vorstellen. Und wenn nicht, bricht eine Welt zusammen. Das ist doch furchtbar, oder?«

Plotek nickte und sagte dann: »Da gehören immer zwei dazu.« Und: »Da wird Konny auch nicht anders sein.«

Jetzt stöhnte Nelly Purucker wieder. »Ich weiß schon. Der ist halt auch ein Dickschädel.«

Plotek dachte an den eigenen und versuchte, die Frau Doktor Purucker noch einmal ganz vorsichtig auf das Thema, also den Z3 zu stoßen.

»Was soll ich jetzt, beim Z3, wegen den Schmerzen ...«

»Wissen Sie was«, unterbrach ihn Nelly Purucker, »dann fahren Sie einfach nicht mit Konny in seinem Z3.«

»Da haben Sie auch wieder Recht«, sagte Plotek.

»Und für alles andere verschreibe ich Ihnen noch ein paar Schmerztabletten.«

Von der Zahnarztpraxis ist Plotek dann direkt ins Oberländer-Zelt. Und da war wieder der Teufel los.

»Na endlich!«, schrie der Herr Oberländer.

»Geht's wieder?«, fragte Konny, und Schorsch zeigte mit dem Daumen nach oben. Schorsch war jetzt vom Sicherheitsdienst in den Service gewechselt. Er hat quasi Thea ersetzt. Natürlich konnte er sie nicht wirklich ersetzen. Weil dem Schorsch sein Organisationstalent war ungefähr so stark entwickelt wie Ploteks, soll heißen: Desaster! Die Hendl gelangten jetzt häufiger an den falschen Tisch, ohne Kartoffelsalat, obwohl bestellt. Ochsenbraten statt Schweinshaxn und Schweinshaxn statt Krautsalat. Quasi permanentes Chaos. Da gerieten Konny und Schorsch auch öfters aneinander. Wegen so einem blöden Hendl! Wenn Plotek nicht dazwischengegangen wäre, wären den Worten bald Fäuste gefolgt. Da konnte man sich, allein schon aufgrund der Heftigkeit der Wortgefechte, ausrechnen, wohin das dann geführt hätte. Wie man nur so jähzornig werden kann, dachte Plotek, und das alles wegen einem Hendl. Komisch!

»Plotek, Telefon!«, schrie der Herr Oberländer und hielt Plotek sein Zelt-Handy entgegen.

»Ich bin's!«, hörte Plotek. »Agnes. Sie wissen schon. Ich habe neue Informationen. Wir müssen uns treffen.«

»Wann?«

»Heute Abend.«

»Okay!«

»Um elf.«

»Wo?«

»Hm, vielleicht am schönsten Platz Münchens?«

Natürlich hätte Plotek jetzt sagen können: Der ist aber auf dem Hauptbahnhof, im Zug um 23 Uhr 10 nach Rom. Aber das wäre jetzt auch Koketterie gewesen, einerseits. Weil, man muss ja nicht sein, wo man nicht sein will, nicht bleiben, wo man ist. Man kann der Stadt, der ungeliebten, jederzeit den Rücken kehren. Normalerweise schon. Plotek nicht. Und jetzt nicht nur wegen dem Fritz. Nein. Irgendetwas ist hier, was ihn immer wieder zurückkommen lässt und festhält. Andererseits fühlt sich Plotek auch woanders nicht gerade wohl. Von wo er ist, will er immer weg. Plotek ist halt überall ein wenig ungern. Das hätte er Agnes jetzt alles sagen können. Sagte es aber dann doch nicht, sondern fragte nur: »Und wo ist das?«

»Wittelsbacherbrücke. An dem Kiosk, wo es das Holzfällersteak gibt.« Kurzes Lachen im Hörer. »Das schmeckt zwar kein bisschen nach Steak, dafür umso mehr nach Holzfäller.« Jetzt langes Lachen im Hörer und dann: »Aber egal. Okay?«

»Okay!«

»Bis dann!«

»Ja!«

Von der Wiesn fuhr Plotek dann mit der U-Bahn nach Hause. Auf dem Weg zur Haltestelle sah er den Z3 von Maren am Straßenrand stehen. Und ... komisch! Im Auto saß nicht nur Maren, sondern auch noch ein Mann. Der küsste Maren. Und wie! Nicht so, wie man jemanden freundschaftlich küsst, auf die Wange, zur Begrüßung. Nein, ganz leidenschaftlich. Zuerst dachte Plotek noch, dass Konny mit Maren im Z3 sitzt und die beiden, frisch verliebt, eben ein wenig knutschen würden. Aber denkste, das war nicht Konny. Nein, doppelt komisch jetzt, das war Schorsch! Das wenn jetzt der Konny wüsste, dachte Plotek, dann aber hallo!

Um halb elf ist Plotek dann zur Wittelsbacherbrücke. Agnes wartete schon am Kiosk. Das soll also der schönste Platz Münchens sein, dachte Plotek und grinste in sich hinein.

»Vergiss es!«, sagte Agnes und lachte, als hätte sie seine Gedanken lesen können.

»Kommen Sie mit!«

Dann liefen sie schweigend an der Isar entlang, bis Agnes schließlich sagte: »Da ist es! Der Rosengarten.«

Sie stiegen über den Zaun. Zuerst Agnes, dann Plotek, und dann standen sie im dunklen Städtischen Rosengarten. Da setzten sie sich auf eine Bank und Plotek fragte: »Was gibt's?«

Aber vergiss es. Agnes sagte nichts. Sie schaute nur auf die Rosenbeete im Garten. Und dann sagte sie doch noch was, nämlich: »Schau!« Und sie zeigte auf die Rosen. Und dann sagte sie: »Ist das nicht herrlich?«

Plotek wusste jetzt nicht genau, was, nickte aber trotzdem. Ihm war klar, über kurz oder lang wird sie es ihm schon erzählen. Sowohl das eine, wie das andere. Hat sie dann auch. Zuerst das eine.

»Dieser Duft ist unbeschreiblich. Das sind die *Papa Meilands*. Meine Lieblingsrosen.«

Jetzt roch Plotek sie auch. Und es stimmte: unbeschreiblich! Dann kurzer Exkurs ins Reich der Rosen.

»Bei den Griechen, in der Antike, war die Rose ein Zeichen der Verschwiegenheit. Was man unter der Rose gesagt hat, das sagte man nicht weiter.«

Dann Schweigen. Und weiter: »Adonis, der Geliebte der Aphrodite, der Göttin der Schönheit, war bei einer Jagd ganz in Gedanken bei seiner Geliebten. Er wurde unaufmerksam, deshalb von den Stoßzähnen eines Ebers erfasst und getötet. Aphrodite fand den Leichnam und fing an zu weinen. Aus ihren Tränen und dem Blut des Adonis entstand dann die rote, duftende Rose.«

Agnes lachte und Plotek lachte auch. Dann wieder schweigen, horchen und auf die Rosenbeete schauen. *Das Gras wachsen hören*, fiel Plotek schon wieder so ein blöder Spruch ein.

Und dann noch einer, vom gleichen Kaliber: *Reden ist Silber, Schweigen ist Gold*. Da war Agnes aber anderer Auffassung. Sie holte wieder tief Luft und sagte: »An diesen Blumen kann ich mich nicht satt riechen. In der Nacht duften sie am besten, am intensivsten.«

Dann gemeinsames Einatmen, gemeinsames Schnuppern, gemeinsames Ausatmen. Quasi kollektives Riechen.

»Das ist mein absoluter Lieblingsplatz«, sagte Agnes nach einer Weile. »Hier sitze ich immer, wenn mir die Welt am Arsch vorbeigeht. Oder wenn ich der Welt am Arsch vorbeigehe. Oder wenn ich der Welt in den Arsch treten möchte. Aber auch, wenn ich nachdenken will, sitze ich hier. Oder wenn ich nicht nachdenken will.«

Also immer, dachte Plotek.

Und Agnes sagte es: »Ja, eigentlich immer! Das ist ein Platz, an dem man immer sein kann. Aber nur nachts, tagsüber schieben zu viele Mütter ihre Kinderwagen über die Wege. Das lenkt ab, vom Nachdenken oder nicht Nachdenken.«

Und auch Plotek jetzt. Auch ohne reale Kinderwagen dachte er sofort wieder an Monika. Und an den Vaterschaftstest.

»Da, lesen Sie!«, musste Agnes dann zweimal sagen, um Plotek wieder in den Rosengarten zurückzuholen.

»Da!«

Plotek nahm die Zeitung und las die Stelle, auf die Agnes' Finger zeigte. Er dachte noch, schöner Finger, das, da war der Finger aber auch schon wieder obsolet, weil, Überraschung, Agnes knipste ihr Feuerzeug an, und Plotek las in der flackernden Flamme: »Tote alte Frau im Kopf der Bavaria gefunden!« Daneben war ein Bild von der Alten zu sehen.

»Aua!«, schrie Agnes kurz auf und ließ das Feuerzeug ausgehen.

Jetzt war es wieder dunkel. Plotek aber trotzdem klar, wer

die Alte im Kopf der Bavaria war. Jetzt muss man wissen, dass die Bavaria eine 30 Meter hohe begehbare Statue am Fuße der Theresienwiese ist, also genau da steht, wo das Oktoberfest stattfindet.

»Und?«, fragte Agnes.

»Seltsam«, antwortete Plotek.

»Ja.«

Dann dachten beide wieder nach. Oder dachten nicht nach. Egal.

Irgendwann fragte Plotek dann wieder in die Dunkelheit hinein: »Wie kommt die Alte da rein?«

»Gute Frage«, sagte Agnes. »Ich fürchte aber, darauf habe ich keine Antwort.«

»Die Bavaria wird derzeit restauriert«, sagte Plotek. »Für Besucher ist sie seit längerem schon nicht mehr offen.«

»Richtig!«

»Wer hat sie gefunden?«

»Leichtere Frage«, sagte Agnes. »Die Antwort ist gar nicht so schwer.«

Dann atmete Agnes noch ein paar Mal den Rosenduft tief in sich hinein und sagte: »Ich erzähle Ihnen die Geschichte dazu.«

Dann legte sie los. Plotek fühlte sich dabei wieder an seinen Landschulheimaufenthalt erinnert. Und an die Nachtwanderung. Und die fantastische Gruselgeschichte, die der Lehrer mit gedämpfter Stimme bei Fackellicht erzählt hat. Eine Gruselgeschichte war die von Agnes im Prinzip auch – aber nichts mit fantastisch. Eher Gegenteil. Quasi blutig ernst.

»Zwei junge Menschen, Mann und Frau, lernen sich auf der Wiesn kennen. Trinken Bier, finden Gefallen aneinander. Die Bierzelte schließen, die Lust nach Hause zu gehen ist gering. Sie reden, kommen sich näher, küssen sich. Die Sterne funkeln, sie halten Händchen und gehen spazieren.«

Diese Stimme!, dachte Plotek jetzt wieder. Wie im Radio! Und hörte ganz genau zu, damit er auch alles mitbekam.

»Der beste Platz für einen Spaziergang ist die Ruhmeshalle hinter den Bierzelten am Fuße der Wiesn. Die Ruhmeshalle mit der Bavaria ist allerdings abgesperrt, wegen Sanierungsarbeiten. Das macht den Liebenden aber nichts aus. Sie klettern über die Absperrung, laufen an den Gipsköpfen vorbei – da der Komponist Schubert, dort der Schriftsteller Thoma, der Politiker Strauß –, bei jeder Statue küssen sie sich, streicheln über die Wangen, die Haare, fummeln ein wenig aneinander rum, knutschen wieder. Die Zeit schreitet voran. Die Lichter auf der Wiesn sind längst aus. Sie beteuern sich immer wieder, dass sie sich lieben und all den ganzen Kram.«

Jetzt lachte Agnes fast lautlos. Und Plotek grinste auch ein wenig in sich hinein. Dann erzählte Agnes weiter und Plotek spitzte die Ohren.

»Dann sagt der Junge: ›Komm, gehen wir zur Bavaria hoch.‹ Das Mädchen dann: ›Das geht doch nicht!‹ Ängstlich, wie Mädchen eben so sind. Und: ›Die Tür ist doch zu.‹«

Wieder Kichern von Agnes. Und in sich hinein, Grinsen von Plotek.

»Der Junge rüttelt an der Tür. Beide sind erstaunt. Der Junge sagt: ›Ist sie nicht!‹ Das Mädchen zögert, wie Mädchen eben so zögern, und der Junge sagt: ›Jetzt komm schon!‹ Das Mädchen sagt: ›Ich weiß nicht‹, und gibt sich einen Ruck. Der Junge nimmt sie an die Hand und geht voraus, die steinerne Wendeltreppe hoch. Es ist dunkel, sie sehen fast nichts, der Atem beschleunigt, die Hände schwitzen. Sie kommen auf der ersten Plattform an. Sie stehen nebeneinander, sie küssen sich, heftiger als zuvor, fummeln wieder. Der Junge zieht sein T-Shirt aus, das Mädchen auch. Es ist schummrig da oben, durch die Ritzen fällt nur wenig Licht. Der Junge ist erregt, das Mädchen auch. Sie lassen sich liebestrunken auf den Boden gleiten, liegen auf den Steinfliesen, nesteln an den Hosen, ziehen, zerren und sind kurz davor, miteinander zu schlafen. Das Mädchen stützt sich auf dem Boden ab und fühlt plötzlich etwas Weiches, Kaltes, erschrickt dann und schreit. Der Junge erschrickt auch und fragt: ›Was ist denn?‹ Das Mädchen daraufhin: ›Da ist was.‹ Der Junge fragt: ›Was soll denn sein?‹, und denkt an Periode, Hemmungen, Kondome, Aids und all den Kram. ›Da!‹, sagt das Mädchen und zeigt in die Ecke. Der Junge greift nach dem, was da sein soll und spürt ... Scheiße! ... spürt eine Nase, einen Mund, ein Gesicht, einen Kopf. ›Scheiße, da liegt jemand!‹, sagt er ganz leise, wie nebenbei, es klingt wie: Ich geh mal aufs Klo. Er holt sein Feuerzeug aus der Tasche, zündet es an. Es wird hell. Sie sehen eine alte Frau. Sie liegt auf der Plattform in der Ecke, mit einem Lebkuchenherzen um den Hals, und ist tot. Da war es natürlich vorbei mit der Lust«, sagte Agnes jetzt und pustete die überschüssige Luft aus sich heraus. Es klang wie bei einem Reifen. Auch Plotek atmete jetzt enttäuscht auf.

»Tja, ein modernes Märchen eben, ohne Happy End«, sagte Agnes, jetzt noch leiser als zuvor. Dann langes Schweigen. Pause. Plotek zündete sich eine Zigarette an. Er blies den Rauch in den Rosengarten. Fast eine Zigarettenlänge lang. Dann fragte er: »Und dann?«

»Das Übliche, zuerst Gewissensbisse. Was machen? Sollen wir's melden? Ja, nein, hin und her, dann schließlich doch zur Polizei«, sagte Agnes. Und dann: »Das Resultat: Die Alte war tatsächlich tot. Todesursache ungeklärt. Keine äußeren Einwirkungen. Und doch alles ganz komisch.«

»Die Frage ist: Wie ist die Alte da hochgekommen?«, sagte Plotek.

»Wie? Na, mit den Beinen!«, antwortete Agnes und lachte so laut, dass Plotek dachte: Scheiße, jetzt hört man uns.

»Eben nicht!«, flüsterte Plotek dann leiser als zuvor, quasi Agnes Lautstärke kompensierend. »Die saß im Rollstuhl!«

»Was?«

»Ja, ich hab's im Video gesehen!«

»Ich werd verrückt!«

Später, dachte Plotek, bis dahin gibt es noch einiges zu tun. Was, war ihm auch nicht ganz klar.

»Weiß man was über die Tote?«, fragte er.

»Nee, sie hatte keinen Ausweis bei sich. Nur das Lebkuchenherz, einen Schlüssel und eine auffällige Kinderuhr, sonst nichts«

»Was für eine Uhr?«

»Eine Kinderuhr eben, russisches Fabrikat mit einer Zeichentrickfigur auf dem Ziffernblatt.«

»Ich werd verrückt«, murmelte Plotek vor sich hin.

»Das wäre schade«, sagte Agnes und dann noch: »Mit allem zusammen und dem Bild in der *AZ* lässt sich die Identität bestimmt ermitteln. Das ist nur eine Frage der Zeit. Wie bei der Leiche im Englischen Garten. Die ist identifiziert. Ein Rentner aus einem Altenheim war's. Er wurde seit zwei Tagen vermisst.«

»Woher wissen Sie das so genau? Ich meine, das mit dem Liebespaar?«, fragte Plotek Agnes jetzt.

»Vom Polizeireporter Michalke. Ein Freund von mir. Hat sein Büro nur ein paar Türen weiter. Der hat den Polizeibericht gelesen.«

Das hörte Plotek gar nicht gern. Ob das jetzt ein erster Anflug von Eifersucht war oder Neid, dass dieser Polizeireporter sich zu ihren Freunden zählen durfte und er nicht, keine Ahnung. Eifersüchtig ist Plotek im Prinzip nie. Doch, einmal, als Plotek nach Hause kam, damals noch in Detmold, und seine Verlobte mit seinem besten Freund auf der Couch saß. Wobei das allein noch nicht hätte beunruhigend sein müssen. Die beiden sind öfters zusammen auf der Couch gesessen. Dieses Mal aber waren beide splitternackt. Der beste Freund hat ausgesehen, als ob er auch ihr bester Freund gewesen wäre, und die Verlobte so, als ob sie nicht mehr lange Ploteks Verlobte bleiben wollte. Plotek ist in der Tür gestanden und hat gedacht: So kann's gehen. Und dann hat er zu den beiden gesagt: »Ich gehe jetzt, und wenn ich wiederkomme, seid ihr beide aus meinem Leben verschwunden!«

Geschah dann auch so. Ob das jetzt wirkliche Eifersucht war oder vielmehr Ärger über den Vertrauensbruch des besten Freundes – weniger den der Verlobten –, keine Ahnung. Darüber, dass er die Verlobte endlich los war, hätte er eigentlich froh sein können. Die Zukunft hat es dann auch bestätigt. Die Verlobte ist zu lebenslanger Haft verurteilt worden und der beste Freund gestorben. Nein, nicht wegen dem Vertrauensbruch und dem Nackt-auf-der-Couch-sitzen. Sondern wegen Mordes – von der einen an dem anderen. Aber egal.

Apropos: Agnes fragte irgendwann wieder in den Rosengarten hinein: »Wer hat ein Interesse daran, dass es auf der Wiesn Tote gibt?«

»Keine Ahnung«, antwortete Plotek jetzt etwas verstockt.

»Fragen wir anders: Wer hat ein Interesse daran, dass es im Oberländer-Zelt Tote gibt?«

Plotek wieder: »Keine Ahnung.«

Beantwortete Agnes sich die Frage eben selbst.

»Alle außer dem Oberländer.«

»Wie alle?«, fragte Plotek jetzt noch mürrischer. Wohl Folge der Michalke-Irritation.

»Ja, alle anderen Zeltwirte, alle anderen Brauereien, weil Tote gleich Skandal und Skandal gleich aus, Ende, vorbei mit dem Oberländer-Zelt und dem Oberländer-Bier.«

Das hatte Plotek so schon einmal gehört. Genau, vom Herrn Oberländer selbst.

»Der Oberländer dürfte mit seinem Zelt ja gar nicht auf der Wiesn sein.« Agnes wieder.

»Ist er aber doch.« Plotek jetzt.

»Wie, das fragen sich nicht nur alle Zeltwirte, sondern die ganze Stadt.« Noch mal Plotek. Agnes hingegen hatte eine Ahnung. »Irgendetwas ist da gelaufen. Irgendetwas ist da nicht mit rechten Dingen zugegangen. Stellen Sie sich vor: Da gibt es ein Dekret, dass das Wiesn-Bier 13,5 Prozent Stammwürze haben muss. Da gibt es eine Ehrverpflichtung, die ›Preu-Aid‹, dass die Brauereien selbst auf mittlerweile gesetzlich erlaubte Zusatzstoffe verzichten. Reinheitsgebot trotz Europäischer Union. Also nur reines Wasser, Malz und ausgewählter Hopfen. Alles ist da geregelt, seit Jahren, Jahrzehnten. Auch, dass nur Münchner Brauereien das extra für die Wiesn gebraute Bier ausschenken dürfen. Und jetzt das. Jetzt kommt da so ein kleiner, oberbayerischer Bierbrauer daher und will auch ein Stück von diesem großen Kuchen abhaben. Der will plötzlich auch sein Bier auf der Wiesn ausschenken. Der will auch ein Zelt auf die Wiesn stellen. Der will auch den großen Reibach machen. Jeder vernünftige Mensch würde sagen ...«

Jetzt machte Agnes eine Pause. Also nichts gesagt. Entweder, sie hatte es sich noch einmal überlegt, oder sie wollte überprüfen, ob Plotek mitdachte, keine Ahnung. Plotek hatte mitgedacht.

»... der spinnt doch!«, fiel Plotek Agnes ins Wort.

»Genau!«, ergänzte Agnes. »Der spinnt doch, der Oberländer. Und: Das klappt doch nie. Und: Da hat das Münchner Bier-Syndikat, alles Großbrauereien mit Millionenumsätzen, doch ganz sicher was dagegen. Hatte es auch. Alle hatten was dagegen. Der Oberbürgermeister, Stadträte, Oktoberfestleitung, Zeltwirte, ausnahmslos alle. Alle haben es – manche schmunzelnd, manche kopfschüttelnd – abgelehnt. Das war Anfang des Jahres. Dann war das Thema wieder aus den Medien raus. Manche haben gar gemeint, das Ganze sei ein vorgezogener Aprilscherz gewesen. Ist es aber nicht. Denn im Juli hat es dann plötzlich anders ausgesehen. Stillschweigend ist dem Oberländer sein Anliegen, auf der Wiesn ein Zelt aufzustellen und sein Bier verkaufen zu dürfen, durchgegangen. Von allen. Na ja, die Brauereien haben sich zwar enthalten und die Politik entscheiden lassen. Deren Entscheidung dann aber auch zugestimmt. Windige Erklärungen gab es da. Ein Versuch sei das, das Ganze liberaler zu handhaben, von Demokratie war die Rede und davon, dass alle verkrusteten Strukturen einmal aufgebrochen werden müssten. Außerdem hätten einige Schausteller kurzfristig abgesagt, wodurch Platz frei geworden sei. Alles Schwachsinn natürlich, das war jedem klar. Um den wenigen Platz auf der Theresienwiese bewerben sich fast 1400 Schausteller und Gastronome. Nur 650 bekommen den Zuschlag. Absoluter Blödsinn also, da springt keiner ab. Das stinkt doch alles meilenweit gen Himmel. Der Grund muss ein anderer gewesen sein. Aber was für einer?«

Agnes schaute im düsteren Licht des Rosengartens Plotek an. Jetzt die Antwort wissen, das wär's, dachte Plotek, und zerbrach sich den Kopf. Er kam nicht drauf. Agnes auch nicht. Die konnte nur spekulieren.

»Da stecken alle Brauereien unter einer Decke«, fantasierte sie ins Blaue hinein. »Das muss was mit dem Oktoberfest als solches zu tun haben. Was weiß ich, mit dem Ansehen, der Tradition, dem Image, Prestige, irgend so was. Davon hängt ja verdammt viel ab, für München, fürs Fremdenverkehrsamt, für die Stadt, den Tourismus, das Geschäft, das Gewerbe, das Land ...«

»Das Bier!«, sagte Plotek dazwischen.

»Was?«

»Mit dem Bier, vielleicht?«, sagte Plotek. »Vielleicht hat das was mit dem Bier zu tun.«

Agnes dachte nach. Dann sagte sie: »Ja, vielleicht. Der Gedanke ist gar nicht so dumm.«

Plotek war jetzt sogar ein bisschen stolz auf sich.

»Sie könnten Recht haben, vielleicht liegt der Schlüssel im Wiesn-Bier versteckt, vielleicht ist das ›Maß aller Dinge‹ die Lösung für Oberländers Wiesn-Auftritt.«

»Aber warum?«

»Keine Ahnung. Das muss herausgefunden werden. Was bis hierhin klar ist, ist, dass der Oberländer beste Beziehungen zur High Society hat. Zu Politik, Wirtschaft und Kultur. Der Oberländer kennt jeden, den man kennen muss, um etwas zu bekommen, was ausgeschlossen scheint.«

»Auch einen Zeltplatz?«

»Auch einen Zeltplatz.«

»Sicher ist da Geld geflossen.«

»Auch Geld, vielleicht.«

Dann atmeten die beiden wieder ein wenig den Rosengarten ein und dachten nach. Oder dachten auch nicht nach. Egal. Plotek jedenfalls schon. Und sagte dann auch: »Und Maren!«

Agnes schaute ihn jetzt an, als ob sie auf dem Schlauch stehen würde. Oder ihr die Welt bereits seit Minuten am Arsch vorbeigegangen wäre. Plotek konnte es nicht sehen, weil's zu dunkel war. Sonst hätte er die Antwort noch ein wenig hinausgezögert. Vorher kam aber noch eine Frage von Agnes. Zwar die falsche, aber egal.

»Was ist mit der Maren?«

»Die hätte auch ein Interesse am Scheitern vom Oberländer.«

»Welche Maren denn?« Das war jetzt die richtige Frage.

»Dem Oberländer seine enterbte Halbschwester.«

»Aber warum soll die ...?«

»Aus Rache!«, ging Plotek dazwischen. »Und wegen den Alten.«

Dann erzählte Plotek Agnes die Sache mit dem Altenheim und dem Wiesn-Besuch, der Perücke von Maren, Oberländers Ausraster und Konnys Wut.

Agnes sagte währenddessen immer nur: »Interessant, sehr interessant.«

»Ja«, entgegnete Plotek. »Interessant sind auch die Lebkuchenherzen, die den zwei Toten um den Hals hingen. Oder vielmehr die Aufschriften. ›Glückliches Ende‹ stand da drauf. Und interessant sind auch die sowjetischen Uhren. Und interessant ist auch das Alter der Leichen.«

»Alles ist interessant. Alles ist unklar. Alles hängt irgendwie zusammen«, fasste Agnes zusammen.

Plotek nickte in den Rosengarten hinein, Agnes auch. Beide haben dann wieder gemeinsam inhaliert.

7

An diesem Morgen ging Plotek weder zu Frau Doktor Purucker noch zu Herrn Doktor Hohenthaler. Obwohl seinen Schmerzen ein Hohenthaler ganz gut getan hätte. Plotek ist zu Frau Wammerling ins Altenheim nach Haidhausen. Das Alten- und Pflegeheim der Arbeiterwohlfahrt ist ein hässlicher Betonbau aus den siebziger Jahren. Könnte auch ein Finanzamt sein, ästhetisch jetzt. Alles ziemlich trist. Das einzig Bunte sind die grünen Jalousien, die vermutlich das Triste doch nicht ganz so trist aussehen lassen sollen. Plotek fand Frau Wammerling im Pflegeheim erst gar nicht. Obwohl laut Pförtner »Frau Wammerling im 3. Stock, Zimmer 312« hätte sein müssen. »Aber«, so weiter der Pförtner, »ich bin mir da nicht ganz sicher, weil ich hier ganz neu bin und nur zur Aushilfe. Vielleicht ist Frau Wammerling auch schon entlassen oder… keine Ahnung. Schauen Sie einfach mal nach.«

Das hat Plotek dann auch gemacht. Beim Wort »entlassen« ist Plotek ein Schreck in die Glieder gefahren. Natürlich wegen Fritz. Katastrophale Vorstellung: Frau Wammerling kommt nach Hause und der…

»Herein«, schallte es, nach kräftigem Klopfen, aus dem Zimmer 312 heraus. Es war eine tönende, sehr laute Stimme. Plotek öffnete die Tür und trat ein. Im Zimmer lag aber nicht Frau Wammerling. Dafür standen zwei Betten in dem kleinen Raum. Eines davon war leer. Im anderen lag eine alte Frau und nahm den Blick nicht von einem Fernsehapparat.

»Hallo!«, sagte Plotek. Nichts. Vielleicht schwerhörig, dachte Plotek. Und noch einmal, lauter jetzt: »Guten Tag!«

Noch immer keine Antwort. Dafür ein knorriger Finger, der ihn näher zitierte und auf einen Stuhl zeigte. Setzte sich Plotek einfach hin. Zuerst schaute er ein wenig die Frau an, wie die unbeeindruckt von seinen Blicken, weiter den Fernseher beobachtete. Hat er schließlich auch den Fernseher beobachtet. Und jetzt fiel ihm erst auf, was die Alte da eigentlich guckte. Fußball! Das war Fußball. Aber nicht irgendein mittelmäßiges Gekicke. Nein, das war die WM`78. Das Endspiel. Das Finale in Buenos Aires. Das war Argentinien gegen die Niederlande. Das war der göttliche Kempes, der da jetzt das Spielfeld rauf- und runterdribbelte. Nein, der andere Gottesstürmer, der Maradona, die spätere Hand Gottes, *la mano de dios*, der war noch nicht dabei. Erst vier Jahre später hat der mitspielen dürfen. Unter demselben Trainer allerdings. Da, am Spielfeldrand, an der Seitenlinie stand er jetzt, Ploteks Lieblingstrainer: Cesar Luis Menotti, der *el Flaco* der »Dünne«. Kettenrauchend. Auf der anderen Seite saß ebenfalls ein Trainergenie mit phänomenalem Fußballverstand auf der Bank. Ernst Happel, der »Aschyl«, wie er in Wien genannt wurde. Auch kettenrauchend. Der eine hielt die Fluppe in der linken, der andere in der rechten Hand. Das sind noch Typen gewesen, dachte Plotek.

»Das war noch Fußball!«, sagte die Alte, ohne den Blick vom Fernseher zu nehmen. »Er war dynamisch, entwickelte sich und überraschte.«

Jetzt war auch Plotek ein bisschen überrascht. Liegt da eine Alte im Bett, die den Eindruck macht, nicht mehr kontrolliert urinieren zu können, und philosophiert über Fußball!

»Es muss im Fußball um mehr gehen als darum, dass kräftige Kerle mit käsigen Beinen eine Kugel in ein Häuschen bugsieren, das sich Tor nennt«, sagte die Alte mit einer Stimme, die klang wie nach Zigarettenkonsum von Happel und Menotti zusammen. Stimmte Plotek ein und sagte: »Heutzutage geht es nur noch ums Geschäft.«

»Ja, leider. Der Fußball ist zu einem Konsumgut verkommen. Pfui Deibel. Er ist zu einem kapitalistischen Produkt herabgewürdigt worden, das man einzig nur noch kaufen und verkaufen kann. Die ursprünglichen Werte sind dahin, wurden gewaltsam verändert.«

Das hörte sich jetzt verdammt nach Menotti an.

»Welche Werte?«, fragte Plotek jetzt provokant. Quasi Falle stellen.

»Willst mich hereinlegen, du Rotzlöffel, was?«, durchschaute die Alte Plotek. »Der Fußballsport gehört dem einfachen Volk. Aus ihm ist er hervorgegangen. Er beinhaltet alle Werte der Arbeiterklasse, und diese Werte sind grundsätzlich andere als die, die in den übrigen Gesellschaftsschichten vorherrschen. Es sind Werte, die dem Menschen einen Ausweg bieten, die ihn anspornen, in Würde, Gerechtigkeit und Freude zu leben.«

Plotek nickte zustimmend und dachte: Die hat aber ihren Menotti gut gelernt. Gesagt hat er: »Davon ist aber nichts mehr übrig heutzutage.«

»Stimmt, gar nichts mehr!«, erwiderte die Alte, »weder im Fußball noch woanders. Traurig, da verliert man die Lust am Leben. Und sterben darf man auch nicht. Das ist eine Zwickmühle. Oder eine ganz schöne Scheiße!«

Die ist lebensmüde. Wieder ein Gedanke von Plotek. Jetzt nickte die Alte und sagte dann: »Nur noch Geschäft, Profit, Vorteil, Business und Gewinnmaximierung. Alles geht heutzutage nur noch ums Geschäft und orientiert sich an der Börse. Sogar wenn sie dir hier den Arsch abputzen, geht das nur im Rahmen des Kosten-Leistungs-Gefälles. Wenn du da rausfällst, bleibst du im eigenen Saft liegen.«

Jetzt merkte Plotek erst, dass das gar kein Fernsehprogramm war, was da über den Bildschirm flimmerte. Nein, Video. Das war eine Videokassette vom WM-Finale '78.

»Frau Wammerling ...«, setzte Plotek an.

»Ist spazieren!«, ließ die Alte Plotek nicht ausreden und lachte dann ganz hässlich. Spazieren?, dachte Plotek jetzt. Die Frau Wammerling? Und dann: Vielleicht hat die Bettnachbarin doch schon zu viel Fußball geguckt. Quasi Luft ist raus. Oder besser, nicht mehr alle Tassen im Schrank. Also in Fußballtheorie 1a, aber sonst geistig ein wenig verwirrt. Oder aber die Frau Wammerling ist mittlerweile geistig verwirrt, hat sich aus dem Bett geschleppt und irrt, den Katheder hinter sich herziehend, irgendwo im Park herum.

Hört man ja oft. Im Radio. Und liest es auch in den Zeitungen. Da wird dann wieder eine geistig umnachtete Alte vermisst. Und gesucht. Sie hat sich beim Einkaufen im *Penny*-Markt verlaufen und findet nicht mehr nach Hause. Weiß gar nicht mehr, wo das ist. Weiß auch nicht mehr, wer sie ist.

»Danke«, sagte Plotek.

»Ball und Gegner laufen lassen«, antwortete die Alte, als Plotek das Zimmer wieder verließ. Dabei nahm sie den Blick noch immer nicht vom Bildschirm.

Frau Wammerling war nicht vermisst. Irrte auch nicht im Park herum. Nein, sie saß an einem Tischchen neben dem Cola-Automaten im Flur und unterhielt sich angeregt mit einem älteren Herrn in schwarzem Nadelstreifenanzug und Hauspantoffeln. Der Mann trug außerdem einen kleinen Oberlippenbart. Auf der Jacke waren weiße, gelbe und rote Flecken. Tomaten, Quark, Safranrisotto – den Speiseplan der ganzen Woche trug der Alte mit sich herum. Die Freude war groß bei Frau Wammerling, als sie Plotek entdeckte.

»Ach, der Herr Plotek«, begrüßte sie ihn freudestrahlend.

So gut gelaunt und gesundheitlich fit hatte Plotek die Frau Wammerling schon lange nicht mehr gesehen. Offenbar tat ihr die Rundumbetreuung im Pflegeheim gut. Sicher war jetzt auch gesundheitsfördernd, dass einfach mal jemand für sie da war – obwohl da im Altenpflegeheim auch alles schnell-schnell ging. Aber egal. Nein, am meisten hatten Frau Wammerling die Ansprache und die Freundschaften geholfen, die sie sofort hatte schließen können. Ruckzuck ging das im Altenpflegeheim. Irgendwie sind die Alten wie Kinder, dachte Plotek. Da wird nicht lange umeinander herumgeschnuppert. Nein, gleich Kontaktaufnahme und ran an die Neue.

»Na, wie geht's?«, fragte Plotek.

»Ganz gut, wirklich ganz gut!«, sagte Frau Wammerling und strahlte.

Gute Nachricht, dachte Plotek, einerseits. Andererseits auch wieder nicht. Wenn es Frau Wammerling nämlich so gut geht, dachte er weiter, dann wird sie vielleicht in den nächsten Tagen schon wieder entlassen. Und wenn die nach Hause kommt und Fritz ist nicht da – Katastrophe. Das wäre für Frau Wammerling der Tod. Also konnte sich Plotek über den Gesundheitszustand von Frau Wammerling gar nicht richtig freuen.

»Na ja«, mischte sich jetzt der Alte mit den Hauspantoffeln ein, »man soll den Tag nicht vor dem Abend loben, Frau Wimmerling!«

O Gott, dachte Plotek. Und: Offenbar gibt es noch andere, denen blöde Sprüche einfallen. Nicken von Frau Wammerling und zur näheren Erklärung: »Das ist der Herr Odenthal.«

»Rudolf Ferdinand Odenthal-Busse, General a. D., um korrekt zu sein«, sagte Herr Odenthal-Busse und nahm auf dem Hocker Haltung an.

Jetzt Nicken von Plotek und wieder Strahlen von Frau Wammerling.

»Viertes Regiment, Stalingrad. Mehr sag ich nicht«, sagte Herr Odenthal-Busse. Und dann doch: »Ich könnte Ihnen, junger Mann, schon was erzählen.«

Bitte nicht, dachte Plotek und ... schon zu spät.

»Und zeigen könnte ich Ihnen auch was.«

»Ja, der Herr General hat nämlich eine ganze Sammlung von Orden auf seinem Zimmer«, sagte jetzt Frau Wammerling. Es klang, als wüsste sie, wovon sie sprach.

»Jawohl!«, antwortete Herr Odenthal-Busse brüsk und nahm auf dem Hocker wieder Haltung an. Aufrecht wie mit einem Lineal im Rücken saß der General da. Offenbar verwechselte er den Altenheimflur mit dem Exerzierplatz.

»Nicht nur Orden, Frau Wummerling, nein, Auszeichnungen jeglicher Art. Wollen Sie einen Blick drauf werfen, Herr Latek?!«

»Plotek«, sagte Frau Wammerling, »das ist der Herr Plotek, der passt auf den Fritz auf.«

Bloß jetzt nicht vom Fritz reden, dachte Plotek, und versuchte sofort das Thema zu wechseln. Fiel ihm natürlich so spontan nichts ein. Das ist jetzt wieder so eine Schwäche von Plotek. Spontaneität muss Plotek sich erarbeiten. Von jetzt auf nachher geht da nichts. Gar nichts. Herr Odenthal-Busse schaute auf seine Uhr und sagte: »Na, was ist los? Wollen Sie oder wollen Sie nicht, Herr Pladek? Sie haben 30 Sekunden Zeit. Ab jetzt!«

Ich werd verrückt, dachte Plotek, das gibt es doch nicht.

Gibt es schon.

»Das ist eine Rodina«, sagte Plotek jetzt.

General Odenthal-Busse schaute ganz erstaunt, ließ den Arm sinken und guckte Plotek bewundernd an.

»Respekt, Herr Plastik. Ja, ja, Frau Wommerling, das ist wohl ein Kenner!«

Auch Frau Wammerling zeigte jetzt Hochachtung. Obgleich

Plotek überzeugt war, dass sie keinen blassen Schimmer hatte, worum es eigentlich ging. Hat der General es eben erläutert.

»Das ist eine Rodina! Auch Heimatland genannt. 22 Steine, stoßgesichert, staub- und wasserdicht. Aufschrift in Kyrillisch. *First Moscow Watch Factory*. Zentralsekundenzeiger, Metallarmband. Diese Uhr wurde von Jurij Gagarin während der Wostock-1-Mission am 12. April 1961 getragen.«

Herr Odenthal-Busse streckte die Uhr am Armgelenk weit von sich, damit Plotek und Frau Wammerling sie auch gut sehen konnten. Entweder handelte es sich tatsächlich um dieses einzige Exemplar, das irgendwann in den neunziger Jahren bei Sotheby's versteigert worden war, oder der Opa besaß ein täuschend echtes Imitat.

»Da haben Sie noch in die Windeln geschissen, junger Mann!«, sagte der General und zeigte auf die Uhr.

Kann sein, wollte Plotek sagen, ließ es dann aber doch.

»Haben Sie davon noch mehr?«

»Davon gibt es nur eine, Herr Platzok.«

»Ja, ja, klar, Einzelstück, aber ich meine generell.«

Herr Odenthal-Busse lachte jetzt: »Eine ganze Schublade voll, Herr Plotzek!«

Ein Sammler, dachte Plotek. Aber denkste, eher ein Beutelschneider.

»Haben wir denen abgeluchst!«

Wieder Lachen.

»Diesen Bolschewisten. Als Genugtuung trage ich sie am Armgelenk. Zur Demütigung. Bei jedem Auf-die-Uhr-Schauen wird mir ihre Schmach gegenwärtig.«

Und wieder Lachen. Frau Wammerling wurde der Odenthal-Busse jetzt ein wenig unheimlich. Plotek auch.

»Wollen Sie die Beute sehen?«

Plotek nickte.

»Folgen Sie mir unauffällig, Herr Pletzek!«

Herr Odenthal-Busse ging voran, Plotek und Frau Wammerling hinterher.

»Unauffällig, hab ich gesagt«, zischte der General, »der Feind ist überall!«

In sicherem Abstand folgten dann Plotek und Frau Wammerling dem General in sein Zimmer. Da gab es dann schon wieder eine Überraschung. Das war kein Zimmer, das war ein militärischer Stützpunkt in Wort und Bild. Ordner voller Zeitungsschnipsel. Alben voller Bilder. Eine Reservatenkammer für Nazi-Ikonen, Wehrmachtsreliquien, Devotionalien, Orden, Ab- und Hoheitszeichen, Kokarden, Anstecknadeln, Achselklappen. Ein Museum, ein Archiv der verbrecherischen deutschen Vergangenheit. Ganz stolz zeigte Odenthal-Busse alles her. Dann zog er eine alte Zigarrenkiste aus der Schublade und kippte den Inhalt aufs Bett. Das war sicher eine der größten Sammlungen sowjetischer Armbanduhren. Zumindest die größte, die Plotek je gesehen hatte.

»Das sind ja nur sowjetische.«

»Klar!«

»Wo haben Sie die denn alle her?«

»Alle abgeluchst, diesen Bolschewisten. Hier, sehen Sie, Herr Paket, die da ist vom April 1930. Eine der ersten sowjetischen Uhren überhaupt.«

Voller Bewunderung betrachtete Plotek die Uhren, eine nach der anderen.

»Haben Sie auch eine Tschekist?«

»Verchromtes Gehäuse und Boden, Prägung im Gehäuse mit Tachymeterskala, weißes Zifferblatt, alle Zeiger schwarz«, leierte Odenthal-Busse generalstabsmäßig herunter und dann: »Ja, hatte ich mal. Jetzt nicht mehr.«

»Verkauft?«

»Ich verkaufe keine Uhren, junger Mann. Wenn, dann verschenke ich sie.«

»Und die Tschekist?«

»Auch!« Dann nachdenklich: »Die hatte ein glückliches Ende.«

Jetzt musste Plotek an die Lebkuchenherzen denken und dann: Ist das jetzt Zufall oder hat das eine mit dem anderen etwas zu tun? Und wenn ja, was?

»Wollen Sie eine, Herr Ploketz?«

»Ich?«, fragte Plotek jetzt ganz überrascht.

»Ich hab auch schon eine bekommen«, sagte Frau Wammerling.

»Danke, nein, ich hab schon eine«, erwiderte Plotek.

Und dann kam ihm eine Idee. Skeptische Blicke vom General.

»Eine Lutsch«, sagte Plotek.

»Kinderuhr, Kaliber 1901, 17 Steine, stoßgesichert, Handaufzug, auf dem Ziffernblatt Abbildung des fliegenden Karlson.«

»Exakt!«, Plotek.

»Hatte ich auch mal!«, Odenthal-Busse.

»Auch glückliches Ende?«, Plotek.

»Exakt!«, Odenthal-Busse.

Jetzt reicht's, dachte Plotek, nichts wie weg, sonst stimmt der General noch altes Liedgut an. Und nötigt mitzusingen.

»Wie spät?«, fragte er.

»Keine Ahnung, die gehen alle nicht.«

»Aber ich dachte, die sowjetischen Uhren sind unverwüstlich?«

Lachen vom General. »Stimmt schon, aber ich ziehe sie nicht auf. Sie wissen schon, Herr Platschik, Genugtuung.«

Nicken von Plotek und Abgang. Frau Wammerling auch Abgang.

Herr Odenthal-Busse blieb zurück und sortierte die Uhren wieder in die Zigarrenschachtel.

Als Plotek mit Frau Wammerling schon bei den Treppen stand und die letzten Floskeln die Seiten wechselten, fragte Frau Wammerling doch noch: »Wie geht es dem Fritz?«

»Na ja, wie's einem alten Kater eben so geht«.

»Katze!«

»Ja, klar.«

»Frisst er auch?«

»Ja, schon, aber nicht übermäßig.«

»War schon immer ein Problem bei ihm. Hat noch nie gern gefressen.«

»Trauert halt.«

»Ich auch.« Tränen bei Frau Wammerling jetzt.

»Wird schon«, sagte Plotek und erschrak – weil, gleicher Wortlaut jetzt wie von Konny in den tv.münchen-Aufzeichnungen.

»Ja«, erwiderte Frau Wammerling und winkte, als Plotek die Treppen hinunterhüpfte. Ganz eilig jetzt.

Am Eingang, zwischen dem großen Holzkreuz mit dem Jesus dran und der Pförtnerloge, gab es dann noch mal eine Überraschung. Da überrannte Plotek in seiner Eile fast eine Frau.

»Aua!«, schrie die Frau.

»Verzeihung!«, sagte Plotek.

»Was machst du denn hier?«, sagte die Frau.

Das wollte Plotek von Maren auch wissen.

»Ich arbeite hier«, sagte Maren und war scheißfreundlich jetzt.

Plotek erzählte von Frau Wammerling und war auch scheißfreundlich.

Während Plotek und Maren also ein paar Freundlichkeiten hin und her schoben, ist ein Mann mit teurem Anzug und starkem Rasierwasserduft an ihnen vorbei.

»Grüß Gott, Schwester Maren«, sagte der Mann.

»Ach, grüß Gott, Herr Busse«, sagte Maren.

Und Plotek dachte: Den kenn ich. Ja, das ist der Landrat aus dem Fernsehen.

»Ich muss«, sagte Maren zu Plotek.

»Ich auch«, sagte Plotek.

Im Weggehen warf Plotek noch einen Blick auf den Jesus, und wieder fiel ihm so ein blöder Spruch ein: *Gottes Mühlen mahlen langsam*. Ebenfalls einer der Lieblingssprüche seiner Mutter. Hört das denn nie auf, dachte Plotek. Himmel, nein! Ist ihm doch glatt noch einer eingefallen: *Ein blindes Huhn findet auch mal ein Ei*. Nein, halt, *Korn*. Aber egal. Jetzt einen ganzen Hühnerstall voller Eier, dachte Plotek, die müssen nur noch ausgebrütet werden. Was dabei herauskommen sollte, wusste er allerdings noch nicht.

8

Es ist nicht rund gelaufen im Team. Plotek war noch nicht wieder hundertprozentig belastungsfähig. Konny war noch immer irgendwie total durch den Wind. Und Schorsch noch kein vollwertiges Mitglied. Die beiden, Konny und Schorsch, harmonisierten auch nicht richtig. Ob Konny jetzt von Marens Knutscherei mit Schorsch etwas ahnte oder ob es nur um Hendl, Ochsenbraten und Schweinshaxen ging, keine Ahnung. Auf jeden Fall waren die Tage auf der Wiesn als Kellner mit Zahnlücke für Plotek eine Qual. Natürlich überlegte er sich schon, alles hinzuschmeißen. Quasi: Macht euren Scheiß doch selber! Und tschüss. Agnes riet Plotek aber ab. Sie argumentierte aus journalistischer Sicht, jetzt im aufklärerischen Sinne also.

»Nur, wenn Sie involviert sind, vor Ort, können Sie Erkenntnisse gewinnen, die am grünen Tisch nicht zu holen sind«, sagte sie. »Und außerdem wollen Sie doch herausfinden, wo diese Estin abgeblieben ist, oder?«

Nicken von Plotek. Quälte er sich also weiter mit den Maßkrügen und den Hendln durch die Reihen. Die Augen immer für Hinweise offen.

Außer lauter Besoffenen, Frauen und Männern, die sich wie Kinder aufführten, und Kindern, die unter Biertischen verloren gingen, sah Plotek zunächst nichts. Dann Agnes. Die setzte sich jetzt mit einer ganzen Mannschaft von Kollegen an einen Tisch von Plotek. Zum einen kam Freude bei

Plotek auf, zum anderen auch wieder nicht. So viele Journalisten auf einen Haufen, das ist wahrlich kein Zuckerschlecken. Agnes kümmerte sich auch gar nicht so sehr um ihre Kollegen. Vielmehr um Plotek. Der auch um sie. Sodass Konny total ausflippte. Und Schorsch ihn jetzt beruhigen musste. Aber egal.

Agnes erzählte Plotek, dass sie herausgefunden hatte, dass es schon beim Aufbau des Oberländer-Zelts Komplikationen gegeben haben musste.

»Ich hab bei uns im Zeitungsarchiv ein wenig gestöbert und interessante Entdeckungen gemacht«, sagte Agnes.

Dann erzählte sie von den Entdeckungen. Immer wieder unterbrochen durch Ploteks Service. Kaum stand er bei Agnes, schrie Konny ungeduldig: »Plotek, mach hinne!« Und Plotek musste wieder los.

Von den zerstückelten Agnes-Schilderungen kann man zusammenfassend sagen, dass bei den Aufbauarbeiten im August ein Pole von einer herabfallenden Zeltwand erschlagen worden war. Kommt schon mal vor, ja. In den letzten Jahrzehnten aber nicht. Da ist keiner der Arbeiter von einer Zeltwand erschlagen worden. Auch nicht anderweitig umgekommen. Also: das erste Opfer seit Jahrzehnten. Und das beim Oberländer-Zelt. Zufall, könnte man denken, oder zumindest, komisch. Aber vergiss es! Unfall, haben alle gedacht. Und Schwamm drüber. Das einzige Problem für Oberländer war, dass der Pole keine Arbeitserlaubnis hatte. Also, illegale Beschäftigung, ist gleich strafbar.

»Da gab es dann eine kleine Zeitungsnotiz, mehr nicht«, sagte Agnes, »alles andere ist eingeschlafen.«

»Der Oberländer ist nicht bestraft worden?«, fragte Plotek.

»Nein, nichts ist passiert.«

»Komisch.«

»Gar nicht komisch. Wenn man den Oberländer kennt.

Oder einiges über ihn weiß. Dem Oberländer seine Spezialität sind die Verbindungen. Der hat schon immer die richtigen Leute gekannt. Geld hat er auch genügend. Folglich die besten Voraussetzungen, unbehelligt zu bleiben und erfolgreich zu sein.«

Dann gab Agnes einen kurzen Abriss der Oberländerschen Familiengeschichte zum Besten.

»Der Oberländer junior, also der, dem jetzt die Brauerei gehört, der hat vor fünf Jahren in die Münchner Schickeria eingeheiratet. Eine Tochter von einem Landrat und einer Filmschauspielerin hat der geehelicht. Und das war gut so, für den Oberländer junior, die Brauerei und den Landrat. Schlecht aber für den Oberländer senior, weil der nach drei Schlaganfällen entmündigt wurde. Vorher hat er aber alles noch dem Junior überschrieben, beziehungsweise dessen Frau und dem kleinen Enkel. Schlecht war es auch für die Halbschwester Maren. Sie ist die Tochter aus erster Ehe des Alten und vom Junior davongejagt worden. Die Brauerei war ziemlich abgewirtschaftet. Woran das lag, keine Ahnung. Aber von da an ging's dann bergauf mit dem Bierverkauf. Von 5000 Hektoliter jährlich vor der Heirat auf 100000 Hektoliter derzeit ist das Unternehmen inzwischen angewachsen. Aber nicht nur das. Neue Absatzmärkte wurden erschlossen. Die Oberländersche Globalisierungspolitik quasi. Die Brauerei verkauft ihr Bier nicht nur in ganz Deutschland, nein, sie exportiert auch, nach Australien, Südafrika, Israel und, und, und. Vor allem in die Touristikzentren, dorthin, wo die Großbrauereien noch nicht sind, verscherbelt der Oberländer sein Bier. Sehr erfolgreich. Die Kontakte und alles, was man sonst noch so braucht, hat der Landrat über die bayerische Staatsregierung und auch bundesweit beschafft. Die Verbindungen laufen anscheinend wie geschmiert. Die Folge ist eine Art Bier-Kolonialismus mit gigantischer Wachstumsrate. Jetzt muss man wissen, dass die Bierindustrie nicht gerade auf Rosen gebettet ist. Aber beim Oberländer ist das ganz anders. Der Oberländer boomt. Und jeder fragt sich, wie das geht. Da kommt natürlich Neid auf. Auch von den ganz großen Brauereien. Aber vor allem die kleinen glauben, dass da etwas nicht mit rechten Dingen zugeht. Und jetzt drängt der Oberländer auch noch auf das Oktoberfest. Und hat auch noch Erfolg damit. Obwohl das Oberländer-Zelt am ungünstigsten Platz steht, ist der Zulauf hier am größten. Jeden Tag steht der in der Zeitung. Die Sternchen gehen bei ihm ein und aus. Die Prominenz gibt sich die Maßkrüge in die Hand. Da sieht das Hippodrom alt aus dagegen. Dem bleiben nur noch die ausrangierten, abgehalfterten Stars übrig. Ein Roberto-Dingsbums darf da noch die Auch-Neger-sind-Menschen-Rolle spielen. Die Unterhachinger Kicker kriegen einen Ehrenplatz. Auch eine Ingrid-du-weißt-schon darf als angegraute Ulknudel ihren auf Hendltemperatur festgezurrten IQ herumzeigen. Und auch einer Elisabeth-zeigt-gern-ihre-Titten wird noch erlaubt, die gesichtschirurgischen Eingriffe in die Blitzlichter zu halten. Bevor selbst der auffallen muss, dass da gar keine mehr sind: Blitzlichter, Fernsehkameras und Schreiberlinge. Die sind jetzt hier«, sagte Agnes und zeigte auf die Kollegen.

Plotek dachte: Ich weiß nicht, ob Agnes das nicht alles ein wenig überspitzt sieht. Aber Agnes ließ keinen Widerspruch zu.

»So ist es«, sagte sie. »Hier sitzen sie, beim Oberländer. Und die aktuellen Stars auch.«

Wieder zeigte sie in der Gegend herum und tatsächlich präsentierte sich Plotek im Prinzip das komplette Fernsehprogramm. Vom *Marienhof* bis über *Tatort, Siska, Forsthaus Falkenau* bis zur *Lindenstraße, Küstenwache* und *Dr. Stefan Frank* war da alles vertreten.

»Das gemeine Volk steht an den Türen und glotzt an den Sicherheitsleuten vorbei ins Promizelt wie in den Hellabrunner Affenkäfig. Wobei die Schickimickis weniger mit Affen zu tun haben, als vielmehr mit Schafen. Ja, diese neureichen Schnösel sind im Prinzip wie eine Schafsherde. Bildlich gesprochen jetzt. Sie stinken nicht nur nach Geld und scheiden Laute aus, die keinen Sinn ergeben. In ihren Köpfen wächst auch Gras, und wenn einer von ihnen die Richtung wechselt, trotteln alle anderen hinterher. Die fetten und kranken brauchen länger, aber wenn die's dann auch geschnallt haben, ist das Boot voll. So wie jetzt das Oberländer-Zelt.«

Jetzt lief Agnes richtig heiß. Ob es das Bier war, die jahrelange journalistische Frustration oder ob sie Plotek nur beeindrucken wollte, keine Ahnung. Auf jeden Fall zog die jetzt weiter über jeden und alles her. Plotek kam sich schon wie beim Starkbieranstich am Nockherberg vor. Agnes beim Derblecken, im Barnabas-Kostüm. Jetzt allerdings die verschärfte Variante.

»Diese Schafsumzüge, diese Schnösel-Wanderung, zieht natürlich auch die Presse, die Journalisten und Medienvertreter an wie ein Kuhfladen die Fliegen. Die Zeitungen sind voll, das Radio überträgt live und das Fernsehen berichtet, als bekäme es Freibier dafür. Eine Hofberichterstattung ist das, wie zu Zeiten Ludwig des Ersten. Kritische Töne hört man da kaum. Dabei gäbe es da einiges zu hinterfragen. Da ist einerseits die Tradition, also Volksbrauchtum, historische Zusammenhänge, gesellschaftliche Relevanz, gesamtdeutsche Repräsentation, die Lebensfreude pur. ›Oktoberfest‹ ist immerhin das weltweit bekannteste Wort, das für Deutschland steht. Eine Umfrage in London hat ergeben, dass ›Oktoberfest‹ weit vor unserem Goethe, der Autobahn und der Bratwurst rangiert. Also, ich meine, da ist der Oktoberfest-Begriff auf der einen

Seite ja zweifellos positiv besetzt. In Zeiten wie diesen, wo Synagogen abgefackelt, Ausländer vermöbelt und Asylbewerber wie Tiere gehalten werden, ist das natürlich wichtig – quasi Korrektiv. Politisch betrachtet jetzt. Ja, das Oktoberfest hat auch politisch seine Funktion und kann als Handlanger der Politik verstanden werden.«

Jetzt reicht's dann aber, dachte Plotek, jetzt ist sie gleich fertig. Aber vergiss es! Agnes atmete kurz durch und legte schon wieder los.

»Im Prinzip ist es doch so: Die Regierung, ob jetzt landes- oder bundesweit, egal, achtet penibel auf das ›Mir san mir!‹. Da sind dann natürlich viele Mittel recht: Gesetzgebung, Abschiebung, Haft, harte Worte, noch härtere Schlagstöcke, Exekutive und alles. Und: ›Mir‹ wollen auch ›mir‹ bleiben, gell, soll heißen: Wir brauchen die anderen nicht, ›die Ausländer, die uns ausnützen‹, weil: ›Die Grenze der Belastbarkeit durch Zuwanderung ist überschritten‹, also quasi: ›Das Boot ist voll‹, und: ›Die Zeit der Gastfreundschaft geht zu Ende‹. In solchen Zeiten ist es besonders wichtig, dem Ausland auch zu zeigen, dass 16 Tage lang auf 31 Hektar Deutschland, Multikulturalität, Toleranz und Integration möglich und auch gewollt sind, wenn auch nur mithilfe von Drogen. Aber egal. Das ist quasi die auslandspolitische frohe Botschaft der Wiesn. Und das ist wichtig.«

Natürlich merkte Plotek, wie Agnes zu zynischer Hochform auflief. Schwierige Situation jetzt. Plotek war erstens klar: Sie hatte Recht. Und zweitens: Wenn er ihr dann auch noch Recht gab, dann würde die Agnes noch weiter übers Ziel hinausschießen. Das hier war aber eindeutig Feindesland für ihre Thesen. Deshalb sagte Plotek, quasi zum Eigenschutz, lieber drittens, heißt: »Ich muss jetzt aber arbeiten, der Konny...«

»Na na, ich bin noch nicht fertig«, erwiderte Agnes und

durchschaute Plotek. »Keine Rücksicht bitte!« Und dann: »Also, wo war ich ...«

»Bei andererseits«, sagte Plotek kleinlaut.

»Eben, andererseits verkommt das Oktoberfest zu einem Besäufnisevent mit viel zu vielen Alkoholleichen, zu viel Prominenz, Kotze, Urin, Kommerztempel und Abzockermentalität. Also, im Prinzip negativ besetzt jetzt. Die Folgerung ist, für den kritischen Zeitgenossen, aus der Konklusion von beidem, also positiv und negativ, die Frage: Was soll das Ganze? Die Folgerung wiederum aus der Folgerung der Frage: Aufschrei, Empörung, Nestbeschmutzer, Judas, Verräter, ›Geh doch nach drüben!‹. Drüben ist mittlerweile da, wo die Antialkoholiker und Vegetarier sind.«

»Halt's Maul, du Schlampe!«, mischte sich jetzt einer vom anderen Tisch ein.

Scheiße, dachte Plotek, ich hab's geahnt. In Gedanken war er schon beim Sicherheitsdienst. Agnes drehte sich ganz langsam um. Hinter ihr saß ein Mann mittleren Alters, mit rotem Kopf und toupetartiger Frisur, den Plotek schon öfters im Fernsehen gesehen hatte. Moderator, Talkshowmaster, Schauspieler, vielleicht auch Politiker oder so was. Nein, irgendetwas mit Sport hatte der zu tun. Eigentlich hätte der auch eher im Hippodrom sein müssen. Agnes beugte sich zu dem Mann und sagte, ganz leise, so dass Plotek schon ganz genau hinhören musste, um es zu verstehen: »Komm mit, wir gehen raus!«

Wurde der Mann ein wenig verlegen.

»Na los, komm schon«, wiederholte Agnes jetzt laut, sehr laut, und stand auf.

Der Mann druckste zuerst noch herum, dann lachte er verlegen. Und schon tauchte, wie fernmündlich verständigt, in einem Affentempo der Herr Oberländer auf. Er beschwichtigte, sagte immer wieder: »Beruhigen Sie sich! Beruhigen Sie sich doch! Bitte!« Und beruhigte die erhitzten Gemüter.

»Bitte bloß keinen Skandal! Das lohnt sich doch nicht«, redete der Herr Oberländer auf Agnes und den Mann mit dem roten Kopf ein.

Setzte sich Agnes also wieder hin und zog weiter über das Oktoberfest her. Der Mann sagte nichts mehr. Dem Plotek raunte der Herr Oberländer im Weggehen noch ins Ohr: »Kümmere du dich um die!«

Lauschte Plotek eben weiter Agnes' Worten. Im Prinzip gaben sie ja auch seine Gedanken wieder. Nur hätte er es nicht so ausdrücken können. Da liegen ohnehin Ploteks Schwächen. In der Ausdrucksweise. Meistens gibt es, wenn Plotek was sagt, gleich Missverständnisse. Auch im Gespräch mit Konny.

»Wir sind doch ein Team«, sagte Plotek, als Konny wieder mal mit Schorsch aneinander geriet. Dieses Mal ging's um eine Schweinshaxe, die am falschen Tisch gelandet war.

»Wir sind doch ein Team«, wiederholte Plotek und meinte: Wir gehören zusammen, also nichts mit Konkurrenz und jeder gegen jeden. Aber vergiss es. Muss Konny ganz anders verstanden haben.

»So, so, das glaubst du!«, schrie er. »Ein Team, was? Du glaubst also, dass der da«, dabei zeigte er auf Schorsch wie auf einen Kackhaufen, »zu mir hält, am gleichen Strick zieht, was?«

Lachen von Konny.

»Oberflächlich betrachtet, ja, vielleicht«, schrie Konny weiter. »Aber im Grunde kocht der sein eigenes Süppchen. Im Grunde spielt der ein falsches Spiel, stimmt doch, oder?«

»Du spinnst doch«, zischte Schorsch und ließ Konny stehen.

Jetzt fiel Plotek wieder der Vertrauensbruch ein, deshalb sagte er zu Konny: »Zu viele Köche versalzen eben die Suppe.«

Der schaute, als wäre er von lauter Schwachsinnigen umgeben. Und dann sagte er: »Du hast auch nicht mehr alle Tassen im Schrank!«

9

»Jetzt steht schon wieder ein Toter in der Zeitung«, sagte Plotek und zeigte auf die *AZ*. »Ein Neunundsiebzigjähriger wurde beim Oktoberfest hinter den Klowägen im Gras gefunden«, stand da. »Vermutlich Herzstillstand. Keine Fremdeinwirkung zu erkennen.«

Der Tote hatte keine Papiere dabei. Nur eine kostbare Uhr sowjetischer Bauart.

Agnes sagte: »Macht insgesamt drei.«

Plotek dachte nach und nickte. Halbherzig nur. Weil plötzlich wieder Thea in seinem Kopf war. Einfach verschwunden, ohne eine Nachricht zu hinterlassen. Ungewöhnlich. Für Thea war das ungewöhnlich, das war Plotek klar, so weit konnte er sie einschätzen. Für ihn, also Plotek, wäre es dagegen überhaupt nicht ungewöhnlich gewesen. Eher sogar wahrscheinlich. Jetzt noch hier, dann plötzlich nicht mehr da. Und keiner weiß, wohin. Aber jetzt war Plotek da und Thea weg. Und Plotek wusste nicht wo. Das beschäftigte ihn natürlich und provozierte die schlimmsten Gedanken und die grausamsten Befürchtungen. Deswegen nur halbherziges Nicken.

»Alle drei waren ziemlich alt, trugen ein Lebkuchenherz, und zwei von ihnen eine sowjetische Uhr«, sagte Agnes.

»Drei!« Plotek legte die Tschekist auf den Tisch.

Agnes schaute jetzt zum ersten Mal, seit Plotek sie kannte, überrascht. Dann sagte sie: »Sie sind mir vielleicht einer!«

Entschlossenes Nicken von Plotek.

Agnes und Plotek saßen jetzt seit Beendigung der Frühschicht im Hofbräukeller am Wiener Platz. Seitdem haben sie Weißbier getrunken und geredet. Zunächst über die Toten mit den sowjetischen Uhren. Dann über das Oktoberfest im Allgemeinen, dann über die Bierpreise im Speziellen, dem Ministerpräsidenten seinen Mundgeruch und schließlich über den Bayerischen Rundfunk. Und den Journalismus.

»Viel gibt es darüber nicht zu sagen«, sagte Agnes. »Höchstens: Vergiss es!«

Zuerst kam eine wegwerfende Geste, dann sagte sie doch noch was.

»Einheitsbrei, zwanghafte Konformität, Kontroll- und Infiltrationsmechanismus«, hingen als Schlagworte jetzt wie Lüster in der Luft. »Früher war das alles noch Opposition gegen die Herrschaft, heute ist das nur noch Mimikry.«

Dann lachte sie, dass die Gläser wackelten, und bestellte noch ein Weißbier.

Nach acht Weißbieren versuchte Agnes dann, Plotek die *Kritische Theorie* näher zu bringen. Wie sie da jetzt draufgekommen ist, ob's der BR war, das zuvor Gesagte oder der ministeriable Mundgeruch, keine Ahnung. Auf jeden Fall fing sie jetzt von Adorno, Horkheimer und der »Kulturindustrie« an. Und wie. Mit einer Vehemenz redete sie auf Plotek ein, dass es dem ganz schwindlig wurde. Woran's lag, dass ihm so schwindlig wurde, am Alkohol oder tatsächlich nur an Agnes' Begeisterungsfähigkeit, auch keine Ahnung.

Agnes redete mit Händen und Füßen und so laut, dass die Leute am Nebentisch gedacht haben müssen, da wäre vielleicht ein Ehestreit im Gange und sie würde ihn jetzt gleich niederschlagen. Inhaltlich standen die Nebentischler auch auf der Leitung. Ganz wie Plotek. Und der Wirt auch. Der signalisierte immer wieder vom Tresen herüber: Ganz ruhig, und wenn du Hilfe brauchst, ich komm. Aber Agnes war ganz und gar nicht streitsüchtig, nein, Agnes war überhaupt nicht feindselig gestimmt, also negativ jetzt, sondern Gegenteil, positiv, positiv erregt war die Agnes. Eine Hingabe und einen Fanatismus legte sie an den Tag, alle Achtung. Ob das jetzt die *Kritische Theorie* oder die Bierpreise, der Mundgeruch vom Ministerpräsidenten oder die Rosenzucht war, ganz egal. Da war Agnes hundertprozentig und fanatisch. Das gefiel Plotek irgendwie. Obwohl Plotek normalerweise mit dem Fanatismus so seine Probleme hat. Das ist früher schon beim Fußball so gewesen und heute bei allem anderen nicht anders. Bei Agnes macht Plotek da eine Ausnahme. Warum, keine Ahnung. Vielleicht, weil Agnes so ganz anders ist als Plotek. In allem. Plotek ist eher introvertiert, Agnes extrovertiert. Plotek ist schweigsam und zugeknöpft, Agnes dagegen redselig, offen und impulsiv. Nur äußerlich gibt es Gemeinsamkeiten. Von der Konstitution und dem Körpergewicht her. Normalerweise hat Plotek Schwierigkeiten mit solchen Menschen. Auch schon am Theater immer. Da wimmelt es ja nur so von solchen Typen. Selbstdarsteller, eitel, ungestüm und triebhaft. Jeder Schritt ein Auftritt. Jedes Wort eine Offenbarung. Alles ist für die Inszenierung. Alles ist Bühne. Die Kantine, die Straße, die S-Bahn, der *Tengelmann*. Denen ist Plotek immer aus dem Weg gegangen. »Hallo« und »tschüss«, mehr nicht. Bei Agnes ist er ganz das Gegenteil. Zu Agnes fühlte sich Plotek schon jetzt irgendwie hingezogen. Da passt der alte Spruch *Gegensätze ziehen sich an* ausnahmsweise mal. In der Regel passen diese Sprüche nämlich überhaupt nicht. *Morgenstund hat Gold im Mund* – völliger Blödsinn. Wenn die Morgenstund irgendwas im Mund hat, dann ist es der Geruch. Und der ist alles andere als goldig. Eher Gegenteil. Oder anderes Beispiel: *Was du heute kannst besorgen, das verschiebe nicht auf morgen.* Der Lieblingsspruch von Ploteks Mutter überhaupt. Hing im Bauernhaus in Lauterbach, ebenfalls im Flur und auf ein lackiertes Rindenholzstück gepinselt, direkt neben dem ausgestopften Eichhörnchen. Wenn Plotek den Spruch irgendwo liest, dann muss er immer an das Eichhörnchen denken und daran, dass es sich das mit der Besorgung von den Haselnüssen auf der anderen Straßenseite doch besser hätte überlegen sollen. Am besten verschoben, auf morgen. Dann wäre es auch nicht so kopflos über die Straße gewetzt. Dann wäre es auch nicht mit dem Golf von Ploteks Vater kollidiert. Und dann würde es jetzt noch im Wald herumhüpfen und nicht in Lauterbach an der Wand hängen. Da sieht man mal wieder, wie hirnrissig diese alten Sprüche sein können. Nicht nur hirnrissig, sogar tödlich können sie sein, wenn man so leichtfertig mit ihnen umgeht wie das Eichhörnchen.

Aber an Agnes und Plotek und den sich anziehenden Gegensätzen war was dran. Verdammt viel war da sogar dran. Jetzt die *Kritische Theorie* von Agnes und das praktische Unverständnis von Plotek. Nichts verstand Plotek, gar nichts. Obwohl sich Agnes wirklich bemühte. Immer wieder erklärte sie es ihm von neuem, sprach von der »interdisziplinären Art und Weise«, von »der Emanzipation aus den versklavenden Verhältnissen«, von »vernünftigen Subjekten und dem kollektiven Ganzen« und allem. Jetzt hatte Agnes die *Kritische Theorie* so richtig am Wickel. Und Plotek auch. Der nickte nur und kam gedanklich einfach nicht hinterher. Das ist eben ein Schwachpunkt von Plotek. Er braucht einfach immer etwas länger. Wenn er es aber mal kapiert hat, dann ist er unschlagbar. Überall. Schon gleich nach der Geburt ist Plotek nicht in die Gänge gekommen. Die Folge war der Brutkasten. Dann dauerte es mit dem Sprechen länger als üblich. Die Mutter terrorisierte schon den Doktor, weil der kleine Paul mit vier noch immer nicht »Mama« sagen konnte und »Papa« auch nicht. Gar nichts konnte er sagen. Erst mit fünf, aber dann gleich:

»Du bisch a blede Sau!« Zum Vater. Da fing er sich natürlich gleich eine. Obwohl's doch ein freudiges Ereignis gewesen war. Der Bub spricht! Hätte ja auch sein können, dass er sich fürs ganze Leben dagegen entschieden hat. Aber die ersten Worte gleich mit einer Beleidigung in die Welt hinausschreien – das ist eben typisch Plotek. Von Anfang an gewesen. Obwohl er es gar nicht geschrien hat. Nein, ganz sachlich hat er es dem Vater mitten ins Gesicht gesagt. Erst danach hat er geschrien, nach der Ohrfeige. Die hat er natürlich gemerkt. Fürs Leben. Ein Psychologe würde jetzt vielleicht sagen: »Prägend, prägend für's weitere Leben«. Und: »Hat vieles von Kindheit an kaputt gemacht«. Was? Keine Ahnung.

Und auch im Theater war Plotek immer hintendran. Die ersten drei Probenwochen sind eine Katastrophe gewesen. Die Figur, ganz egal, welche, bekam er einfach nicht in den Griff. Keine Haltung, kein Gefühl, null Timing. Zum Woyzeck nicht, zum Hamlet nicht, Leonce – vergiss es. Wie oft dachte da der Regisseur ans Umbesetzen. Aber dann plötzlich platzte der Knoten, und Plotek machte in einer Woche drei Wochen gut. Mehr noch. Alles stimmte jetzt, Haltung, Gefühl, Timing, als ob's ein Kinderspiel wäre. Beim Fußball genauso. Wie oft hat er den Kopfball geübt, immer wieder und immer öfter – im richtigen Moment hochspringen, mit der Stirn voraus, den Ball drücken. Zum Verzweifeln. Und dann machte er in einer Saison mehr Tore mit dem Kopf als die anderen mit Fuß und Kopf zusammen. Da war die Genugtuung dann doppelt groß.

Sicher lag das mangelnde Verständnis für die *Kritische Theorie* jetzt auch an den acht Weißbieren. Nach acht Weißbieren fällt es einfach schwer, Denken und Handeln, Theorie und Praxis so zu verknüpfen, dass eine dialektische Verschränkung zustande kommt. Nach acht Weißbieren gibt es für Plotek keine Theorie und Praxis mehr, kein Denken und Handeln. Nach acht Weißbieren ist alles eins, eine einzige Symbiose aus hier und jetzt. Und das war Agnes. Der Mund, die Augen, die verschwitzte Stirn, der schwindelerregende Ausschnitt und die sich ereifernde Stimme. Die Stimme! In jedem 0190-Hotline-Ruf-mich-an!!!-Call-Center würde Agnes die allerbeste Figur machen. Obwohl der Vergleich auch schon wieder hinkt. Plotek hat schon mal angerufen bei so einer Nummer. Rein interessehalber. Erst mal ist er nicht durchgekommen, dann schon, aber am anderen Ende war nur ein Automat. Der nölte immer wieder dasselbe vor sich hin, bis Plotek es auswendig konnte. Dann kam doch noch eine Stimme, live und klanglich wie eine hochtourige Flex. Die fragte ihn zuerst einmal aus, nach Hobby, Größe, Maßen und allem. Dann sagte sie ein paar Sauereien in den Hörer und fing an zu stöhnen. Das hat Plotek plötzlich an den Holger erinnert, den Bernhardiner von der Frau Ringelmann, der Nachbarin unter Plotek. Und dann war's aus bei ihm. Aus und vorbei. Seitdem haben die Nummern bei ihm keinen Stich mehr gemacht. Auch in der größten Einsamkeit nicht. Da ruft er dann lieber die Auskunft der Telekom an. Da gibt es auch ein paar wohlklingende Stimmen. Die sind freundlich, fragen einen nicht aus und nehmen sich gern viel Zeit. Billiger ist es auch noch.

An die Stimme von Agnes kommen die aber auch nicht ran. Die Stimme von Agnes ist allererste Sahne. Von der kann Plotek nicht genug kriegen. Von Anfang an nicht. Egal, worüber sie redet. Über Rosenzucht, Mozart oder einen Schweinsbraten, ganz egal. Jetzt sagte sie: »Die Herrschaft über die Natur behält der Mensch mit der Unterdrückung seiner eigenen Natur.«

Plotek sagte: »Ich muss mal.«

Als er dann im Klo stand und sein Urin gleichmäßig ins Becken plätscherte, da hat er es dann begriffen, das mit der Natur. Und gedacht: Schon klar, aber manchmal kann man's eben nicht unterdrücken. Und dann, mit dem Schwanz in der

Hand, ist er sich selber wieder als Woyzeck eingefallen, damals, am Theater in Dinslaken vor vier Jahren.

»Sehn Sie, wir gemeine Leut, das hat keine Tugend, es kommt einem nur so die Natur; aber wenn ich ein Herr wär und hätt einen Hut und eine Uhr und eine Anglaise und könnt vornehm reden, ich wollt schon tugendhaft sein. Es muss was Schönes sein, um die Tugend, Herr Hauptmann. Aber ich bin ein armer Kerl«, rezitierte Plotek in den Abort hinein.

Als Plotek dann vom Klo zurückkam, hatte Agnes schon gezahlt. Das ist auch etwas, das Plotek von Anfang an an Agnes gefallen hat. Ja, da muss der Kellner nicht lange fragen, Sie oder Sie, getrennt oder zusammen, nein, kein Wort, einfach machen, zahlen und fertig. Das imponiert Plotek an Agnes, weil Geiz für Plotek das Schlimmste ist. Geizige Menschen sind für ihn noch schlimmer als eitle. Am allerschlimmsten aber sind eitle Geizige. Und die gibt es zuhauf. Am Theater, in Lauterbach, in Dinslaken, Tübingen, Marburg, Altötting, überall. Agnes dagegen ist weder eitel noch geizig. Dafür spontan.

»Jetzt gehen wir in den Rosengarten!«, sagte sie und hakte sich bei Plotek unter.

Der hätte jetzt sagen wollen: »Mitten in der Nacht?«

Er ließ es aber dann doch, weil er sah, dass das aussichtslos war. Natürlich hätte er's sagen können, aber geholfen hätte es nichts. Etwas sagen, nur damit es gesagt ist, das war auch noch nie Ploteks Sache. Also sagte er eben nichts. Da war Agnes auch wieder ganz anders. Die sagte auch etwas, wenn es augenscheinlich hoffnungslos war.

Jetzt: »Taxi!«

Das Problem war, dass Plotek und Agnes gerade am Wiener Platz standen, also in Haidhausen. Der Rosengarten ist aber in Giesing. Dazwischen liegen ein paar Kilometer. Also schrie Agnes noch einmal problemlösend »Taxi!« in die Nacht hinaus. Aber vom Schreien allein kommt halt kein Taxi angefahren.

»Am Max-Weber-Platz ist ein Taxistand«, sagte Plotek.

Und schon fing Agnes wieder von Adorno, Horkheimer und der *Dialektik der Aufklärung* an. Bei »Aufklärung« fiel Plotek der Tote im Englischen Garten ein. Und die Lebkuchenherzen.

»Der Mensch hat ein Recht auf Glück«, sagte Agnes.

Plotek dagegen dachte an das »Glückliche Ende« auf den Lebkuchenherzen.

»Und das wird ihm vom Funktionserfordernissen geprüften Kapitalismus verwehrt!«

»Und das glückliche Ende, von wem wird ihm das verwehrt?«

»Vom Gesetzgeber«, sagte Agnes.

Da sieht man mal wieder, wie diese Frau auf Zack ist. Jede andere hätte »Hä?« gesagt, den Kopf geschüttelt und nichts verstanden. Agnes dagegen fährt immer zweigleisig – den eigenen Gedanken verfolgen und den des anderen nicht aus den Augen lassen.

»Also, was machen?«, fragte Plotek.

»Gefährdung der sozialen Ordnung durch Anomie, Durkheims Suizidstudie«, sagte Agnes und dann: »Steig ein!«

Agnes saß jetzt hinten im Taxi. Plotek saß auch hinten im Taxi. Vorne ist der Fahrer gesessen und gefahren. Und wie! So, dass Plotek ganz schlecht wurde. Agnes auch. Kein Wort kam mehr von ihr. Nichts über Adorno, nichts über die Kulturindustrie, Frankfurter Schule auch nicht, gar nichts, sondern eisernes Schweigen. Bis zur Wittelsbacherbrücke.

Dann: »Danke.« Und: »Gute Nacht.«

Das Taxi fuhr weiter, und Plotek und Agnes gingen eingehakt zur Isar runter.

»Gleich sind wir da«, sagte Agnes. Plotek nickte und schnupperte. Wegen der Rosen. Er hat aber nichts gerochen. Außer Hundescheiße.

»Gleich sind wir da«, wiederholte Agnes.

Waren sie nicht. Weil: Mit acht Weißbieren intus ist eben alles ganz anders. Mit acht Weißbieren intus ist nichts mehr so, wie es einmal war. Der Fußweg nicht, die Isar nicht und die Richtungen auch nicht. Mit acht Weißbieren intus geraten die Himmelsrichtungen schon mal durcheinander und der Orientierungssinn ist auf Abwegen. Ergo: Der Rosengarten war nicht da, wo er eigentlich sein sollte.

»Wo ist dieser scheiß Rosengarten!«, fluchte Agnes.

Plotek roch noch immer keine Rosen, dafür nach wie vor Hundescheiße. Nach einem aufwendigen Hin und Her tauchte der Rosengarten dann doch noch auf. Und mit ihm der Duft. Der Rosenduft war da, die Hundescheiße aber noch immer nicht weg. Komisch, dachte Plotek, die verfolgt mich auf Schritt und Tritt. Das war aber auch schon alles, was er denken konnte, weil Agnes ihn jetzt mit dem Ellbogen in die Seite stieß und auf den Rosengarten zeigte, als wollte sie sagen: Schau, der Rosengarten. Ruhig, anmutig und duftend wie ein Ozeandampfer am Ufer. Voll mit Gewürzen und Blütenessenzen liegt er dunkel da und hat auf uns gewartet, damit wir den Zaun überflügeln und er uns in sich aufnimmt. Na ja. Mit acht Weißbieren intus ist es aber nicht ganz so einfach, einen zwei Meter hohen Metallzaun zu überflügeln. Zuerst fiel Agnes vom Zaun in ein Rosenbeet, dann Plotek. Da lagen sie dann nebeneinander, ganz ruhig und anmutig inmitten der Papa Meilands und guckten, voll gesogen mit dem Duft, den Sternen beim Leuchten zu. Als Plotek den Großen Wagen am Himmel sah, wusste er, warum der Tote im Englischen Garten gelegen ist.

10

Am nächsten Morgen wusste er es natürlich nicht mehr. Da wusste Plotek gar nichts mehr. Weder, wo er war, noch, wie er da hingekommen ist. Noch immer lag er im Rosenbeet zwischen den Papa Meilands. Hätte ihn ein Gärtner nicht zufällig gesehen, würde er vielleicht noch immer drinliegen. So gemütlich, so bequem ging es zu zwischen den *Papa Meilands*. Keine Rückenschmerzen, keine Verspannungen, wie sonst morgens immer. Auch der Nacken tipptopp. Äußerliches also alles okay, nur innerlich lag einiges im Argen. Hundsmiserabel schlecht war ihm, zum Speien übel. Und Schädelweh hatte er. Das hatte natürlich nichts mit dem Rosenbeet zu tun. Sondern mit den Weißbieren.

»Aufstanda! Hallo! Dia Nacht isch vorbei!«, schwäbelte der Gärtner auf ihn ein. Als Plotek sich noch immer nicht bewegte, harkte er mit seiner Harke nach ihm. Zuerst dachte Plotek noch: Mmmh, angenehm, wie es da am Bein entlangstreichelt, fühlt sich an wie ein langer Fingernagel. Dann: Jetzt wird's aber ein bisschen unangenehm. Und dann: Jetzt schon eher Abteilung Sado-Maso.

»Aua!« Plotek schrie, und dabei dämmerte es ihm langsam – Hofbräukeller, Weißbier, Taxi, Rosengarten, Dialektik der Aufklärung ...

»Agnes?«, fragte er jetzt in den Rosengarten hinein.

»Nix Agnes, aufstanda, des isch koi Hoddel!«

Wie von der Harke gepiekst sprang Plotek jetzt auf.

Sofort musste er einsehen, dass der bewaffnet vor ihm stehende Recht hatte. Keine Agnes weit und breit. Kein Hotel weit und breit. Kein kratzender Fingernagel. Nichts. Nur der schwäbelnde Gärtner vom Rosengarten mit seiner Harke.

»Tschuldigung«, sagte Plotek, als ob er die ganze Nacht über auf dem Fuß vom Gärtner gestanden wäre.

Und noch mal »Tschuldigung!« zu den *Papa Meilands*, von denen einige die Köpfe hängen ließen. Ganz schön geknickt sahen sie aus, die *Papa Meilands*, aber nicht, weil Plotek sie jetzt verlassen musste. Eher Gegenteil.

»Hald a maol. Da isch no was. Du hasch no was vergessa!«, schrie ihm der Gärtner hinterher und fuchtelte mit der Handtasche von Agnes wie ein Fluglotse herum. Also jetzt eher Flughafen statt Ozeandampfer. Typisch, dachte Plotek. Überall lässt die Agnes was liegen. Autoschlüssel, Hausschlüssel, Zigaretten, Feuerzeug, Jacke, Rucksack. Und jetzt die Handtasche.

»Halt, des au no!«

Und einen Zettel. Den hatte sie aber nicht vergessen, sondern absichtlich zurückgelassen. Für Plotek. Auf dem Zettel stand, schwer lesbar, weil mit einer Sauklaue hingekritzelt: *Erwarte dich in der Kantine vom BR, Funkhaus, Arnulfstraße. Um 12 Uhr. Agnes.*

Jetzt war es kurz vor elf. Plotek hatte Spätschicht, musste also erst um 16 Uhr im Oberländer-Zelt sein. Er verließ den Rosengarten und ging zur Wittelsbacherbrücke vor, die Straße entlang zum Deutschen Museum. Da ist er dann zur Isar hinunter und an der Isar entlang. Da kam Plotek plötzlich eine liegende Nackte am Ufer unter die Augen. Es war Anfang Oktober und bewölkt. Und trotzdem lag die Nackte auf dem Bauch ausgestreckt auf einem Handtuch. Daneben die Kleider. Plotek fiel der Tote im Englischen Garten ein. Schon wieder eine Tote!, dachte er. Zehn Meter weiter lag noch eine.

Und noch mal zehn Meter weiter noch zwei weitere. Lauter Tote!, ging es Plotek durch den Kopf. Und eine Übelkeit durch den Magen. Vielleicht ist ja noch was zu machen, dachte er, und dann: erste Hilfe und reanimieren. Vorsichtig trat er an die Tote heran und berührte sie behutsam an der Schulter. Die Tote schnellte herum, sprang auf und schrie: »Hilfe! Lass mich, du Wichser!«

Alles andere als tot war die, putzmunter vielmehr und quietschfidel. Und schrie wie am Spieß. Die anderen Toten sprangen jetzt auch auf und stürzten auf Plotek zu. Alle schrien jetzt und schlugen mit den Fäusten auf ihn ein. So ein Hass sprang ihm entgegen, dass ihm gar nichts anderes übrig blieb, als die Beine unter die Arme zu nehmen und dann: Arrivederci! Aber denkste! Die Toten dachten nicht im Traum daran, sich einfach so abhängen zu lassen.

»Vergewaltiger! Wichser! Frauenschänder!«, schrien sie. Und rannten Plotek hinterher, dass die Brüste der Frauen wie Springbälle hüpften und die Schwänze der Männer zwischen den Beinen Bossanova tanzten. Na ja, letztendlich hat ein Angezogener dann gegenüber einem Nackten schon einen Vorteil, sogar zwei Vorteile. Erstens: Mit festen Schuhen schmerzen die Kieselsteine am Ufer bei weitem weniger als auf nackter Sohle. Zweitens rannte Plotek von der Isar hoch zur Straße, wo dann ein Nackter, zwischen all den Autos, doch ganz schnell lächerlich wirkt. Drei Nackte wirken dann gleich wie eine FKK-Demonstration. Und wie die Bayern mit ihren Demonstranten umgehen, ist ja hinlänglich bekannt. Auch den Nackten. Also machten sie kehrt und zogen maulend zurück zur Isar.

Plotek lief noch ein wenig weiter. Dann hielt er an. Seine Knie zitterten und seine Lunge pfiff wie ein Kanarienvogel. Sein Magen prophezeite gar nichts Gutes. Hinzu kam wieder ein dezenter Kopfschmerz. Schwankend lehnte er sich an einen Mercedes und übergab sich in hohem Bogen. Der Mercedes war ein Cabriolet, soll heißen: offen. Ploteks Mageninhalt landete also nicht nur *am* Mercedes, sondern auch *im* Mercedes. Ganz unbeabsichtigt natürlich. So einfach lässt sich die Kotzerei eben nicht steuern. Da schießt schon mal ein Schwall übers Ziel hinaus. Und geht weiter als gedacht – jetzt eben ins Cabriolet. Der Ehrlichkeit halber muss man jetzt bezüglich des Cabriolets aber auch sagen: selber schuld. Wer Anfang Oktober, zur Wiesnzeit, bei bewölkter Witterung mit einem offenen Cabriolet in München durch die Gegend fährt, dem ist nicht mehr zu helfen. Doppelt nicht mehr zu helfen ist ihm, wenn er das Cabriolet auch noch offen stehen lässt. Da braucht er sich dann nicht zu wundern, wenn ihm jemand auf die Sitze speit. Deshalb hatte Plotek auch gar kein schlechtes Gewissen.

»Früher war das alles noch Opposition gegen die Herrschaft«, fielen Plotek beim Anblick der Kotze die Worte von Agnes wieder ein. Stimmt, früher, in seiner Jugend, ist er mit dem Mofa von Lauterbach in die Kreisstadt gefahren und hat dort den fetten Mercedeswägen die Sterne von der Motorhaube heruntergerissen. Und den Cabriolets in den Innenraum gepinkelt. Aus Verachtung und Wut auf das System. »Heute ist das nur noch Mimikry.« Schade.

Jetzt musste Plotek nicht nur lachen, sondern spürte auch eine Erleichterung. Nicht nur die Übelkeit war wie weggeblasen, auch das Schädelweh wurde auf ein erträgliches Maß zurechtgestutzt.

Mit der Handtasche von Agnes und befreit vom belastenden Mageninhalt, marschierte er jetzt die Zeppelinstraße entlang. Dann stieg er beim Gasteig in die Trambahn ein. Am Funkhaus stieg er wieder aus. Dann durch die Drehtür rein zum Bayerischen Rundfunk. Und: »Halt!« Eine Stimme wie eine Kreissäge. Eine Hand mit Kneifgriff auf seiner Schulter.

Plotek drehte sich um und sah einen Mann in Uniform vor sich stehen. Der Mann sah aus wie ein Sicherheitsbeamter. Es war ein Sicherheitsbeamter. Der sägte jetzt »Ausweis!« in die Empfangshalle hinein. Plotek erschrak und schaute den Sicherheitsbeamten an, als ob der schon alles wüsste. Nicht nur das mit den nackten Toten an der Isar, sondern auch das mit der Kotze im Cabriolet.

»Wo wollen Sie hin?«

»Zur Agnes.«

»Welcher Agnes?«

»Ja, zur Agnes eben.«

»Nachname? Abteilung?«

»In der Kantine, um zwölf.«

»So geht das nicht«, brummte der Sicherheitsbeamte.

Plotek zeigte ihm Agnes' Zettel. Der Sicherheitsbeamte las, lachte und sägte wieder in die Empfangshalle hinein: »Da könnte ja jeder kommen.«

Er blies die Backen auf und ließ die Luft in kleinen Stößen aus sich heraus entweichen. Irgendwie erinnerte der Geruch an den Ministerpräsidenten.

»Kommen Sie mal mit.«

Wie einen Schwerbehinderten führte er Plotek an der Hand zur Rezeption.

»Da müssen wir einen Besucherschein ausstellen. Name?«

»Plotek.«

»Nachname!«

»Plotek.«

Schrieb der Sicherheitsbeamte tatsächlich Plotek Plotek in den Besucherschein. In der Sparte Denken waren bei dem Sicherheitsbeamten offenbar Defizite zu verzeichnen. Beim Kommandieren überhaupt nicht.

»Personalausweis!«

Während Plotek in allen Taschen suchte und nichts fand,

knallte ihm der Sicherheitsbeamte einen Ordner so dick wie ein Telefonbuch hin.

»Da können Sie nach Ihrer Agnes suchen!«

Plotek schlug den Ordner auf und durchstöberte sämtliche Abteilungen und Namen nach Agnes. Nachnamentlich tappte er völlig im Dunkeln. Bloß gut, dass Agnes nicht Sabine, Monika oder Gaby hieß. Weil, bei den vielen Sabines, Monikas und Gabys hätte er Agnes nie gefunden.

Dr. Agnes Behrendt, stand unter der Abteilung Sozialpolitik.

»Das wird sie sein«, sagte der Sicherheitsbeamte.

Plotek konnte sich das zwar nicht vorstellen. Dr. Agnes? Da aber keine andere Agnes im Ordner zu finden war, nickte er einfach. Der Sicherheitsbeamte nahm das Haustelefon, wählte die Telefonnummer und verlangte nach der Frau Dr. Behrendt.

»Zu Tisch«, sagte am anderen Ende eine Stimme.

»Zu Tisch«, sagte der Sicherheitsbeamte zu Plotek.

»Sag ich doch«, sagte Plotek zum Sicherheitsbeamten. »In der Kantine.«

Und: Fehler! Widersprich nie einem Sicherheitsbeamten, sonst bist du die Mimikry los. Folge: böse Blicke vom Sicherheitsbeamten, dann wieder die Kreissäge von Stimme. »Kommen Sie mit!«

Wie ein Schwerverbrecher, nur ohne Handschellen, ist Plotek jetzt an der Seite des Sicherheitsbeamten durch das Haus und über den Hof zur Kantine geführt worden. Da sah er Agnes an einem Tisch vor einem Schweinsbraten sitzen.

»Da ist sie«, sagte Plotek.

»Glück gehabt«, erwiderte der Sicherheitsbeamte und fragte Agnes: »Kennen Sie diesen Mann?«

Agnes lachte und sagte: »Und ob!«

Daraufhin zog der Sicherheitsbeamte enttäuscht ab. Wenn Agnes jetzt »Nein!« gesagt oder erst gar nicht in der Kantine gesessen hätte, er hätte Plotek bestimmt in den Keller abgeführt. Da wäre der BR dann bestimmt zum CIA mutiert, soll heißen, BBK – Bis Blut Kommt.

»Da bist du ja«, sagte Agnes. »Ich wollte dich nicht wecken, hast so schön geschlafen!«

Wurde Plotek natürlich rot. Wie die *Papa Meiland*. Aber Agnes ging, ganz Gentlewoman, darüber hinweg. Sie thematisierte auch nicht, warum sie jetzt plötzlich du und nicht mehr Sie sagte. Sagte Plotek eben auch du. Obwohl nicht sofort, nein. Zuerst ging er jeder Anrede ganz aus dem Weg. Also weder du noch Sie. Theoretisch. Praktisch auch nicht. Nicht: »Was willst du in aller Herrgottsfrühe schon von mir?« Auch nicht: »Was wollen Sie von mir?« Sondern: »Was liegt an?«

»Hol dir zunächst einen Schweinsbraten, solange es noch einen gibt«, sagte Agnes. »Der ist zwar nicht so gut wie im Hofbräukeller, aber besser als dieses vegetarische Zeug.«

Plotek ging also mit Agnes' Chipkarte los, weil, ohne Chipkarte bist du beim BR nichts, null, niemand. Jeder hat eine Chipkarte. Wer keine hat, ist sofort verdächtig.

Plotek hatte nicht mal eine EC-Karte. Das ist ihm beinahe mal zum Verhängnis geworden. Damals in Altötting, als er sich bei einer Autovermietung einen Z3 für eine Spritztour ausleihen wollte. Hat dieses hochtoupierte Verkaufspüppchen in ihrem C&A-Kostümchen gepiepst: »Ohne EC-Karte keinen Z3.« Natürlich hat sich Plotek aufgeregt, und wie! Wenn er etwas nicht leiden kann, dann diese jungen Yuppie-Tussen, die glauben, mit einem halben Zentner Schminke auf der Fresse gehöre ihnen schon die Welt. Aber vergiss es! Also, große Szene von Plotek und noch größere Schauspielkunst. Eine Mischung aus Richard III.: »Schließ deinen Spruch, verschrumpfte böse Hexe!«, und Schillers Franz Moor: »Es ist unglaublich, es ist ein Traum, eine Täuschung!« Mit einem

Schuss Tartuffe – »Gott wird mich stets bereit zu allem finden!« – eröffnete Plotek den Schlagabtausch. Zuerst verlangte er nach dem Abteilungsleiter.

»*Ich* bin die Abteilungsleiterin!«, piepste das Eurorent-Häschen und schaute, als wäre ihre Abteilung so groß wie das ganze Universum.

»Dann eben den Geschäftsführer!«

Als der aus dem Büro kam, war klar, dass der und das Häschen nicht nur gemeinsam Rechnungen im Büro ausstellen. Also musste schlussendlich der Bürgermeister von Altötting her – und siehe da, es ging auch ohne EC-Karte.

Beim BR geht nichts ohne Chipkarte. Auch wenn's die von jemand anderem ist. Egal. Mit der Chipkarte kriegte Plotek jetzt aber auch keinen Schweinsbraten, weil der Schweinsbraten schon aus war. Anscheinend haben sich alle auf den Schweinsbraten gestürzt und das taiwanesische Reisgericht verschmäht. Entweder gab es den Schweinsbraten beim BR so selten oder der schmeckte tatsächlich so gut, dass niemand hat Nein sagen können. Oder aber das taiwanesische Reisgericht war so schlecht, dass niemand hat Ja sagen wollen. Aber egal. Plotek konnte jetzt weder einen Schweinsbraten noch ein taiwanesisches Reisgericht vertragen. Es lag ihm nämlich noch immer der Rosengarten im Magen. Positiv wie negativ. Und das wollte er sich weder mit einem Schweinsbraten noch mit einem taiwanesischen Reisgericht verwässern. Höchstens mit einem Glas Wasser. Als er mit dem Wasser in der Schlange vor der Kasse stand, dachte er: Schau an, die vor und hinter mir sind also diejenigen, die verantwortlich sind für den ganzen Mist im Radio jeden Morgen. Jetzt kriegt das Schlechte auch noch ein Gesicht. Dann plötzlich sogar noch ein ganz schönes. Es hatte blonde Zöpfe, einen roten Mund und lächelte jetzt.

Als Plotek zurück am Tisch war, saß das Gesicht bei Agnes und nippte schon am Multivitaminsaft.

»Das ist die Sophie«, sagte Agnes.

Plotek nickte nur, weil kein einziges Wort freiwillig über seine Lippen wollte. »Sophie ist Hospitantin und arbeitet mit mir zusammen.«

Wieder nur Nicken von Plotek. Und dann sagte Sophie: »Ond wer bisch noa du?«

Jetzt konnte Plotek gleich zweimal nichts sagen. Weil erstens: das Gesicht. Zu so einem redet man nicht, das schaut man an. Da kann kein Wort etwas ausrichten. Man glotzt, solange es eben geht, speichert's nach Möglichkeit ab und hat's dann in der Erinnerung, so lange man will. Und zweitens: der Dialekt. Das war der Dialekt seiner Kindheit. Schwäbische Alb, Ostalbkreis, Härzfeld, Lauterbach.

»Plotek heißt er«, sagte Agnes, als sie sah, wie Plotek mit dem Denken nicht fertig wurde.

Dann war er doch fertig und fragte: »Wo kommen Sie her?«

»Des wirsch du jetzt net kenna.«

Scheiße, dachte Plotek, das klingt genau wie zu Hause.

»Himmelstoß.«

»Lauterbach.«

»Ha, noi?«

Plotek nickte. Beide lächelten, die Augen leuchteten, als hätten sie sich nicht in der Kantine vom BR in München, sondern auf einem Kamel in der Kalahari-Wüste getroffen. So kam es zumindest Plotek jetzt vor. Vor sich eine Fata Morgana und hinter sich verbrannte Erde. Bildlich jetzt. Die Fata Morgana die Sophie, die verbrannte Erde Lauterbach. Am liebsten hätte er sich allein mit der Fata Morgana an einen anderen Tisch gesetzt und sie nur anschauen wollen und nicht mit ihr reden müssen. Das merkte Agnes natürlich sofort und sagte: »Schluss jetzt! Wir haben keine Zeit für Heimatgeschichten.«

Sie steckte sich eine Zigarette an und sagte dann: »Erst ich, dann du.« Womit sie Sophie meinte.

»Ich hab morgen um zwölf die *Tagesgespräch*-Moderation.«

Jetzt muss man wissen, dass das *Tagesgespräch* eine täglich einstündige Sendung um 12 Uhr mittags auf BR2 ist. Aktuelle und spannende Themen werden da diskutiert. Zum Beispiel: *Wohin führt die Flugbereitschaft der Bundeswehr?* Oder: *Ist unsere Erziehung noch zu retten?* Meistens ist ein Studiogast dabei und immer können Zuhörer anrufen. Plotek hat das eine Zeitlang ganz gerne gehört, meistens beim Kochen oder auf dem Klo. Das ist so eine Sendung, bei der man gut nebenbei was anderes machen kann. Quasi, nur mit einem Ohr zuhören. Manchmal reicht auch ein halbes. Manchmal will man sich aber auch alle beide zuhalten. In diesen Stunden hört man dann auch Aussagen und Meinungen, die man selbst gar nicht zu denken wagen würde. Noch lieber als das *Tagesgespräch* hört Plotek aber immer am Sonntagabend das *Nachtgespräch von Mensch zu Mensch,* auch auf BR2. Wenn die Moderatorin lacht, stellen die Silberfischchen im Bad die Existenzfrage und ergreifen die Flucht. Und die Moderatorin lacht viel. Sind die Anrufer lebensmüde oder gerade verlassen worden – egal, die Moderatorin lacht und redet dann mit den Anrufern wie mit den Silberfischchen. Eine Stimmungskanone ist die Moderatorin und ein Ungezieferbekämpfungsmittel. Herrlich! Auch die *Sprechstunde* mit der Frau Doktor ist ein Knüller. Da kommt Plotek voll auf seine Kosten. Da wird einfach alles im Radio behandelt. Und tolle Tipps gibt's da – gegen Krebs, Lungenödeme, Gehirntumore, alles eben.

Agnes zog jetzt an ihrer Zigarette und sagte: »Das morgige Thema lautet: *Das Oktoberfest – zwischen Brauchtum, Multikulturalität, Geschäft und Müll. Wird die Wiesn zur Problem-Wiesn?* Und was glaubt ihr, wen ich als Studiogast eingeladen habe?«

Um Agnes' Mund legte sich ein Schmunzeln. Sophie zuckte mit den Schultern und Plotek sagte: »Den Oberländer.«

»Nein, den werde ich morgen Nachmittag interviewen. Im *Tagesgespräch* werde ich den Oberbürgermeister rannehmen. Vielleicht kommen wir da ein wenig weiter. Der ist natürlich Profi, weiß, was er sagen muss, sagen darf, und was auf keinen Fall. Ich bin auch Profi und vielleicht kann ich ihm ja ein paar Informationen aus der Nase ziehen.«

Ball und Gegner laufen lassen, dachte Plotek, und dann an den Menotti. Risiko suchen und Abenteuer eingehen.

»Dich brauche ich auf jeden Fall dabei«, sagte Agnes zu Sophie und dann: »Jetzt bist du dran, erzähl!«

Sophie erzählte, aber Plotek verstand nichts. So sehr konzentrierte er sich auf ihren Mund, zwischendurch auch auf die Augen und das Gesicht.

»Reiß dich zusammen!«, zischte Agnes Plotek an.

Und der dachte: Das sind jetzt aber ganz neue Töne. Und: Was ist der jetzt über die Leber gelaufen? Eifersucht oder was, hätte man denken können. Hat Plotek aber nicht gedacht. Er dachte jetzt gar nichts, sondern hörte aufmerksam zu und schaute auf die Schweinsbratenreste auf Agnes' Teller. Sophie wurde offiziell und bemühte sich, hochdeutsch zu reden.

»I hab in den Computer, in dia Suchmaschin ›Glückliches Ende‹ eingeba und hab dann im Internet herumgesurft. Zuerst hab i da allerhand Zeug gfunda. Aber nix, was annähernd auf Lebkuchaherza und Oktoberfescht oder Müncha schließa gelassa hätt.«

»Dann bist du aber doch noch fündig geworden«, wollte Agnes die Schilderungen etwas beschleunigen. Aber vergiss es!

»Langsam, langsam, no net hudla! So schnell geht's auch wieder net. Also, irgendwann hab i dann auf einer Website an Link auf a andere Homepage gekriagt. Da hab i dann hinklickt und ... bingo!«

Pause. Mein Gott, die macht's aber spannend, dachte Plotek, und Agnes verdrehte die Augen und dachte sicher dasselbe. Für Agnes war das vielleicht noch schlimmer, weil die ja schon alles wusste.

»GLÜEN stand da und drunter: *Glückliches Ende e.V.* Da war i ganz schön platt. Des war nämlich dia Homepage eines Vereins für Sterbebegleitung.«

Und dann ging Agnes dazwischen und erzählte weiter.

»*Glückliches Ende* kümmert sich also um Todkranke und hilft ihnen, mit dem Sterben umzugehen, zurechtzukommen. Der Hospizgedanke quasi und mittlerweile enttabuisiert.«

»Em Prinzip nix Verwerfliches«, schwätzte Sophie dazwischen.

»Stimmt«, sagte Agnes, »wenn da nicht ein Verdacht wäre, der kaum an Zufall glauben lässt.«

Welcher Verdacht?, dachte Plotek, und merkte, dass bei ihm im Kopf alles drunter und drüber ging. Im Realisieren ist er nun mal nicht der Schnellste.

»Es ist schon komisch, dass die drei Toten mit den Lebkuchenherzen alle aus demselben Altenheim stammen.«

Und wieder Sophie: »Ond zwei davo waren offenbar no net sterbenskrank, sonsch hätten se ja kaum im Bierzelt Geggel und Kartoffelsalat gässa.«

»Stimmt«, sagte Agnes. »Aber noch erstaunlicher ist eigentlich, wer Mitglied in diesem Verein GLÜEN ist.«

»Wer?«, fragte Plotek jetzt und tappte noch immer im Dunkeln.

»Jetzt haben wir ihn«, sagte Agnes zu Sophie und meinte Plotek oder besser seine Aufmerksamkeit.

Irgendwie durchschaute Agnes Plotek, weshalb ihr keiner seiner Gedanken verborgen blieb. Eigentlich bedrohlich! Und tatsächlich, die Fata Morgana und das Dunkle, das Tohuwabohu verzogen sich allmählich aus Ploteks Hirn. Stattdessen leuchtete das *Glückliche Ende* am Horizont der BR-Kantine auf. GLÜEN!

»Ein gewisser Konrad Purucker«, las Agnes von einem Zettel.

»Konny!«

»So isch es!«

»Eine gewisse Maren Oberländer.«

»Ich werd verrückt.«

»No net, erst glei.«

»Ein gewisser Georg Stramm.«

»Schorsch!«

»Und ein gewisser Rudolf Ferdinand Odenthal-Busse.«

»Der General!«

»Hä?«, sagte Sophie.

»Und ein gewisser Doktor Heinrich Busse!«

»Hä?«, sagte Plotek.

»Der Landrat«, sagte Agnes.

»Ob das ein Zufall ist?«, fragte Plotek.

»Glaube ich nicht«, sagte Agnes.

»I au net«, sagte Sophie.

11

Plotek wollte sich den Konny vorknöpfen. Agnes den Herrn Oberländer und den OB und Sophie die Maren. Aufgabenteilung quasi. Oder: Agnes, Sophie und Plotek ist gleich ein Team.

Bevor Plotek aber in Sachen Team unterwegs sein konnte, musste er noch vor der Spätschicht in Sachen Kind im Bauch der Monika einiges klären. Also tauchte er dieses Mal außerhalb der Reihe und schon um 8 Uhr 30 beim Doktor Hohenthaler auf. Auf dem Weg dahin hängte er noch einige Zettel an Telefonzellen, Strommasten und in die Eingänge von Bäckereien und Metzgereien. *Katze entlaufen!* stand da drauf. Dann eine kurze Beschreibung von Fritz und Ploteks Adresse. Darunter hatte er noch in dicken Buchstaben *Belohnung!* geschrieben. An einen Erfolg der Zettelaktion wollte Plotek nicht so recht glauben. Aber was sollte er auch machen? Fritz hatte er jetzt seit Tagen nicht mehr gesehen. Die Wohnung hatte er schon zweimal auf den Kopf gestellt, aber: nichts. Alles deutete darauf hin, dass Fritz sich aus dem Staub gemacht hatte. Er konnte es ihm nicht verdenken. Bei Plotek halten es eben nicht einmal Katzen aus! Möglichkeiten für eine Katze, aus Ploteks Wohnung zu entkommen, gibt es genügend. Entweder sie nimmt die Tür, wenn sie die öffnen kann. Das gibt's, Katzen die Türen öffnen können. Auch Schubladen, Kühlschränke, Zahnpastatuben und Bierflaschen. Es gibt auch Hunde, die Bierflaschen aufmachen, Pantoffeln holen und

Rollläden herunterlassen. Selten, ja, häufiger schmeißen sie Blumentöpfe um, zerkratzen Couchgarnituren und Unterarme, verstecken Fernbedienungen, beißen in Vorhänge und zerkauen Unterwäsche. Vielleicht ist der Fritz aber auch einfach aus dem Fenster gesprungen. So hoch ist es nicht, und bei der Federung von Katzen ist das kein Problem. Die Wahrscheinlichkeit, dass Fritz jetzt bereits tot war, war groß. Bei diesem enormen Verkehr auf den Straßen, findet sich so eine Katze nicht zurecht. Da hilft auch kein Zahnpastatubenöffnen und Türenaufmachen. Auch die »Ich bremse auch für Tiere«-Aufkleber an den Autos helfen da nichts. Vielleicht war er auch schon verhungert, da draußen in dieser Beton- und Blechwildnis. Natürlich gibt es da auch Mäuse und Vögel. Aber eine Kitekat-geschulte Katze glaubt ja, die Vögel fallen ihr ins Maul und die Mäuschen legen sich auf den Rücken und sagen: »Nimm mich!« Da wird die Zwangsdiät unumgänglich. Der Hungertod ist nicht weit und schaut verschmitzt um die Ecke. An der ist dann womöglich auch ein Zettel von Plotek gehangen, aber das wär dem Tod egal gewesen. Plotek jetzt auch.

Der Doktor Hohenthaler lockte, denn das Kind im Bauch der Monika war wichtiger. Plotek ist einer der wenigen Patienten, die keine Voranmeldung, keine Termine brauchen. Einfach: »Hallo, hier bin ich!«, und schon ist er dran.

Zuerst redete ihm der Doktor Hohenthaler ins Gewissen. »Herr Plotek, so geht das mit Ihnen nicht weiter. Wir müssen da was ändern.«

War Potek natürlich sofort wie vor den Kopf gestoßen.

»Ich kann Ihnen nicht immer eine Spritze geben.«

Was ist denn mit dem Herrn Doktor los, dachte Plotek.

»Wir können nicht ständig an den Symptomen herumdoktern. Wir müssen an die Wurzeln ran. Ich glaube, ich verschreibe Ihnen für die Rückenschmerzen mal ein paar Massagen. Da gehen Sie hin und lassen sich mal von zwei kräftigen Frauenhänden richtig durchmassieren, damit sich die ganzen Verspannungen lösen.«

Im Prinzip musste Plotek dem Doktor Recht geben. Wobei gleichzeitig auch ein gewisser Zweifel da war. Der Doktor Hohenthaler stellte Plotek ein Rezept aus: *6 x Massagen D: BWS-Syndrom* stand da. Plotek nahm das Rezept, ist zur Tür hin und drehte sich noch mal um.

»Herr Doktor Hohenthaler, da wäre noch was ...«

»Ja?«

»Ich wollte mal wissen, was man da machen könnte, wenn man Vater wird und glaubt, gar nicht der Vater zu sein«, drückte Plotek sich mal wieder umständlicher aus als nötig.

Der Doktor verstand es aber gleich.

»Vaterschaftstest«, sagte er.

Und Plotek nickte.

»Das geht aber erst, wenn das Kind auf der Welt ist.«

Scheiße, dachte Plotek, das sind ja noch Monate.

»So lange müssen Sie sich schon noch gedulden.«

»Sonst gibt es da keine ...«

»Na ja«, sagte der Doktor. »Wenn ich eine DNS-Analyse vom Embryo hätte, sagen wir mal über eine Fruchtwasseruntersuchung, dann, ja dann würde es auch früher gehen.«

»Und wie bekommt man so eine Fruchtwasseruntersuchung?«

»Mann gar nicht, nur Frau. Also die werdende Mutter.«

Also Monika, dachte Plotek.

»Aber das ist idiotisch«, sagte der Doktor Hohenthaler, »weil man wegen eines Vaterschaftstests keine Fruchtwasseruntersuchung macht. Das erfährt man früh genug.«

Hat er eigentlich auch wieder Recht, dachte Plotek.

»Und wenn eine Fruchtwasseruntersuchung ohnehin ...?«

»Ja, dann könnte man die DNS mit der Ihrigen vergleichen.«

»Ich kümmere mich drum«, sagte Plotek.

Dann hat er von der Sprechstundenhilfe aus gleich Monika in Altötting angerufen. Die freute sich und säuselte in den Hörer, als ob der verlorene Sohn, respektive der geflüchtete Liebhaber wieder zurück wäre. Log Plotek eben ein bisschen in die Muschel hinein, sagte, es tue ihm auch ein wenig leid und alles. Na ja, von Lügen kann man da jetzt eigentlich nicht reden, stimmte schon auch irgendwie. Monika fing dann gleich wieder von der gemeinsamen Zukunft an – Einfamilienhaus, Bausparvertrag, Hollywoodschaukel und alles.

Scheiße, dachte Plotek, und dann an Lauterbach und seine Kindheit. Er hielt den Hörer immer weiter weg vom Ohr. Irgendwann fragte sie ihn dann: »Bist du noch dran?«

»Ja«, sagte Plotek und fing mit der Fruchtwasseruntersuchung an. Sagte Monika, dass sie wegen der Vorsorge und einer Erbkrankheit mütterlicherseits eine beim Doktor Kainz seiner Frau machen möchte.

»Den Doktor Kainz kennst du ja auch, aus der Zeit in Altötting. Und seine Frau ist Frauenärztin.«

»Jaja«, sagte Plotek, »den Doktor Kainz kenn ich.«

Dann bat er Monika ganz freundlich, dass die Frau Doktor Kainz doch mal den Herrn Doktor Hohenthaler anrufen sollte.

»Wenn du meinst«, sagte Monika, »gern.«

»Also dann«, suchte Plotek ein Ende.

»Können wir uns sehen?«

»Jetzt geht's nicht, viel Arbeit.«

»Demnächst?«

»Bestimmt.«

Dann legte Plotek auf und war jetzt auch ein bisschen erleichtert. Er holte sich bei der Sprechstundenhilfe noch einen Tipp für eine Massagepraxis.

»Hier im Haus ist eine«, sagte die Sprechstundenhilfe. »Vormittags ist da ohnehin wenig los. Gehen Sie einfach gleich mal hin.«

Machte Plotek dann auch, weil er wegen der Spätschicht noch genügend Zeit hatte. Und: Fehler. Das konnte er vorher natürlich nicht wissen. Nachher war es zu spät.

»Da haben Sie aber jetzt Glück!«, sagte die Masseuse. »Da ist jetzt zufällig ein Termin frei!«

War natürlich kein Glück. Eher Gegenteil. Saumäßiges Pech. Aber das konnte Plotek nicht wissen. Obwohl er's sich hätte denken können. Die Masseuse sah nämlich aus, als wäre sie die Schwester von Nelly Purucker. Äußerlich jetzt. Bei so einer Konstitution kann schon mal ein Händedruck zu schwerwiegenden Verletzungen führen. Und eine Massage erst!

Die Masseuse schob Plotek ins Behandlungszimmer hinein.

»Ziehen Sie sich schon mal aus.«

Plotek zog sich aus.

»Alles?«

»Alles!«

Die Masseuse ließ ihn nicht aus den Augen. War ihm natürlich unangenehm. Sein Bezug zum eigenen Körper ist ja eher problematisch. Zur Nacktheit auch. Zur eigenen wie zur fremden. Sauna, Schwimmbad, Sonnenbaden im Englischen Garten sind undenkbar für Plotek. Noch problematischer ist der Voyeurismus anderer. Der eigene weniger. Plotek kann abends stundenlang am Fenster stehen und den Nachbarn beim Fernsehen zuschauen. Das ist für ihn aufregender, als selbst fernzusehen. Obwohl da nicht viel passiert, bei den Nachbarn. Manchmal holt die Frau Haselnüsschen. Hin und wieder auch Salzstangen. Und immer dem Mann das Bier. Der

Mann holt nichts. Dafür gibt er die Fernbedienung nicht aus der Hand. Alle zehn Minuten schaltet er um und jede Stunde geht er aufs Klo. Beim Erotikfilm auf RTL2 schaltet er dann nicht mehr um. Da rückt er auf der Couch näher zu der Frau heran. So nah, dass er die Frau streicheln und gleichzeitig weiter auf den Bildschirm schauen kann. Die Frau streichelt den Mann auch, schaut dabei aber nicht auf den Bildschirm. Am Ende schauen dann beide nicht mehr auf den Bildschirm. Sie ziehen die Trainingshosen aus, die Jacken auch, die Unterhemden und versuchen, miteinander zu schlafen. Aber vergiss es. Wegen dem vielen Bier im Mann ist das unmöglich.

Jetzt war es Plotek unmöglich, die *Schiesser*-Unterhose auszuziehen. Die Masseuse hing noch immer mit den Augen an Plotek wie Fliegen an einem Kackhaufen. Zog er die *Schiesser* dann irgendwann aus und sprang gleichzeitig auf die Pritsche.

»Vorsicht!«, schrie die Masseuse. »Die ist nicht aus Beton!«

Lag Plotek schon auf dem Bauch und steckte sein Gesicht in das Loch in der Liege. Die Liege wackelte bedenklich, und die Masseuse wurde ein wenig ärgerlich. Wegen der Liege, oder weil sie so wenig von Ploteks Intimbereich zu sehen bekam, keine Ahnung. Die Masseuse träufelte dann Ploteks Rücken mit Öl voll. Dann klatschte sie in die Hände und fing an, seinen Rücken durchzukneten und mit den Handkanten auf ihn einzuschlagen. Quasi Rache. Plotek schrie und stöhnte ins Loch der Liege. Das hörte die Masseuse aber gar nicht, weil erstens Ploteks Aua-Geschrei unter der Liege verschwand und zweitens sie selbst so laut redete. Zuerst übers Wetter, die viele Arbeit, das Schlechte an der Telekom, die miese Bezahlung und die Krankenkassen. Dann übers Oktoberfest.

»Früher war ja alles besser«, sagte sie. »Heutzutage geht es doch nur noch ums Geschäft, ums Geld. Die Maß Bier für acht Euro, das ist doch ein Witz. Ein lätschiges Hendl für 18 Euro, nein danke, ohne mich. Mit Gemütlichkeit hat das alles nichts mehr zu tun, oder?«

Plotek konnte gar nichts sagen, weil er so mit dem Atmen beschäftigt war. Durch das kleine Loch in der Liege bekam er kaum Luft.

»Früher war ich ja regelmäßig auf der Wiesn. Meine Mutter hat sogar mal im Zelt vom Schottenhamel bedient. Lange ist das schon her. Die Folgen sind aber noch immer spürbar. Schwerstes Rheuma hat die Frau, Gicht, Arthrose und alles. Die kann sich kaum mehr bewegen und hat Schmerzen zum Die-Wände-Hochgehen.«

Plotek jetzt auch.

»Was soll man da machen?«, fragte die Masseuse und knöpfte sich wieder die Muskeln vor.

Aufhören!, dachte Plotek, einfach aufhören!

»Die will nicht mehr«, sagte die Masseuse. »Die hat keine Lust mehr, die Augen aufzuschlagen. Verweigert das Essen, ist aggressiv oder nur noch apathisch.«

Ich will auch nicht mehr, dachte Plotek, und spürte den Rücken wie eine offene Wunde. Das war kein Rücken mehr, das war ein Fetzen Fleisch, der langsam von zehn Kojoten zerlegt wurde.

»Was soll man da machen?«, fragte die Masseuse erneut.

Und Plotek dachte wieder: Aufhören, einfach aufhören! Aber vergiss es. Die Masseuse machte immer weiter, massierte und quälte. Obwohl Plotek dem Schmerz gegenüber recht aufgeschlossen ist. Aber das hier war kein Schmerz, das war Folter!

»Geht doch nicht«, redete die Masseuse weiter. »Ob sie will oder nicht mehr will, sie muss. Wie oft hat sie schon zum Hausarzt gesagt: ›Geben Sie mir doch endlich die Spritze!‹ Aber keine Chance! Das darf der nicht, auch wenn sie das noch so sehr will.«

Ich will jetzt auch nicht mehr, dachte Plotek und wollte »Aufhören!« sagen. Aber im Loch in der Liege klang das nach gar nichts. Weder nach Aufhören noch nach Schluss. Machte die Masseuse eben weiter.

»Ob das jetzt gut ist? Ich weiß es nicht.« Und dann zu Plotek: »Geht's noch?«

Wieder wollte er »Nein! Aufhören, bitte aufhören!« sagen, aber er konnte nicht, weil die Masseuse schon wieder auf den Muskeln herumklopfte, als wären es Schnitzel.

»Wenn es nicht mehr geht, sagen Sie einfach Bescheid.«

Wie denn?, dachte Plotek und stöhnte wieder in das Loch hinein. Irgendwann hörte die Masseuse dann von selber auf und sagte: »Sie können sich umdrehen!«

Aber vergiss es! Leichter gesagt, als getan. Plotek konnte nicht. Und noch mal: »Fertig, Sie können sich jetzt umdrehen.«

Aber keine Chance. Plotek konnte sich nicht mehr bewegen. Wenn die Masseuse ihn nicht auf den Rücken gerollt und dann an beiden Armen hochgezogen hätte, Plotek läge jetzt noch auf der Liege und würde in das Loch hineinatmen.

»Gehen Sie mal ein paar Schritte. Das wird dann schon wieder«, sagte sie und ließ Plotek nicht aus den Augen.

Lief er also splitternackt mit ganz kleinen Schrittchen in der Praxis auf und ab. An Stirn, Kinn und Wangen Abdrücke vom Loch der Liege.

»Na also, wird doch schon«, sagte sie und zog ihm dann die Socken an. Bücken war jetzt unmöglich. Auch mit der Hose und den Schuhen half sie mit.

»Na, sehen Sie, geht schon wieder.«

Plotek dachte: Leck mich doch! Und: Das zahl ich dir heim.

»Bis zum nächsten Mal!«, verabschiedete die Masseuse Plotek.

Plotek verließ grußlos die Praxis. Noch immer mit kleinen

Schritten und unbeschreiblichen Schmerzen am ganzen Körper. Er schwor, sich nie wieder von dieser Frau quälen zu lassen. Lieber auf der Wiesn an der Last und Anstrengung der Maßkrüge sterben und sich vor Schmerzen auflösen, als noch einmal einen Fuß in diese Massagepraxis zu setzen. Und komisch: Mit diesem Vorsatz ging es Plotek schon besser.

Plotek hatte jetzt noch ein paar Stunden Zeit bis zum Schichtbeginn. Was tun?, dachte er und dann wieder an Thea. Also ist er auf die Wiesn und ganz allein Boxauto gefahren. In Gedenken an sie. Das machte aber überhaupt keinen Spaß. Boxautofahren ohne Thea war wie Biertrinken ohne Alkohol. Das gibt es heutzutage ja oft: Light-Bier. Das ist für Menschen, die saufen, aber keinen Rausch haben wollen. Oder exzessiv leben, ohne die Konsequenzen zu tragen. Da bleibt eben nur das Light-Bier, die Light-Zigarette, das Light-Leben. Oder das Boxautofahren ohne Thea.

Nach einer Runde stieg Plotek wieder aus und schlenderte über die Wiesn. Jetzt fehlte ihm Thea noch mehr. *Geteiltes Leid ist halbes Leid*, fiel ihm wieder so ein blöder Spruch ein. Jetzt war das Leid prall und voll wie eine Lederhose. Die liefen in Scharen vor, hinter und neben ihm, sodass es Plotek dazwischen eingepfercht ganz unwohl wurde. Die Masse, die Menschenmenge, hat etwas Unheimliches für Plotek. In solchen Menschenansammlungen hat er, noch stärker als sonst, das Gefühl, ganz allein sein zu wollen. Auf einer Insel, im Atlantischen Ozean vielleicht. Nur ich, eine Kiste *Unertl*-Weißbier und eine Nase voll Lieblingsgaststättengeruch, dachte Plotek inmitten der Oktoberfestbesucher. Mehr nicht. Jetzt vielleicht noch Thea. Und Agnes. Oder beide. Und schon hat sich Plotek gedanklich wieder ums andere Geschlecht gedreht, wie jetzt der *Cyberspace*, der diesmal erstmalig auf dem

Oktoberfest stand. Plotek stand vor dieser neuartigen Achterbahn und schaute den Wägelchen zu, wie die sich aus einer Höhe von 20 und auf einer Schienenlänge von über 400 Metern bei einer Höchstgeschwindigkeit von bis zu 60 km/h in die Tiefe stürzten. Die Menschen in den Wägelchen schrien, als ob ihnen der Leibhaftige im Nacken gesessen wäre. Allein vom Zuschauen ist Ploteks Adrenalinspiegel hochgeschnellt und hat fröhliche Urständ gefeiert.

Mit weichen Knien und trockenem Mund ist Plotek dann ins Oberländer-Zelt. Da waren alle Biertische belegt. Der Ochse brutzelte am Spieß und die Blaskapelle animierte wieder zum Tabubruch. Das war Plotek selbst in seiner Freizeit noch zu viel. Also hat er sich eine Maß mit in den Umkleideraum genommen, weil es mittlerweile Zeit für das *Tagesgespräch* war.

»Herzlich willkommen, meine Damen und Herren, zum *Tagesgespräch* auf Bayern2Radio. Heute: *Das Oktoberfest – zwischen Brauchtum, Multikulturalität, Geschäft und Müll. Wird die Wiesn zur Problem-Wiesn?* Am Mikrofon begrüßt sie Agnes Behrendt. Sie können uns, wie immer, auch auf dem Fernsehkanal BR-Alpha empfangen.«

Genau vor dem saß Plotek jetzt im Umkleideraum des Oberländer-Zelts und schaute auf den kleinen Bildschirm. Gesehen hat er ein wackliges Bild mit weißen Strichen, Schneegestöber und der Agnes vor dem Mikrofon.

»Heute begrüße ich als Gast im *Tagesgespräch* herzlich den Münchner Oberbürgermeister, der sich Ihren Fragen stellen und Rede und Antwort stehen wird. Wenn Sie Fragen haben, kritische oder auch weniger kritische, zur Wiesn, zum Oktoberfest, zu unserem Thema heute, dann rufen Sie an unter der gebührenfreien Telefonnummer: 0800-9495955.«

Das ist eine Stimme, dachte Plotek, und hörte ganz verzaubert zu.

»Herr Oberbürgermeister, die Wiesn bricht jedes Jahr immer wieder alle Rekorde. In diesem Jahr sicher auch: sieben Millionen Menschen in 16 Tagen, 6,4 Millionen Liter Bier, 680 000 Brathendl, 235 000 Paar Schweinswürste, 94 Ochsen, um nur einige wenige Zahlen zu nennen. Das ist die Wiesn auf der einen Seite. Die andere, vielleicht weniger erfreuliche, sind die 400 Tonnen Knochen und sonstige Speisereste, der Müll, der Abfall, das Gezänk um die Promis und die Gerüchte um die Konsum- und Abzockermentalität. Das Hendl kostet jedes Jahr mehr, dieses Jahr um die 18 Euro, die Maß auch. Darüber wollen wir heute mit Ihnen reden. Auch Sie können mit dem Münchner Oberbürgermeister ins Gespräch kommen. Dazu müssen Sie die gebührenfreie Telefonnummer 0800-9495955 wählen und uns anrufen.«

Ganz gebannt starrte Plotek jetzt auf den Bildschirm. Hin und wieder hämmerte er mit der flachen Hand auf das Gerät. Agnes redete und Plotek ließ sich von ihrer Stimme verzaubern. Der Oberbürgermeister nicht.

»Herr Oberbürgermeister, das Oktoberfest ist ja nicht nur Lebensfreude, sondern auch ein wirtschaftlicher Faktor. Ich habe die Zahlen kurz anklingen lassen. Aber die Wiesn repräsentiert ja auch bayerische Lebensart. Da drängt sich die Frage auf: Ist das heutzutage immer noch so oder verkommt das mehr und mehr zu einer, sagen wir mal, Alibiveranstaltung? Ist das Oktoberfest ein Etikettenschwindel, um einen ordentlichen Reibach zu machen?«

Bei Agnes klingt sogar eine Provokation wie eine Liebeserklärung, dachte Plotek, nahm einen Schluck von der Maß und hörte jetzt den Oberbürgermeister.

»Nein, auf keinen Fall. Natürlich ist das Oktoberfest für die einen ein Zustand der Glückseligkeit. So dichtete der Münchner Schriftsteller Eugen Roth: ›Zu Münchens schönsten Paradiesen zählt ohne Zweifel seine Wiesn.‹ Für die anderen, vor allem die nüchternen Gemüter, steht sie zweifellos auch für den bayerischen Nationalrausch. Auf jeden Fall aber ist sie das größte Volksfest der Welt, bekannt auf jedem Erdteil und bis in den letzten Winkel unseres Planeten. Was das Geschäft angeht, so darf auch was verdient werden auf der Wiesn.«

Da werden Worte aneinander gestelzt wie glitschige Schweinswürste in einer Schweinswurstkette, dachte Plotek.

»Jetzt haben wir unseren ersten Hörer, Herrn Bergemann aus Bayreuth, Herr Bergemann? Hallo ...«

»Ja. Hallo. Ich rufe an, weil ich sagen möchte, dass diese ganze Multikulturalität, das Internationale des Oktoberfests, mit dem sich Bayern und München immer so gerne schmückten, dass da ständig erwähnt wird, Kanadier, Australier, Italiener, alle seien da und feierten gemeinsam, das ist doch alles geheuchelt. In Bayern werden die meisten Ausländer abgeschoben, in Bayern gibt es eine hoch gerüstete Polizei, die latent ausländerfeindlich ist, so wie die Politik auch, man muss sich nur mal die Aussagen eines Innenministers anhören, das sind doch die Realitäten. Ein Dunkelhäutiger kann kaum auf die Straße, ohne kontrolliert ...«

»Herr Bergemann, da muss ich doch vehement widersprechen«, ging der Oberbürgermeister dazwischen. »Ich als Oberbürgermeister der Stadt München kann natürlich nur für München sprechen, und München ist eine weltoffene, eine ausländerfreundliche Stadt, die sich bei jeder Gelegenheit gegen Rassismus und Fremdenfeindlichkeit wehrt. Und auch die Wiesn mit ihren vielen Nationalitäten hat was Völkerverbindendes, wie man auch in diesem Jahr wieder deutlich sehen kann. Auch bei unseren ausländischen Gästen ist das Oktoberfest durchweg positiv besetzt. Ich erinnere da nur an eine Londoner Studie, die herausgefunden hat, dass der bekannteste Begriff, der im Ausland für Deutschland steht, das Oktoberfest ist. Noch vor unserem Goethe. Das spricht für die Multikulturalität, die Offenheit. Etwas Schlechtes prägt sich nicht derart ein. Also, man muss schon differenzieren. Das eine ist die Wiesn, das andere ist die Politik der bayerischen Staatsregierung.«

»Und dennoch gibt es auch Schattenseiten, die von der Wiesn ausgehen«, sagte Agnes.

Der Oberbürgermeister war aber nicht zu bremsen und pappte wieder Schweinswürschtl aneinander.

»Das Münchner Oktoberfest ist und bleibt ein Ort der Geselligkeit, des ausgelassenen Vergnügens und natürlich auch des bierseligen Konsums. Das Brauchtum, das auf der Wiesn fröhliche Urständ feiert, ist das eine, das andere die Internationalität, die schon durch den international beachteten, farbenprächtigen Trachten- und Schützenumzug repräsentiert wird. München ist eine weltoffene Stadt, während des Oktoberfests und über das Oktoberfest hinaus. Natürlich brauchen wir die Fremden und sie sind auch nicht nur zur Oktoberfestzeit herzlich bei uns willkommen. Natürlich geht es auf dem Oktoberfest bei den 652 Ausstellern und Gastronomen auch ums Geschäft. Und das ist auch gut so. Dieses Geschäft kommt schließlich nicht nur den privatwirtschaftlichen Unternehmen *auf* der Wiesn, sondern auch den anderen in München ansässigen Betrieben zugute. Eine Milliarde Euro wird auf der Wiesn umgesetzt. Eine Milliarde! Denken Sie da nur an die Hotels und den Einzelhandel. Aber auch die Stadt partizipiert an den Einnahmen, sei es über die Steuer oder auch direkt, zum Beispiel über den MVV, die Münchner Verkehrsbetriebe, die natürlich während der 16 Tage auch eine nicht unwesentliche Umsatzsteigerung erleben. Also, es ist nicht so, wie ihre Eingangsfrage intendieren könnte, dass diese Multikulturaliät der Wiesn ein Mittel zum Zweck ist, sondern ein ureigenes Münchner Anliegen.«

Viele Worte, noch mehr Plattitüden, dachte Plotek, und die Diktion eines Sprachcomputers. Null Emotion. Jetzt zog

Agnes die Zügel ein wenig an und fuhr die journalistische Rücksichtnahme zurück.

»Früher hieß es im Grußwort des Vorsitzenden des Vereins Münchener Brauereien e.V. immer, ich zitiere: ›... und jetzt Ihnen allen viel Vergnügen mit einem Prosit der Gemütlichkeit auf dem Münchner Oktoberfest, dem Fest des Münchener Biers.‹«

Beim Stichwort Bier verdunkelte sich der Blick des OBs schlagartig. Da ist Agnes jetzt auf der richtigen Spur, dachte Plotek, und dann: nachlegen! Jetzt muss sie nachlegen! Machte sie dann auch.

»Ist es jetzt also vorbei mit der Gemütlichkeit? Weil, ein Fest des *Münchener* Biers ist es ja nicht mehr.«

Der Oberbürgermeister antwortete mit einem Verlegenheitslachen und sagte dann: »Es ist immer noch ein Fest des Münchener Biers, selbstverständlich. Jetzt ist eben ein weiteres hinzugekommen. Ja, Himmel Herrgott, ist das jetzt so schlimm?«

»Nein, das nicht«, sagte Agnes und drückte die Zange noch ein wenig enger. »Man fragt sich aber A: Warum gerade jetzt? Und B: Warum die Königsbrauerei des Herrn Oberländer?«

Wieder Verlegenheitslachen. So lacht nur einer, dachte Plotek, der jetzt lieber ein Bierfass im Kühlraum auf der Wiesn wäre oder ein Flugzeug über dem Atlantischen Ozean als der Oberbürgermeister im *Tagesgespräch* mit der Frau Behrendt als Moderatorin.

»Warum? Warum nicht? Der Herr Oberländer ist ein ausgezeichneter Gastronom mit einem ausgezeichneten bayerischen Bier.«

»Das sind die fast 600 anderen Brauereien in Bayern auch«, schoss Agnes zurück.

»Das werden Sie gerade wissen!« Der Oberbürgermeister

wurde jetzt etwas ungehalten. Dann wieder Lachen, als wär's ein Scherz gewesen.

»Wenn die Brauereien sich an die Gesetze halten und nach dem bayerischen Reinheitsgebot von 1516 brauen, dann auf jeden Fall«, sagte Agnes. »Da ist dann eben nur Wasser, Hopfen und Malz drin. Oder glauben Sie, Herr Oberbürgermeister, dass das nicht so ist?«

»Aber, aber, wo denken Sie hin. Natürlich ist das in Bayern so und wird in Bayern auch immer so bleiben«, hängte der OB nur noch sehr wenige Schweinswürste aneinander. Irgendwie verließ ihn die Redelust.

»Obwohl der Herr Oberländer auch nach Amerika und Australien exportiert.«

»Na und, was hat das damit zu tun?«

»Mit Zusatzstoffen.«

»Aber das hat doch nichts mit uns und der Wiesn zu tun.«

»Wenn Sie meinen ...«

»Ja, das meine ich!«

»Wir haben jetzt zu diesem Themenkomplex eine Hörerin aus Augsburg am Apparat, es ist die Frau Sonja Prechtl, hallo, Frau Prechtl.«

»Hallo, i bin dia Sonja ond i hab a Frag an da Oberbürgermeischter.«

Das ist nicht Sonja, das ist Sophie, dachte Plotek. Und jetzt wird's spannend.

»I sag's a moal ganz frei raus. I glaub dass Sie, Herr Oberbürgermeischter, ond dia Stadträt, auch dia von dr Opposition, dia Öffentlichkeit getäuscht habat. Des mit dem neua Zelt isch net mit rechte Dinga zuganga.«

»Frau Prechtl, das ist eine böswillige Unterstellung, woher wollen Sie das wissen?«, sagte Agnes.

»I ben aus einer alteingsessena Brauereifamilie, ond auch wir würdet gerne a Zelt auf dr Wiesn haba, wer net? Des bedeutet Geld, Anseha und alles. Dass dem Oberländer des erlaubt worda isch ond allen anderen net, des muss doch sei Gründ haba. Vielleicht isch ein Grund, dass dr Schwiegervater Landrat isch und dass bei dem dia Promis ei- und ausgehet.«

Dann ist der Oberbürgermeister dazwischen.

»Aber nein, Frau Prechtl, da konstruieren Sie sich eine Verschwörung zusammen, die es nicht gibt. Ich kann nur immer wieder von neuem betonen und beteuern, dass die Zustimmung für ein neues Zelt auf der Wiesn einstimmig von allen Parteien und Gremien und ungeachtet aller politischen Ansichten erteilt wurde, als Versuch, die Strukturen etwas zu weiten und die Wiesn mit neuen Konzepten zu bereichern. Und ich denke, das Oberländer-Zelt hat sich bewährt, wie der bisherige Verlauf es ja auch beweist. Das war und ist richtig und hat der Wiesn gut getan.«

»Ich hab dazu nun aus Wolfratshausen den Herrn Tremmel in der Leitung. Hallo, Herr Tremmel«, sagte Agnes.

Aber nicht der Herr Tremmel antwortete jetzt, sondern der Herr Oberländer schrie aus dem Zelt: »Plotek! Kannst du einspringen? Hier draußen ist der Teufel los!«

Plotek schaltete den Fernseher aus und schleppte sich, obwohl offiziell noch nicht im Dienst, in den Service. Und wieder die Maßkrüge an die Tische.

»Hey, hey, hey, baby! I want to know, if you'll be my girl«, sang der wasserstoffblond gefärbte Sänger ins Mikrofon hinein. Immer wieder, sodass es Plotek schon zu den Ohren herausgekommen ist. 90 Dezibel war die Lautstärkebegrenzung im Zelt. Die Geschmacklosigkeit lag um einiges höher. Dann spielte die Blaskapelle wieder *Ein Prosit der Gemütlichkeit* und *Oana geht no, oana geht no nei.*

Plotek spürte jetzt alle Knochen, Glieder und Muskeln, die Beine, Arme, Handgelenke und den Kopf. Schmerz bei jeder Bewegung. In den Ohren spielte nicht nur eine Blaskapelle immer dasselbe, in den Ohren schrie dieser ganze Wahnsinn nach einem Ende. Selbst die Augen brannten. Auf den Lidern lag ein ganzes Bierzelt und drückte. Die einzige Entspannung für Ploteks Pupillen war der Anblick von Agnes. Die kam am Nachmittag ins Oberländer-Zelt. Sofort ging es Plotek gesundheitlich wieder besser. Das war jetzt wie die Spritze vom Doktor Hohenthaler. Entweder war es Plotek vorher noch gar nicht richtig aufgefallen, oder er hatte es gemerkt, ohne dass es ihm bewusst geworden war, keine Ahnung. Jetzt umso mehr. Wie schön die Agnes war! Wie eine *Papa Meiland* sah sie in ihrem roten Kleid aus. Und gestrahlt hat sie wie der Stern von Bethlehem. Der hing jetzt aber nicht als Halluzination am Himmel über dem *Froh und Munter*, sondern saß ganz real in voller Pracht auf der Bierbank im Oberländer-Zelt. Und blinzelte Plotek zu. Dieses Mal war Agnes hochoffiziell und im Auftrag der Wahrheit und des eigenen Gewissens unterwegs. Der Herr Oberländer saß ihr gegenüber und stotterte wieder ganz aufgeregt in ein BR-Mikrofon. Kein Wunder, bei der ihm gegenübersitzenden Erscheinung.

»Also, ich ich als Zeltwirt kann natürlich … natürlich nichts dafür, dass … dass die Prominenten sich jetzt gerade … gerade mein Zelt ausgesucht haben, um … um zu feiern. Natürlich kann … kann ich durchaus verstehen, dass die … die jetzt ins, ins Oberländer-Zelt gehen, weil … weil da … da eben die Stimmung und die Atmosphäre einfach unbeschreiblich sind und … und es sicher nichts Vergleichbares gibt … ich … ich meine jetzt den Zeltbetrieb und so, die anderen Zelte haben auch … auch ihre … ihre, na ihre und alles, aber das Oberländer-Zelt ist sicherlich eine … eine Bereicherung der Wiesn, oder?«

Agnes nickte. Quasi erst mal kommen lassen, aus der Reserve locken und dann Breitseite.

»Das hat ja … ja nicht nur der … der Oberbürgermeister

gesagt, auch fast alle Stadträte, die ... die Oktoberfestleitung und ... und auch die ... die Bevölkerung ist, glaube ich ... ist auch dafür, wenn die ... die Wiesn immer neue Attraktionen liefert, und ... und das Oberländer-Zelt ist eine ... eine Attraktion, eine hundertprozentige Attraktion ist das, oder?«

»Mag sein!«, sagte Agnes jetzt, und der Herr Oberländer strahlte dabei mit dem Stern von Bethlehem um die Wette.

»Aber nichtsdestotrotz«, legte Agnes nach und ging langsam in die Offensive. »Nichtsdestotrotz gibt es den Verdacht, aus gut unterrichteten Kreisen, wie man so schön sagt, dass hier im Oberländer-Zelt nicht alles mit rechten Dingen zugeht.«

Jetzt wich die Freundlichkeit dem Herrn Oberländer plötzlich aus dem Gesicht. Der rotgesichtige Schädel wurde ganz blass. Er stotterte noch mehr als sonst.

»Was ... was ... was soll denn ... denn ... denn da ... da ... da nicht mit ... mit ... mit rechten Dingen ... Dingen ... Dingen soll da nicht ... nicht ... nicht zugehen?«

Der Herr Oberländer schaute, als ob jetzt gleich der Staatsanwalt mit den Handschellen um die Ecke biegen würde und er gefesselt an Händen und Füßen für immer hinter dicken Gefängnismauern in Landsberg verschwinden müsste. Agnes ließ eine Pause entstehen, in der sie ganz versonnen auf den blauen Windschutz vom Mikrofon blickte, so als ob vielleicht dahinter der Staatsanwalt warten würde. Da kam zwar kein Staatsanwalt heraus, aber es wurde von Agnes dann eine Frage hineingesprochen.

»Sagt Ihnen der Name Tomás Woitoilja was?«

Achselzucken von Oberländer.

»Der Herr Woitoilja ist tot.«

»Das ... das ... das tut ... tut ... tut mir leid aber ... aber ... aber was hab ich damit zu ... zu tun?

»Der Herr Woitoilja ist als Ihr Angestellter gestorben!«

»Das ist eine Lüge!«, schrie der Herr Oberländer den blauen Windschutz an. Und jetzt, ohne ein einziges Mal zu stottern: »Dieser Pole war nicht bei mir angestellt. Der war bei einem Subunternehmen angestellt, das für mich gearbeitet hat. Das ist verdammt noch mal ein Unterschied. Das haben auch die Kriminaler so gesehen. Dass der keine Arbeitserlaubnis gehabt hat, hat das Subunternehmen zu verantworten, nicht ich. Und dass der Pole von einer Zeltwand erschlagen wurde, da kann beim besten Willen weder ich noch sonst irgendjemand auf dieser Welt etwas dafür. Hätte er eben besser aufpassen müssen, der Pole!«

Wieder eine Pause von Agnes. Quasi, der blaue Windschutz muss Oberländers Worte erst mal verdauen. Dann hakte Agnes nach. Da ist sie einfach anders als die Moderatorin mit den Pobacken auf der Brust im Fernsehen. Agnes lässt sich von so einem emotionalen Ausbruch nicht einschüchtern. Eher Gegenteil. Das fordert sie erst richtig heraus.

»Gut«, sagte sie und dann: »Trotzdem fragt man sich – ist das Zufall, oder …«

»Zufall, Zufall, Zufall, alles Zufall!«, schrie der Herr Oberländer dazwischen. Ob der jetzt wieder in das Stottern zurückgefallen war oder den Zufall absichtlich so oft anführte, um der Nachdrücklichkeit einen Ausdruck zu verleihen, keine Ahnung. Aber egal.

»Auch, dass da alte Menschen mit Rollstühlen das Zelt räumen mussten?«, fragte Agnes. »Auf Ihre Anweisung hin, Herr Oberländer, weil die Promis die Tische brauchten?«

»Was … was … was soll das … das … das?« Jetzt doch wieder eindeutig Stottern.

»Das soll eine Frage sein«, sprach Agnes ganz ruhig und leise ins Mikrofon hinein. »Eine Frage, die sich zwangsläufig stellt, nachdem Besucher eines Altenheims aus Ihrem Zelt verjagt wurden.«

»Blödsinn!«, schrie der Herr Oberländer. Dieses Mal schrie er aber nicht den blauen Windschutz an, sondern Agnes. Und wieder stotterfrei: »Das ist doch alles Blödsinn!«

»Ist es nicht! Sondern ein Vorwurf, der an uns, das heißt die Presse, herangetragen wurde und Ihr Verhalten betrifft. Also, haben Sie diese Altenheimbesucher aus dem Zelt entfernen lassen oder nicht?«

»Was soll das? Ist das ein Verhör, oder was?«, entgegnete der Herr Oberländer jetzt ganz kalt und schneidend der Agnes. Das war jetzt eine Stimme, wie man sie nur aus dem Fernseher kennt. Der Mörder gesteht kaltblütig die Tat: Ja, ich habe sie umgebracht!

»Nein«, sagte Agnes. »Aber Fragen, die sich die Öffentlichkeit stellt.«

»Ach so! Die Öffentlichkeit stellt sich solche Fragen. Das glaube ich aber nicht«, gab der Herr Oberländer stimmlich noch immer den Mörder.

»Das hat nichts mit Glauben zu tun, Herr Oberländer, sondern damit, was erlaubt ist und was nicht?«

Jetzt sah der Herr Oberländer aus, als ob der Mörder beim Verhör auch noch die Kommissarin erledigen wollte. Jeder andere hätte da gesagt: »Danke, das war's!« Agnes nicht. Agnes sagte: »Haben Sie oder haben Sie nicht.«

Jetzt packte der Herr Oberländer sprachlich das Messer aus und brüllte: »Was bilden Sie sich eigentlich ein! Das ist eine Verleumdung! Da will mich jemand an den Pranger stellen, zu Unrecht an den Pranger stellen. Aber das lass ich nicht zu, das sage ich Ihnen, das lasse ich nicht mit mir machen. Das lasse ich nicht zu. Das wird Konsequenzen haben, auch für Sie wird das Konsequenzen haben. Schwerwiegende Konsequenzen! Ich lass mich doch nicht von einer dahergelaufenen Journalistin beschimpfen und verleumden!«

»Soll das eine Drohung sein?«

»Ja, wo leben wir denn eigentlich!«, schrie der Herr Oberländer und sprang vom Tisch auf.

Das dachte sich Plotek auch. Und dann an die 50 Prozent der Menschheit, die keinen Strom, und die 70 Prozent, die kein Telefon haben, während die 200 größten Unternehmen der Welt 500 Dollar in der Sekunde zulegen. In dieser Scheißwelt, in diesem Scheißland, hätte Plotek sagen wollen, hat es aber nicht, dafür donnerte er die Maßkrüge auf den Tisch, dass es dem Tisch ganz unheimlich wurde.

»Das lasse ich mir nicht bieten!«, schrie der Herr Oberländer noch immer vor sich hin und ist dann auf und davon.

Agnes gab auch jetzt nicht klein bei.

»Wollen Sie mich etwa auch aus dem Zelt schmeißen?«, brüllte sie dem Herrn Oberländer hinterher.

Plotek war jetzt das erste Mal so richtig von Agnes beeindruckt. Die lachte aber nur und blinzelte Plotek wieder zu.

Dann flüsterte sie ihm »der Oberländer wird nervös« zu. Und: »Und das ist gut so!«

Warum, das hätte Plotek jetzt nicht sagen können. Auch nicht fragen wollen. Auch nicht fragen müssen, weil Agnes es ihm sagte.

»Wer nervös ist, macht Fehler.«

Konny kam dazu und fragte: »Was hat der Wichser denn?«

»Die Hosen voll«, sagte Agnes.

Konny lachte. »Der hat auch allen Grund dazu.«

»Warum das denn?«, fragte Plotek.

»Ich weiß nicht, aber dass der Oberländer nicht ganz koscher ist, sieht doch ein Blinder.«

»Blinde sehen nichts, Blinde hören gut«, sagte Agnes zu Konny und dann: »*Wer anderen eine Grube gräbt, fällt selbst hinein.*«

»Ja, ja, ich weiß schon«, sagte Konny. »Und böse Menschen haben keine Lieder.«

Doch, dachte Plotek, und wie zur Bestätigung spielte die Blaskapelle. Eine dicke Sängerin, die aussah wie eine rosa Schinkenwurst, sang: »Wir möchten uns betrinken, bis dass wir doppelt sehn, wir können nur noch singen, wir können nicht mehr stehn.«

Und wie zum Beweis fielen einige Besoffene vom Tisch. Ob das jetzt Italiener waren oder Kanadier, keine Ahnung. Auf jeden Fall gehörten die alle zusammen und trugen weiße T-Shirts mit Sprüchen drauf: *Schicken ist föhn*, *Sumsen ist buper* oder *Ich bin Jungfrau, aber das ist ein altes T-Shirt* oder *Bier rein* (Pfeil nach oben), *Bier raus* (Pfeil nach unten).

Ganz originell, dachte Plotek und: Wer *Schicken ist föhn* oder *Sumsen ist buper* vor dem XXL-Bauch trägt, der hat sicher schon eine lange Zeit nicht mehr gesumst oder geschickt, geschweige denn geföhnt.

Dann wieder der Wiesn-Hit *Hey Baby*, und viertausend Kehlen plärrten: »I want to know if you'll be my girl.«

»So ein Schwachsinn!«, sagte Agnes.

Plotek dachte: Einerseits ja, andererseits – na ja.

Sophie kam. Das Team war jetzt komplett. Konny warf sofort ein Auge auf sie und schwänzelte ständig um sie herum.

»Vielleicht solltest *du* dich um den kümmern«, sagte Agnes.

»Warum net?«, erwiderte Sophie und versuchte eine gewisse Sympathie erst gar nicht zu unterdrücken.

»Horch ihn ein wenig aus«, schlug Agnes vor.

Plotek war einverstanden und nickte.

»Liebesvernarrte werden zu Plaudertaschen und erzählen einem alles.«

Plotek zuckte mit den Achseln.

»Wenn ihr meint, dann lass i mal mei Reize spiela«, sagte Sophie und lächelte Konny an, dass der gleich einen Maßkrug fallen ließ.

Glück und Glas, wie leicht bricht das, fiel Plotek wieder so ein blöder Spruch ein. Als ob Agnes Gedanken lesen könnte, nickte sie Plotek zu und sagte: »*Hochmut kommt vor dem Fall.*«

Das war Plotek dann schon ein wenig unheimlich.

Dann becircte Sophie noch ein wenig den Konny, und Agnes trank noch eine Maß. Dann standen sie beide auf.

»Bis heute Abend«, sagte Agnes.

»I komm vielleicht a bissle später«, sagte Sophie, wobei sie mit dem Kopf in Richtung Konny zeigte, der gerade eine Batterie Maßkrüge auf den Nebentisch stellte. Dann zwinkerte sie ihm verführerisch zu und schrieb Plotek was auf seinen Bestellblock.

»Gib ihm des nachher«, sagte sie.

Agnes lachte. Plotek nickte. Die Blaskapelle spielte wieder. Und die dicke Wurstpellen-Sängerin sang: »Wir möchten uns betrinken, bis dass wir doppelt sehn.«

Dann zogen Sophie und Agnes ab. Konny bedrängte sofort Plotek.

»Die hat mich ja total angemacht«, sagte er und war ganz außer sich.

»Die steht auf dich«, sagte Plotek eher nebenbei.

»Glaubst du?«

»Sicher.« Und dann: »Das soll ich dir geben.«

Konny blickte lange auf den Zettel und fragte dann Plotek: »Was waren das denn für steile Bräute?«

Die eine interessiert sich für Sterbehilfe, die andere für Korruption, hätte Plotek sagen wollen. Hat er aber nicht. Gesagt hat er: »Bekannte!« Und: »Die eine arbeitet beim BR, die andere ist die Tochter von irgendeinem stinkreichen Filmfuzzi.«

»Echt?«, sagte Konny ganz fasziniert und starrte noch immer auf den Zettel, so als ob da eine unlösbare mathematische Formel draufgestanden wäre.

Dabei war es nur ein einziger Satz, und der war ganz einfach:

Wir treffen uns an der Bavaria um 20 Uhr. Wenn du Lust hast! Sophie

Mehr nicht.

Das reicht, dachte Plotek und: angebissen! Dann machte er Feierabend, früher als üblich, weil er auch früher als üblich angefangen hatte. Konny auch. Einerseits. Andererseits natürlich auch wegen Sophie.

12

Bei Plotek sieht es zu Hause immer aus, als ob er nie aufräumen würde. Er räumt nie auf. Alles liegt herum. Das Geschirr stapelt sich in der Küche. Die leeren Flaschen stehen als kleine Inseln im Zimmer. Die schmutzige Wäsche bildet im Bad einen kleinen Berg. Die gewaschene Wäsche einen großen Berg auf dem Sessel. Bücher liegen da, wo er sie gerade gelassen hat. Pizzaschachteln stellen Türme dar, verrotzte Tempotaschentücher Schneehaufen. Plastiktüten sind voller Abfall. An der Mülltrennung scheitert er. Bei ihm wird alles in die Plastiktüte gesteckt und steht zuerst in der Küche. Dann im Wohnzimmer, am Ende auf dem Flur. Schuhe sind immer da, wo er sie nicht vermutet. Socken, Videokassetten und die Fernbedienung auch. Aschenbecher quellen über. Katastrophe! Man kann sagen, dass Plotek vom Vermüllungssyndrom bedroht ist. Das gibt's oft. Und ist krankhaft. Entweder können und wollen die Menschen nichts wegschmeißen, weil sie so daran hängen oder weil sie zu faul sind. Die Folge ist, dass die Müllberge überall in der Wohnung wachsen. Dazwischen werden Schleichwege freigehalten. Die werden immer enger, sodass nur noch im Gänsemarsch durch die Wohnung gegangen werden kann. Oft müssen diese Menschen aber gar nicht mehr gehen, weil sie den ganzen Tag in der Ecke sitzen und warten, bis der Haufen umkippt. Das tut er dann meistens auch – und begräbt die Bewohner unter sich. Dann liest man in den Zeitungen: »Hausfrau in der eigenen Wohnung von umstürzendem Müllberg erschlagen!« Oder: »Rentner unter Zeitungsbergen begraben!« Plotek ist dafür empfänglich. Nicht für die Zeitungen, für den Müll. Wenn ihn von außen nicht immer mal wieder der Hauch einer Motivation zum Aufräumen umweht hätte, er wäre bestimmt auch irgendwann im eigenen Müll erstickt. Eigentlich ein schöner Tod, dachte Plotek jetzt. Und: Aber im Moment nicht unbedingt erstrebenswert. Dafür gibt es bestimmt noch Anlässe genug.

Jetzt also gab es einen Anlass aufzuräumen. Agnes! Im Schnelldurchgang warf er alles in die Abstellkammer.

Plotek war ganz aufgeregt. Die Handflächen schwitzten, und unter den Achseln zeichneten sich tellergroße Schweißflecken ab. Zwei Mal wechselte er das Hemd. Ein drittes Mal hätte er es auch noch gemacht. Aber unmöglich, er hatte kein frisches mehr. Die Schwitzerei ist für Plotek immer schon ein Problem gewesen. Für beleibte Menschen ohnehin. Ständig schwitzt Plotek. Im Sommer ist das furchtbar. Wenn er im Sommer nicht mindestens zwei Mal am Tag duscht, dann ist er für jeden eine olfaktorische Zumutung. Deswegen geht Plotek nach Möglichkeit der Sonne immer aus dem Weg. Dem Sommer auch. Frühjahr passt. Winter auch. Der Herbst aber ist Ploteks liebste Jahreszeit. Wenn die Blätter fallen und es anfängt, nach Schnee zu riechen, muss er nur noch ein Mal am Tag duschen.

Jetzt hätte er am liebsten so oft wie möglich – aber vergiss es. Kein einziges Mal war mehr möglich. An der Tür klingelte es nämlich. Agnes war da. Allein. Plotek schwitzte noch mehr. Der Schweiß lief ihm unterm Hemd am Körper entlang und tropfte in die Hose. Einerseits die Aufregung, klar. Andererseits hatte Agnes ein raffiniertes Kleid an, weit ausgeschnitten und an den Schultern frei. Plotek sah Stellen, wo nur nackte Haut war. Und eine Perlenkette um den Hals. Das war jetzt eindeutig große Oper. In einer schäbigen Kammerspielkulisse.

»Ganz schön warm hier drin«, sagte Agnes.

Quasi Wink mit dem Zaunpfahl. Plotek riss sofort das Fenster auf. Die frische Münchner Abendluft drängte sich gleich in die Wohnung.

»Ich setz mich mal.«

»Ja, klar, bitte ... hier oder ... oder da ... oder ...«

»Geht schon.«

Plotek war total durch den Wind.

»Weißbier?«

»Gerne.«

Und da gab es dann auch gleich ein Missgeschick. Beim Einschenken lief ihm das Bier über. Das ist Plotek noch nie passiert. Jetzt schon. Es gab nichts, was er besser konnte, als Weißbier einzuschenken. Ohne abzusetzen, leerte er die Flasche in einem Zug ins Glas. Jetzt nicht nur ins Glas, sondern auch auf den Tisch, den Boden, seine Cordhose und das raffinierte Kleid von Agnes. Nur ein paar Spritzer, aber peinlich war's Plotek, als wäre es eine ganze Brauerei gewesen.

»Macht nichts«, sagte Agnes und drapierte das Kleid hoch.

Die Folge war, dass Plotek jetzt noch mehr schwitzte. Soll heißen, zwei Millionen Schweißdrüsen arbeiteten Akkord. Quasi Schweißausbruch beim Anblick der schwarzen Seidenstrümpfe mit dem kessen Strumpfband. Ploteks Gesicht glänzte jetzt wie die eingefetteten Hendl am Grill.

Das war die Hölle, das Fegefeuer, alles.

»Prosit«, sagte Agnes.

»Prosit«, sagte Plotek.

Dann stießen sie an und tranken. Dann löste Agnes die angespannte Situation auf, indem sie zu erzählen begann.

»Du erinnerst dich, wir haben im Rosengarten mal spekuliert, wie es dazu kommen konnte, dass der Oberländer trotz Dekret und alles sein Zelt auf die Wiesn stellen und sein Bier verkaufen darf.«

Plotek nickte. Und dachte an seinen Einfall mit dem Bier.

Was Agnes gleich bestätigte. »Da bist du auf eine grandiose Idee gekommen, dass das nur mit dem Bier zu tun haben kann.«

Wieder Nicken von Plotek. Und wieder war er ein wenig stolz.

»Ich hab mal ein bisschen recherchiert und ein paar Leute gefragt, die besser in der Materie drin sind als ich.«

Jetzt kommt bestimmt wieder dieser Polizeireporter Michalke ins Spiel, dachte Plotek, aber Glück gehabt.

»Zwischen der Ablehnung durch Stadtrat, Oberbürgermeister, Brauereien und Oktoberfestleitung und der Zustimmung derselben hat der Oberländer in der Landsberger Zeitung zwei Interviews gegeben«, sagte Agnes. »Der Michalke hat mich darauf gebracht.«

Also doch, dachte Plotek, und verspürte einen gewissen Groll. Agnes machte ihre Handtasche auf und holte zwei Kopien heraus.

»Im ersten Interview, kurz nach der Ablehnung, hat der Oberländer gesagt, ich zitiere: ›Die Herren in München müssen sich warm anziehen, die glauben wohl, so ein kleiner oberbayerischer Brauer kann ihnen nicht gefährlich werden. Da haben die sich aber geschnitten. Es liegt nämlich einiges im Argen mit dem Oktoberfest und seinem Bier.‹ Und weiter unten: ›Das makellose Oktoberfestbild dieser Münchner Saubermänner kann ganz schnell Risse bekommen. Die sollen sich nur in Acht nehmen, damit das Kartenhaus nicht zusammenbricht. Dann ist nichts mehr so, wie es war. Die *Einmaligkeit des Biers* ist dahin und das *Prosit der Gemütlichkeit* auch. Mehr sag ich nicht.‹ Hat er aber doch, und zwar zwei Monate später. Da hat der Oberländer noch mal nachgelegt. ›Wenn ich dieses Jahr nicht aufs Oktoberfest komme, dann wird das Oktoberfest nicht aus den Schlagzeilen kommen. Wie die Schlagzeilen sein werden, das darf sich jeder selber zusammenreimen. Dann ist da nix mehr mit *Ozapft is*, *Das Maß aller Dinge* und so ein Schwachsinn. Dann gibt es nur noch Verlierer. Die Herren in München können sich's aussuchen, was sie lieber haben. Mehr sag ich nicht.‹ Das war allerhand«, sagte Agnes.

»Das war eine Drohung«, Plotek.

»Genau. Der Oberländer hatte was in der Hand. Was Handfestes. Der wusste mehr, als er gesagt hat. Zumindest mehr, als er der Landsberger Zeitung gesagt hat. Der Polizeireporter Michalke hat gesagt, dass der Oberländer im Mai, also kurz nach der zweiten Veröffentlichung, einen Termin beim Oberbürgermeister gehabt hat.«

»Wie will das denn dieser Michalke überhaupt wissen?«, stellte Plotek gleich infrage.

»Das hab ich den auch gefragt. Abends auf der Heimfahrt von München hat der Oberländer mit dem Kotflügel seines BMWs eine Straßenlaterne mitgenommen und ist erwischt worden. Das stand im Polizeibericht«, sagte Agnes. »Außerdem hat er zu viel Alkohol im Blut gehabt. Die Beamten hat er auch beleidigt. ›Ihr Korinthenkacker sollt euch nicht so anscheißen‹, hat er geschrien, ›hier geht's um mehr, als in eure kleinen Köpfe reingeht.‹ Die kleinen Köpfe haben ihn gleich aufs Präsidium mitgenommen. Da hat der Oberländer noch gesagt, dass er gerade vom OB kommt und den jetzt auch gleich anruft. Hat er auch gemacht. Hat aber niemand abgenommen.«

Dann machte Agnes wieder eine Pause und schaute Plotek lange an. Dabei zuckten ihm wieder die Schweißdrüsen.

»Vier Wochen später hat er die Genehmigung für Zelt und Bierausschank in der Tasche gehabt.«

»Seltsam.«

»Ja.«

Plotek wischte sich mit dem Taschentuch über die glänzende Stirn.

»Prosit!«, sagte Agnes.

Prosit!, wollte auch Plotek sagen, aber vergiss es. Kam ihm die Türglocke dazwischen. Die Erlösung aus dieser schweißtreibenden Fegefeuer-Zweisamkeit, dachte Plotek. Und auf dem Weg zur Tür: Fehlt jetzt nur noch der Himmel. Er konnte natürlich nicht wissen, dass der auch noch kam. Später. Viel später. Zuerst kam jetzt erst mal die Sophie. Das opernhafte Kammerspiel frei nach Dante verwandelte sich in ein tragikomisches Liebesdrama im Stile Shakespeares. Mit Sophie als Protagonistin. Das war Plotek ganz recht. Da konnte er sich, mit nur kurzen Einsätzen, hinter seinem Weißbier verstecken.

Kaum, dass Agnes fragen konnte: »Wie war's?«, legte Sophie schon los.

»Entweder, der isch dr beschte Schauspieler auf dr Welt oder die reizenschte Person, dia man sich nur vorstella ka.«

Gemeint war Konny, das war klar. Alles andere nebulös. Sophie tat alles, damit das auch vorerst so blieb.

»Also, so was hab i no net erlebt.«

»Was hast du noch nicht erlebt?«, bohrte Agnes nach.

»Der hat doch tatsächlich versucht, mi um da Finger zu wickla.«

»Und hat er's geschafft?«

»I wois net.«

Dann kam wieder eine Pause von Sophie, als wollte sie zuerst mal darüber nachdenken. »Wenn dia Komplimente echt und dia Worte ernscht gmeint waret, dann muss ich saga, alle Achtung, des isch a ganz liebevoller Mensch«, sagte sie schließlich.

Kurze Pause, quasi wieder Spannungsaufbau, dann: »A geiler Typ!«

»Und wenn nicht?«

»Dann ischs a Sau!«

Agnes schmunzelte. Plotek biss sich aufs Backenfleisch, um nicht zu schmunzeln.

»Hat er dich geküsst?«, fragte Agnes.

»Klar. Abr erscht im Auto, bei der Fahrt hierher.«

»Und?«

»Nix und. Viel interessanter isch des, was i im Auto gsehen hab.«

»Verrätst du uns das?«, sagte Agnes jetzt ein bisschen ironisch.

Sophie lachte. »Klar! I hab aufm Armaturabrett in diesem Schlitta an Aufkleber entdeckt.«

»Was für einen Aufkleber?«

»A Engel war da drauf ond dr *Glückliches Ende*-Schriftzug. Des war abr net irgendein Engel, sondern a ganz bsondrer.«

»Was denn für einer?«, fragte Agnes.

»Maren hat den gleichen Aufkleber in ihrem Auto«, fiel es Plotek jetzt wieder ein, und er sagte es wie auf ein Stichwort auch gleich.

»I hab ja no vor kurzem Kunschtgeschichte studiert ond a Seminar über Engel gmacht. Also hab i den glei erkannt. Des war a Engel von am holländischa Maler aus dem 15. Jahrhundert. Der hat a Polyptychon gmalt mit dem Titel *Die Gerechten betreten das Paradies*. Ond einer dr Engel war jetzt aufm Aufkleber.«

Jetzt folgt bestimmt ein kunsthistorischer Abriss, bevor Sophie Näheres preisgibt, befürchtete Plotek. Agnes auch. Deshalb fragte sie auch etwas herrisch: »Was für einer denn?«

»Dr Azrael, dr Todesengel«, sagte Sophie, dass es Plotek schauderte.

»Als du das Auge hobst, so scharf und nah/ Ein leises Schaudern plötzlich mich befangen/ O wohl, wohl ist der Todesengel da/ Über mein Grab gegangen«, rezitierte Agnes.

»Schee«, sagte Sophie.

Und »schön!« Plotek.

»Annette von Droste-Hülshoff: *Der Todesengel*«, sagte Agnes.

Weniger schön, dachte Plotek und erinnerte sich dann an die Schulzeit und den Droste-Hülshoff-Terror. Ständig musste er Gedichte auswendig lernen, wo er doch viel lieber Fußball spielen wollte. Plotek konnte diese Lyrik nicht im Kopf behalten. Gab es eben Ohrfeigen, Klassenbucheinträge und stundenlanges In-der-Ecke-Stehen. Damals zeigten sich die Pädagogikmethoden noch von ihrer schlagkräftigeren Seite. Wenn Plotek sich zu Hause über die Ohrfeigen des Lehrkörpers bei der Mutter beschwerte, sagte der Vater: *»Auf einem Bein steht sich's schlecht«*, und ergänzte die Lehrkörper-Ohrfeigen um eigene. Plotek dachte damals schon: blödes Sprichwort, blöde Ohrfeigen, blöde Droste-Hülshoff. Da wurde ihm in frühester Kindheit die Poesie schon madig gemacht. Später hat er dann auch keinen Zugang mehr gefunden. Aus und vorbei. Ist oft so.

»I hab ihn angsprochen drauf«, sagte Sophie und meinte Konny. »I hab ihn gfragt, was dr Aufkleber zu bedeuta hätt.«

»Und?«

»Des isch a Spinnerei von Maren, hat'r gsagt. Die hat sich eibildat, dia Welt retta zu müssa. Und dann hat er übr dia Maren herzoga, dass dia auf der einen Seit mit aller Macht versucht, ihrn Halbbrudr ans Messer zu liefra. Und auf der andera Seit die ganze Menschheit missioniera möcht.«

»Entweder, der hat damit nichts zu tun ...«, sagte Agnes.

»... oder er lügt«, ergänzte Plotek.

»Dann isch er abr a verdammt guter Schauschpieler«, sagte Sophie und zweifelte.

»Aber was bedeuten dann die Szenen auf den Videos?«

»Welche Videos?«, fragte Sophie.

Agnes schaute Plotek an. Und Plotek schaute nach den Videos. Aber Pech gehabt. Bei der ganzen Aufräumerei hatte er die Videokassetten mit den tv.münchen-Aufzeichnungen irgendwo und unauffindbar in der Rumpelkammer versenkt.

»Kann ich helfen?«, rief Agnes Plotek hinterher, als der aus der Rumpelkammer nicht mehr zurückkommen wollte.

»Nein, danke, ich hab's gleich!«

Hatte er natürlich nicht. Aber egal, weil er dann doch wieder Glück hatte. Als er die Rumpelkammer zum dritten Mal durchsuchte, fiel ihm ein, dass eine Kassette noch im Rekorder liegen müsste. Und tatsächlich. Plotek schaltete den Rekorder an und zu dritt beobachteten sie Konny beim Bedienen der Leiche mit dem Lebkuchenherz.

»Komisch«, sagte Sophie.

Und »komisch« auch Agnes.

Konny sagte: »Wird schon!«

Plotek sagte dagegen nichts und schwitzte wieder wie ein Schwein. Dann holte er noch mal zwei Bier. Und ein Wasser für Sophie.

»Ich mach das«, sagte Agnes und schenkte die Gläser ein.

Dabei erzählte sie schon wieder von ihrem Kollegen, dem Polizeireporter Michalke. Der habe ihr gesagt: »... dass bei der Leiche in der Bavaria die Autopsie ergeben hat, dass die Frau höchstwahrscheinlich durch ein Atemwegslähmung auslösendes Gift gestorben ist.«

»Mord!«, sagte Plotek und dachte: Es wäre mir am liebsten, wenn es der Polizeireporter selbst gewesen wäre.

»Odr Sterbehilfe!« Sophie.

»Ist auch Mord.« Agnes.

»Vom Gesetz her.« Plotek.

»Und moralisch?« Sophie.

Jetzt dachten alle drei nach. Dann sagte Sophie: »I hab mir die Pflegesituation angschaut. Kataschtrophe! Des isch kein Leben, was da manchen Alten zugmutet wird. Des sind menschenunwürdige Bedingunga, unter dene dia Menscha leben. Man muss sich des mal vorstella!«

Jetzt legte Sophie wieder eine Spannungspause ein. Oder besser Denk- und Vorstellungspause. Quasi kollektives Nachdenken. Agnes und Plotek wussten natürlich nicht, worüber. Wurde Agnes auch ganz schnell unruhig. Plotek nicht. Da war er einfach wieder anders. Wenn es nach ihm gegangen wäre, würden sie jetzt vielleicht noch immer da sitzen, auf der Couch, und sich kollektiv den Kopf zerbrechen. Aber nach ihm ging es nicht, nicht in diesem Team. Dann schon eher nach Agnes. Die sagte jetzt: »Na los, spuck's aus!«

Machte Sophie dann auch.

»Jährlich sterbat bundesweit 10000 Menscha in Pflegeheimen aufgrund dr verheerenda Pflegesituation. 85 Prozent dr Heimbewohner send unterernährt, 36 Prozent leidat an Austrocknung, weil sie net genug zum Trinka kriegat. Und 25 Prozent haben Decubitus-Stellen, also offene Wunda am Körper. Und des in einer der reichschten Induschtrienationa dr Welt!«

»Gut recherchiert«, sagte Agnes.

Und Plotek dachte an den Herrn Oberländer und an sein: »Ja, wo leben wir denn eigentlich!«

Sophie tat Agnes' Kompliment so gut, dass sie sofort nachlegte.

»Zusammenfassend nennt man des in dr internationala Klassifikation dr Krankheita, die jedes Gebrecha definiert und mit nem Zahlacode versieht, T 74.0.«

»T 74.0?«, fragte Agnes und Plotek: »Was bedeutet das?«

Jetzt machte Sophie wieder eine Pause, als ob sie sich die Worte erst selber zusammensuchen müsste. In Wirklichkeit hatte sie einfach einen ausgeprägten Hang zur Dramatik. Vielleicht zu viel Bauerntheater auf der Schwäbischen Alb. Oder von Natur aus ein theatralischer Charakter, keine Ahnung.

»Vernachlässigung oder Im-Stich-lassen, Diagnosekomplex Misshandlungssyndrome«, sagte sie dann wie auswendig gelernt. »Und so hat's au ausgseha. Dia Alten werden total vernachlässigt. Was vor allem mit dr kataschtrophala Pflegepersonalsituation zu tun hat. Es gibt zu wenig Pflegr für viel zu viele Pflegefäll. Und dia wenige wäret au no viel zu schlecht bezahlt. Die sind nur am macha. Da bleibt natürlich nur Zeit fürs Nötigschte. Individualbetreuung, emotionale Stütze, Ansprache und moralische Hilfe kansch da ganz vergessa. Die Alten liegat zum Teil hilflos im Bett und wartet stundenlang, bis ihne jemand aufs Klo hilft. Da geht natürlich einiges ins Bett. Kriegat se eben Windeln anzoga und liegat dann stundenlang im eigena Kot.«

Plotek trieb es bei Sophies Erzählungen wieder den Schweiß aus den Poren. Jetzt waren nicht nur an den Achseln tellergroße Flecken. Auch am Rücken klebte das Hemd auf der Haut.

»Des hat au die Maren bestätigt. A ganz vernüftige Person eigentlich. Engagiert, selbstbewusst und des Herz auf dem richtiga Fleck, scheint mir.«

»Na ja, irgendwie hat die auch ihre Finger mit im Spiel«, sagte Agnes. »Zumindest, wenn man Konny Glauben schenken möchte.«

»I weiß net«, sagte Sophie. »Die scheint mir irgendwia zu intelligent zu sein, um sich einfach so unüberlegt die Finger schmutzig zu macha. Wenn, dann steckt da mehr dahinter.«

»Aber was?«

Alle dachten jetzt wieder nach. Dann sagte Agnes: »Einer der beiden lügt.«

»Oder beide!«, ergänzte Plotek.

»Vielleicht«, sagte Sophie. »Vielleicht liegt dia Wahrheit abr au ganz woandersch.«

»Beim Oberländer?«, fragte Agnes.

»Meglech. Und was für a Roll spielt eigentlich dieser Schorsch?«

»Was ist mit Thea?«, fragte Plotek.

»Opfer oder Täter?«, fragte Agnes.

Das war jetzt wie ein heiteres Beruferaten, wie einst beim Lembke. Viele Schweinderl, aber kein Mörder. Der Schlitz füllt sich, die Sau wird schwerer, bis sie dem Hammer respektive dem Messer zum Opfer fällt.

Apropos: »Da wäre auch noch Miriam«, sagte Plotek. »Und ihre Liebe zu Konny.«

»Im Nama der Liebe isch scho so manches Verbrecha ...«, sagte Sophie, wieder mit einem Hang zur Dramatik.

»Jetzt hör aber auf!«, ging Agnes dazwischen.

Dann dachten die drei wieder ein wenig nach und zuckten gleichzeitig mit den Achseln. Quasi synchrone Ahnungslosigkeit.

»Ich glaube, viel weiter werden wir drei nicht kommen«, stellte Agnes zusammenfassend fest. Jetzt Nicken von Sophie und Plotek.

»Ich werde morgen den Kollegen Michalke informieren. Der hat einen guten Draht zur Kriminalpolizei. Sollen die Sache in die Hand nehmen.«

Wieder Nicken von den anderen. Plotek war das mit dem Polizeireporter natürlich nicht so recht. Agnes hatte in der letzten Zeit einfach zu oft von ihm gesprochen.

»Dann wird man schon sehen, was dabei herauskommt«, sagte Agnes.

Und wieder Nicken von allen. Synchrone Übereinstimmung.

Irgendwie war jetzt alles gesagt. Das Bier war ausgetrunken. Plotek war schon leicht beschwipst. Agnes auch. Nur

Sophie war noch nüchtern. Sophie trank ja nur stilles Wasser. Dafür gähnte sie ständig. Sie schaute in die Runde, gähnte wieder, schaute zuerst Plotek an, dann Agnes, dann gähnte sie noch einmal und sagte: »I geh dann mal.«

Agnes erwiderte: »Ich nicht!«

Plotek wurde es dabei ganz heiß. Quasi zwei Millionen Schweißdrüsen machen Überstunden. Folge: wieder Schweißausbruch.

»Ich würde noch was trinken.«

Natürlich kein stilles Wasser, sondern ein kaltes Weißbier.

Plotek nickte, sprang auf und holte zwei Weißbiere aus dem Kühlschrank.

»Adele!«, sagte Sophie und gähnte zum letzten Mal.

»Servus, bis morgen«, sagte Agnes.

Plotek schwieg. Die Tür fiel ins Schloss. Plotek machte das Weißbier auf und schenkte ein. Diesmal verschüttete er nichts. Er stellte die Flaschen neben den Glastisch zu den anderen.

Dann sagte er: »Prosit!«

»Prosit!«, sagte auch Agnes.

Sie stießen an, dann tranken sie. Plotek schwieg wieder und schwitzte. Agnes sagte auch nichts. Komische Situation jetzt, dachte Plotek. Natürlich hätte er wieder von den Toten mit den Lebkuchenherzen anfangen können, von den sowjetischen Uhren, dem Oberländer junior und senior, von Konny, Maren und Schorsch, der Frau Wammerling und von Fritz. Er hätte generell über das Oktoberfest sprechen können, über seine Erfahrungen im Service und die Promis. Er hätte auch, ganz im Speziellen jetzt, über sich selbst reden können. Aber irgendwie war jetzt alles schon durch. Das dachte auch Agnes. Bleibt nicht mehr viel, überlegte Plotek. Doch, doch, einiges ging Agnes durch den Kopf. Aber wie das jetzt zusammenbringen? Plotek hätte es nicht gewusst. Agnes schon. Reden ist noch nie Ploteks stärkste Disziplin gewesen, Handeln auch nicht. Gewähren lassen? Kommt darauf an. Jetzt auf Agnes. Die hätte natürlich auch wieder mit Sätzen um sich schmeißen können. Reden, reden, reden. Sie hätte von sich sprechen können. Sie hätte ihm sagen können, dass sie geschieden und ihr Mann ein Arschloch ist, sie eine erwachsene Tochter hat, zwei Katzen und leidenschaftlich gern Rosen auf dem Balkon züchtet. Sie hätte ihm auch sagen können, dass sie hin und wieder mit dem Polizeireporter Michalke schläft, nicht aus Liebe, sondern wegen dem Sex, dass sie Romantik irgendwie komisch findet und keine Kondome dabeihat. Sie hätte ihm natürlich auch sagen können, dass sie ihn sympathisch findet, nicht gut aussehend, aber doch nicht so schlecht, wie er selbst meint, dass er irgendwie kurios wirkt und dass sie kuriose Typen mag. Hätte sie, ja. Hat sie aber nicht. Obwohl sie gern redet. Aber jetzt wusste sie, Reden hat keinen Sinn mehr. Jetzt helfen keine Worte mehr. Der Worte waren genug gewechselt, quasi. Entweder in einem Zug jetzt das Weißbier austrinken und sofort gehen – oder für immer bleiben. Na ja, für immer vielleicht nicht gerade, aber zumindest für die kommende Nacht. Also küsste Agnes Plotek. Zuerst auf die Wange. Dann auf den Mund. Plotek konnte, selbst wenn er gewollt hätte, nichts mehr sagen. Ließ er es eben geschehen. Alles.

Zuerst lagen sie auf der Couch. Dann im Schlafzimmer auf dem Boden. Am Ende dann doch noch im Bett. Da gab es dann noch mal ein Problem mit dem Hemd. Oder vielmehr mit dem Ausziehen von dem Hemd. Ploteks Hemd war so durchgeschwitzt, dass es am ganzen Körper klebte. Legte Agnes eben mit Hand an, dann ging's.

»Lässt du das Fenster auf!«, sagte Agnes nach zwei Stunden wieder den ersten zusammenhängenden Satz. Plotek nickte und schmunzelte, mit Aussicht auf ein paar Stunden Schlaf. Aber vergiss es!

Trotz offenem Fenster brachte Plotek kein Auge zu. Agnes schon. Agnes schlief sofort ein. Plotek lag stundenlang wach. Müde wurde er nicht, dafür bekam er Kopfschmerzen. Plotek kann einfach nicht mit fremden Menschen in einem Bett liegen und gleichzeitig schlafen. Der Grund ist früher schon nicht das geschlossene Fenster gewesen oder die Schnarcherei – nein, der Grund ist immer der andere Körper neben ihm. In dem Fall Agnes. Die war, trotz zweistündiger Vertrautheit und Intimität, doch auch noch irgendwie fremd. Auch Ploteks letzte feste Freundin war ihm nach drei Jahren Beziehung noch so fremd, dass er neben ihr nicht einschlafen konnte. Drei Jahre lang hat er es auf das geschlossene Fenster geschoben, obgleich er natürlich wusste: Schwachsinn. Dann hat er sich von ihr getrennt.

Jetzt stand Plotek, nach ein paar Stunden Wachliegen, wieder auf. Agnes schlief noch immer. Ruhig, ohne sich viel zu bewegen. Angenehm, dachte Plotek und guckte ihr noch ein wenig beim Schlafen zu. Davon schlief er aber auch nicht ein, eher Gegenteil. Jetzt stand er also auf und zog sich an. Das Telefon klingelte. Schnell nahm Plotek den Hörer ab, damit Agnes nicht aufwachte.

»Hallo?«

»Guten Morgen, Herr Plotek«, sagte Doktor Hohenthaler. »Entschuldigen Sie die frühe Störung, aber ich dachte, das interessiert sie vielleicht.«

Plotek war jetzt plötzlich hellwach.

»Ich hab die DNS von der Fruchtwasseruntersuchung der Merz Monika von der Kollegin Frau Doktor Kainz aus Altötting mit der Ihrigen verglichen.«

»Und?«, flüsterte Plotek ganz leise – wegen Agnes.

»Negativ!«

Plotek konnte es gar nicht richtig realisieren. Da ist er einfach anders. Und langsamer. Das mit positiv und negativ war eben auch so eine Sache. Postiv ist ja im Prinzip gut. Negativ schlecht. Jetzt war negativ gut und positiv schlecht. Das musste Plotek im Kopf alles erst mal sortieren. Und das dauerte. Solange, bis Doktor Hohenthaler fragte: »Sind Sie noch dran?«

»Ja«, nuschelte Plotek wieder in den Hörer und dann: »Soll das heißen ...«

»Sie können gar nicht der Vater sein«, ging Doktor Hohenthaler dazwischen.

Plotek grübelte wieder und klabüsterte alles im Kopf auseinander.

»Aber Monika ist doch schwanger ...«

»Was? Was haben Sie ... könnten Sie vielleicht ein wenig lauter ...«

»Monika ... schwanger?«, wiederholte Plotek etwas lauter und schirmte die Muschel mit der Hand ab.

»Das schon, aber nicht von Ihrem Sperma.«

»Und das ist sicher?«

»Ganz sicher.«

»Danke.«

Doktor Hohenthaler legte auf. Plotek auch. Er warf einen Blick ins Schlafzimmer – Agnes schlief noch.

Plotek verließ die Wohnung. Er zog die Tür hinter sich zu und trat in den frischen Münchner Morgen hinaus. Ein befreiendes Gefühl. Er atmete erst einmal kräftig durch. Zuerst wollte er sich nur die Beine vertreten, ein wenig Luft schnappen, vor dem Haus eine rauchen. Dann schaute er auf seine sowjetische Tschekist und sah, dass es schon halb sechs war. In dreieinhalb Stunden ist Schichtbeginn, dachte er und: unmöglich. Bei dem Schlafentzug und dem Schädelweh ist das ausgeschlossen. Folge: kündigen. Plotek dachte, der Herr Oberländer müsste schon da sein, im Zelt, im Wohnwagen hinterm Zelt. Weil, der Herr Oberländer ist immer da.

Also stieg Plotek am Rotkreuzplatz in die U-Bahn Richtung Theresienwiese. Je näher er zur Wiesn kam, desto deutlicher waren die Folgen des Oktoberfests, jetzt, zwei Tage vor Wiesn-Schluss, den Menschen anzusehen. Beim Umsteigen am Hauptbahnhof torkelte die ganze U-Bahn-Haltestelle auf ihn zu. Hilflos Verwirrte taumelten in voll gebrunzten Lederhosen brabbelnd und sabbelnd auf der Suche nach sich selbst umher. So voll, wie die waren, fanden sie aber nichts, nicht einmal den Ausgang. Hätte Plotek sie gefragt, wohin sie denn wollten und wer sie denn seien, sie hätten bestimmt gesagt: »I bin der Anton und will nach Tirol.« Aber vermutlich hätte Plotek die Oktoberfestgeschädigten gar nicht verstanden. Und sie Plotek nicht. Trotz der vom OB viel beschworenen »Internationalität, die fröhliche Urständ feiert«, sind da ein Unverständnis und eine gewisse Kommunikationslosigkeit zwischen den Maßlosen und den Gemäßigten vorprogrammiert. Reden kann von denen keiner mehr, dachte Plotek. Aber das spielt keine Rolle. Auch nicht, ob sie sich und den anderen vor ihrem Supergau im Promillebereich etwas zu sagen haben. Das Einzige, was zählt, ist, dass in den bisherigen vierzehn Tagen die Integration von zugereisten Ausländern in München, unter Zuhilfenahme des Hosiannas der bayerischen Trinkkultur, geglückt ist.

Unter den Alkoholleichen gibt es keine kulturellen Barrieren mehr, dachte Plotek weiter. Und: Wenn man es genau betrachtet, gibt es auch keine Verständigungsprobleme, da die Wiesn-Sprache durch erhöhten Promillegehalt international ist. »Uuuahhhh-uuuuaaahhhh ...!«, dringt es aus allen Mündern. Es ist quasi das Esperanto der Wiesn-Trinker. Wer's versteht, übergibt sich der Masse und anschließend in die Menge oder auf den Bahnsteig – und wird somit eins mit all den anderen Speienden, ganz nach dem Motto: Trinker aller Länder, übergebt euch! Ein Betrunkener ist während der Wiesn-Zeit nämlich nicht nur ein Betrunkener, also besoffen, nein, ein Betrunkener ist die personifizierte Huldigung der bayerischen Lebensart: Saufen wird zum sakralen Akt. Die Maß ist der Wein, die Schweinshaxn die Hostie und das Zelt das Himmelreich. Mit jedem Rausch geht es direkt oder über Umwege zur Himmelfahrt.

Und jetzt warteten diese Himmelsstürmer an der Haltestelle, schlafend oder speiend, auf die Bahn. Deswegen roch es da auch nicht nach Himmel. Eher Gegenteil. Es stank in der U-Bahn-Haltestelle am Hauptbahnhof wie im eigenen Zelt, aufgeschlagen in einem fremden Darm und so, als wären die Gleise ein ruhiger, gleichmäßiger Fluss aus Kotze und Urin. Auf den Wartebänken schliefen in sich zusammengesunkene, übrig gebliebene Trinker im Sitzen, Liegen und mit offenen Mündern und entstellten Gesichtern. Ob das jetzt Kanadier, Italiener oder Amerikaner waren oder eher Literaturwissenschaftler, Richter am Obersten Landesgericht oder australische Sekretärinnen auf Urlaub, keine Ahnung. Sie sahen auf jeden Fall ausnahmslos so aus, als ob sie nicht der Herrgott, sondern der Anton aus Tirol auf dem Gewissen hätte. Oder die rosarote Wurstpellen-Sängerin. Nichts mehr also mit: »She's so pretty, Lord, she's fine.« Eher: »Wir haben uns betrunken, dass wir nichts mehr sehn, wir können nicht mehr singen, wir können nicht mehr stehn.« Spätfolgen nicht ausgeschlossen.

Auch in den U-Bahn-Waggons roch es nach Bier, Schweiß und jeglicher Art von Ausscheidungen. Die Fahrt zur Wiesn kam der Fahrt zur Hölle in der neuen Geisterbahn des Schaustellerbetriebs Dom-Jollberg auf dem Festplatz gleich. Nur dass die U-Bahn-Fahrt länger dauerte. Die 24 beweglichen Monsterfiguren der Geisterbahn waren in der U4 unbewegliche Lederhosenträger mit Haferlschuhen, roten Augen und stierem Blick.

Plotek war heilfroh, als er dieser schlecht riechenden Horrormeute endlich entkam.

Der Herr Oberländer war nicht da. Zumindest nicht im Wohnwagen. Vielleicht im Zelt, dachte Plotek, und wie zur Bestätigung war der Hintereingang offen. Plotek wollte durch die Küche ins Zelt gehen. Wobei er im Zelt erst gar nicht ankam. Als er nämlich durch die Küche ging, roch er ganz Eigenartiges. Auf dem Boden lagen Schüsseln und Töpfe. Dazwischen eine rote Pfütze, wie von einer zerbrochenen Ketchup-Flasche. Nur die Glasscherben fehlten. Es liegt was in der Luft, dachte Plotek. Eigentlich war es gar nicht seltsam, vom Geruch her jetzt, eher von der Zeit. Angebraten roch es. Gegrillt, wie ein Ochse am Spieß. Ein Duft wie von einem gebratenen Ochsen hing in der Küche und im ganzen Zelt. Als ob die ganze Nacht hindurch ein Ochse vor sich hingeschmort hätte. Was normalerweise nicht der Fall ist. Die Ochsen wurden im Oberländer-Zelt schon fast komplett gebraten geliefert. Dann am Morgen kurz vor Schichtbeginn auf den Grill geklemmt, damit sie dort fertigbrutzeln konnten.

Plotek sah jetzt den Ochsenspieß. Das war aber kein Ochse, der da am Spieß hing. Das war ein Mensch! Das ist Konny, dachte Plotek. Er konnte noch nicht lange am Spieß gebrutzelt haben. Da fehlen noch ein paar Stunden, damit er richtig resch ist und serviert werden kann, hätte Plotek jetzt denken können, wenn Konny ein Ochse gewesen wäre. Da Konny aber ein Mensch war, dachte er: Wieder ein Toter und Mord. Und dann: Konny scheidet diesmal offenbar als Täter aus.

In der Küche auf dem Boden lag neben der roten Pfütze ein Anstecker. *Sicherheitsdienst* stand drauf und: *Georg Stramm.* Scheiße, dachte Plotek, waren die Meinungsverschiedenheiten doch so groß gewesen. Er hob den Anstecker vom Boden auf und ging durch die Küche wieder hindurch zum Ausgang. Da blieb er plötzlich stehen. Das hätte er nicht machen sollen. Hat er aber. Er hat eine Stimme gehört.

Die Stimme sagte jetzt: »Du suchst mich, was?«

Plotek drehte sich um und sah Schorsch. Plotek wollte »Ja« sagen. Als er den Schorsch aber neben der Spüle sitzen sah, sagte er dann doch lieber »Nein«. Das nützte ihm aber auch nichts.

»Egal«, erwiderte Schorsch.

Jetzt aber schnell raus und Polizei verständigen oder die Kollegen von Schorsch, hätte man denken können. Aber falsch gedacht. Erstens waren die Kollegen vom Sicherheitsdienst weit und breit nicht zu sehen. Und zweitens konnte Plotek sich nicht von der Stelle bewegen. Der Grund war Schorsch. Oder vielmehr das Fleischermesser in seiner Hand. Mit dem fuchtelte er jetzt herum, als ob seine Absichten nicht ganz in Einklang mit den Menschenrechtskonventionen stünden.

»Komm her!«, sagte Schorsch zu Plotek.

Und es ging. Plotek konnte sich wieder bewegen, zwar in die falsche Richtung, aber egal.

»Was hast du vor?«

»Wenn du artig bist, tu ich dir nichts«, sagte Schorsch und nahm einen kleinen Schluck aus einer Speziflasche.

Plotek taugte nicht zum Helden. Flucht schien auch aussichtslos. Seine körperliche Konstitution war nicht die beste. Im Vergleich zu Schorsch war sie sogar katastrophal. Spätestens an der Tür zum Schankraum hätte der ihn eingeholt. Also machte er das, was Schorsch von ihm verlangte.

»Geh voraus!«, sagte er.

Plotek ging quer durchs Zelt. Dicht dahinter, mit dem Messer unter der Jacke an seinem Rücken und der Speziflasche in der Hand, Schorsch.

»Wo gehen wir hin?«, fragte Plotek.

Seltsam jetzt, normalerweise bringt Plotek kaum den Mund auf. In dieser bedrohlichen Extremsituation aber wurde er zu einer regelrechten Plaudertasche.

»Das wirst du schon noch sehen!«, sagte Schorsch und nahm wieder einen kleinen Schluck aus der Flasche.

Sah er dann auch und dachte: Scheiße, bloß nicht.

»Ich bin nicht schwindelfrei!«, sagte er zu Schorsch, in der Hoffnung, der könnte ein Einsehen haben.

»Ich auch nicht.«

Offenbar war ihm das aber egal.

»Rein da!«

Schorsch brach zuerst den Sicherheitskasten vom Riesenrad auf. Dann legte er einen Schalter um. Das Riesenrad setzte sich ruckelnd in Gang.

»Rein da, hab ich gesagt!«, schrie Schorsch jetzt und schubste Plotek in eine der Gondeln. Dann sprang er selbst hinterher. Die Gondel hob ab und schwebte langsam nach oben. Schnell genug, damit es Plotek ganz schummrig im Kopf wurde.

»Mach's dir bequem«, sagte Schorsch. »Das kann jetzt ein bisschen dauern!«

Was er vorhatte, sagte er nicht.

Sie saßen sich gegenüber und sahen beide aneinander vorbei in die Ferne. Plotek sah die Frauenkirche, den Fernsehturm, das Olympiazentrum, den BR und die Müllverbrennungsanlage. Näher dann Haidhausen. Das Altenheim. Blöde Situation, dachte Plotek und erinnerte sich wieder an früher. Fußball jetzt. Immer wenn Plotek mit seiner Mannschaft im Spiel zurücklag, gab es zwei Möglichkeiten. Erstens: Kapitulation und Hingabe an die Niederlage. Oder zweitens: Kampf um den Sieg. Also, letzte Kräfte mobilisieren und aktiv nach vorn spielen. Beweglich bleiben, einfallsreich sein, den Zweikampf suchen. Oft haben sie so ein Spiel noch umgedreht. Und gewonnen. Jetzt war es Plotek im Riesenrad nicht nur zum Speien übel, jetzt war er auch noch ganz klar in der Defensive. Egal, dachte er, trotzdem, immer aggressiv ran an den Gegner!

»Du hast ihn umgebracht!«, sagte Plotek ganz ruhig und wieder mit Blick auf die Frauenkirche. Wegen der Übelkeit jetzt. In der Ferne einen Punkt fixieren und festhalten, das soll helfen. Half aber nicht.

»Es war ein Unfall«, sagte Schorsch kleinlaut.

»Blödsinn! Du hast ihn umgebracht, weil er dir auf die Schliche gekommen ist.«

»Quatsch! *Ich* bin *ihm* auf die Schliche gekommen. Aber ein Unfall war's trotzdem.«

Plotek blieb noch immer hart dran am Gegner.

»Lüg doch nicht! Konny hat herausgefunden, dass du die Alten über den Jordan bringst.«

»Was? Du hast doch keine Ahnung«, wurde Schorsch jetzt ein wenig ärgerlich.

Ahnung hatte Plotek tatsächlich nicht. Jedenfalls war er irgendwie auf dem falschen Dampfer.

»Konny hat die Alten über den Jordan geschickt«, sagte Schorsch.

»Konny?«

»Und Maren!«

»Maren?«

»Und ich bin ihnen auf die Schliche gekommen.«

Schorsch nahm wieder einen Schluck aus der Speziflasche, und Plotek drehte sich langsam der Magen um.

»Quasi ›Glückliches Ende‹«, sagte Plotek und meinte nicht nur die Lebkuchenherzen.

»Genau!«, antwortete Schorsch und wusste, wovon Plotek redete.

»Aber du bist doch auch Mitglied in diesem Verein.«

»Na und? Ist ja auch nichts Verwerfliches daran. Im Gegenteil, schau dir die Alten doch an, wie sie in den Heimen dahinvegetieren, verwahrlost, leidend.«

»T 74.0«, sagte Plotek.

»Genau! Und warum? Weil keine Kohle da ist für eine ordentliche Pflege und Betreuung. Die Hightechmedizin verschlingt Milliarden, und die Pflegebedürftigen liegen in der eigenen Scheiße. Heime werden geschlossen, die Zustände in den noch bestehenden sind zum Teil katastrophal. Die Gesundheitspolitik interessiert das einen Scheißdreck, und in der Pflegeversicherungsbürokratie fallen sie durchs Raster.«

Exakt das, was Sophie berichtet hat, dachte Plotek. Und fragte: »Und was konntest du dagegen tun?«

»Nicht viel. Der Verein hat starke Beruhigungsmittel, Schmerzmittel, Morphium und so was besorgt und verabreicht.«

»Ohne das Wissen der Ärzte!«

»Denen ist das ohnehin scheißegal!«

»Das grenzt jetzt schon an Sterbehilfe.«

»Blödsinn«, sagte Schorsch. »Ist ja keiner gestorben.«

Er trank wieder einen kleinen Schluck aus der Flasche und wirkte plötzlich sehr müde. Plotek dagegen war hellwach. Er schaute jetzt nicht mehr zur Frauenkirche hinüber, sondern dem Schorsch direkt ins Gesicht. Ganz bleich war der, blutleer, mit farblosen Lippen.

»Mir egal, nenn es, wie du willst«, murmelte Schorsch.

Jetzt musste Plotek schon genau hinhören, um alles mitzubekommen.

»Konny und Maren sind dann ausgeschert. Das war nicht abgemacht. Die haben ihr eigenes Spiel gespielt. Und mich haben sie dabei benutzt.«

Du Armer!, dachte Plotek und dann ein wenig ironisch: ein Opfer.

»Und wie ist das abgelaufen?«

»Sie haben nicht mehr nur Schmerzmittel verabreicht. Sie haben sich die ganz Überdrüssigen, die absolut Lebensmüden herausgepickt. Davon gibt es im Altenpflegeheim genügend.

Die haben keinen Bock mehr, den ganzen Tag in verschissenen Windeln im Bett zu liegen und Löcher in die Luft zu starren. Wenn man denen ein Ende in Aussicht stellt, sind die glücklich. Und auch gerne bereit, das glückliche Ende im Testament zu honorieren. Also gab es vorab schon mal 'ne fette Überweisung aufs Konto des Vereins.«

»Und dann hat Konny in den Kartoffelsalat ...«

»... Herbstzeitlose! Wirkt in einer halben Stunde. Absolut tödlich. Und schlecht nachzuweisen. Gibt es im Rosengarten, wenn du mal ein bisschen davon brauchst.«

War Schorsch jetzt ein wenig ironisch. Galgenhumor quasi. Plotek ging nicht darauf ein und fragte stattdessen: »Aber warum gerade auf dem Oktoberfest, im Oberländer-Zelt?«

»Zuerst nicht, dann schon.«

»Du meinst, die zwei Alten aus der Isar gehen auch auf euer Konto?«

Nicken von Schorsch.

»Und dann seid ihr auf die Idee mit dem Oktoberfest gekommen?«

Wieder Nicken.

»Warum?«

»Zwei Fliegen mit einer Klappe«, sagte Schorsch, jetzt noch leiser als vorher. »Der Oberländer sollte auch eliminiert werden. Nicht mit Gift, dafür mithilfe der Toten in seinem Zelt. Also: Skandal und das Ende auf der Wiesn. Bis in alle Ewigkeit. Das wäre Marens gelungene Rache an den ganzen Oberländer-Demütigungen gewesen.«

»Und deine Aufgabe bei diesem Mordspiel?«

»Ich sollte dafür sorgen, dass die Leichen nicht aus dem Zelt weggeschafft, sondern am Morgen von den Gästen unterm Tisch gefunden werden. Ging natürlich nicht. Weil, als Sicherheitsdienst bist du nicht allein. Die Kollegen haben natürlich gesehen, dass die zwei Alten und die im Rollstuhl keinen

Mucksex mehr getan haben, auch nicht, wenn man ihnen Wasser über den Kopf geschüttet und Ohrfeigen gegeben hat. Haben sie den Oberländer geholt. Der hat natürlich sofort gemerkt, was Sache ist. Der hat sein Zelt schon zugesperrt gesehen und die Überschriften in den Zeitungen. Das ist das Ende, hat der gedacht, für immer von der Wiesn verbannt. Also mussten die Toten eben doch weggeschafft werden. Zuerst ins Kühlhaus. Dann in der folgenden Nacht im Müllsack in den Englischen Garten und in die Bavaria. Der andere Tote einen Tag später dann nur noch hinter die Klowagen.«

»Und was hat dich daran gestört? Die Toten ja wohl kaum«, forderte Plotek weiter den Schorsch heraus. Der ließ sich aber nicht mehr provozieren. Der ging jetzt jedem Streit aus dem Weg. So wie Plotek normalerweise.

»Was mich gestört hat«, fuhr Schorsch unbeirrt fort, »war, dass das nicht abgemacht war. Sie haben mich erst eingeweiht, nachdem der Erste schon tot war.«

Ich werd verrückt, dachte Plotek, der fühlt sich tatsächlich übergangen. Also, nichts als Eitelkeit, gekränkter Stolz und das alles.

»Kein vollwertiges Mitglied von GLÜEN also – Handlanger, Wasserträger.«

Schorsch nickte.

»Außerdem wollten sie die Kohle selbst behalten.«

Für den Z3, fiel Plotek jetzt ein. Zuerst der von Konny. Dann der von Maren. Und weil er schon mal bei den Autos angekommen war, fiel ihm auch noch der Schorsch an Marens Lippen im Z3 wieder ein.

»Ich hab dich gesehen, im Z3 von der Maren«, sagte er.

Aber Schorsch war wie gesagt nicht mehr empfänglich für Ploteks Spitzen.

»Ich bin natürlich dahinter gekommen. Maren ein Z3, Konny ein Z3. Ist mir natürlich aufgefallen, dass die ihr eigenes Süppchen kochen. Hab ich auch der Maren gesagt. Die hat alles abgestritten.«

»Und deswegen hat sie dich geküsst!«

»Sie hat mich um den Finger gewickelt. Sie hat gewusst, dass ich scharf auf sie bin. War auch nicht schwer zu erkennen. Also hat sie mir den Kopf verdreht. Sie hat was von Liebe erzählt, wie toll ich sei und dass sie auch scharf auf mich sei. Konny ist doch noch ein Kind, hat sie gesagt, gar kein richtiger Mann. Außerdem ein Trottel, der gern den Chef spielt. Sie hat gesagt, sie würde sich von ihm trennen. Und dann mit mir zusammen sein. Ich hab ihr natürlich zuerst nicht geglaubt. Als sie dann aber mit mir geschlafen hat, hab ich es nicht mehr in Zweifel gezogen.«

Schorsch rutschte jetzt ein wenig vom Sitz und lag halb auf dem Boden in der Riesenradgondel. Plotek beugte sich zu ihm hinunter. Dann nahm er das Messer und ließ es aus der Gondel fallen. Das Riesenrad drehte sich noch immer. Plotek war es mittlerweile so schlecht, dass er jeden Moment erwartete, sich übergeben zu müssen.

»Ich hab Konny gestern Abend nach der Schicht zur Rede gestellt. Ich dachte, Maren kann es vielleicht nicht, mach ich es eben, von Mann zu Mann. Hat er mich nur ausgelacht. Hat er gesagt, was für ein Idiot ich sei und dass ich überhaupt nichts schnallen würde. Hat er gesagt, dass sie sich lustig machen würden über mich, er und Maren. Der blufft, hab ich gedacht. ›Ich hab mit ihr geschlafen!‹, hab ich zu ihm gesagt. Aber er hat nur noch hässlicher gelacht und gesagt: ›Du meinst wohl, sie mit dir!‹ Er hat das alles gewusst. Sie haben das zusammen durchgezogen. Ich hab ihn gepackt und geohrfeigt. Er hat nach einem Maßkrug gegriffen und wollte auf mich einschlagen. Ich hab ihn abgewehrt. Der Maßkrug ist auf seinem Schädel gelandet.

»Tot?«, fragte Plotek.

»Tot!«

»Und warum der Ochsenspieß?«

»Aus Liebe.«

»Blödsinn.«

»Aus Liebe zu Maren. Ich hab sie geliebt.«

Komisch, Vergangenheitsform, dachte Plotek. Entweder er liebt sie jetzt nicht mehr oder... Weiter konnte er nicht denken, weil Schorsch jetzt so leise redete, dass er seine ganze Aufmerksamkeit brauchte.

»Das ist jetzt das Ende für den Oberländer und sein Zelt. Der gebratene Konny kann schlecht in den Englischen Garten gelegt werden.«

Jetzt schmunzelte Schorsch sogar ein wenig.

»Maren wird sich freuen, einerseits. Andererseits nicht. Aber womöglich erlebt sie es gar nicht mehr.«

»Was?«

»Maren isst gern Pralinen. *Seidl*-Pralinen aus Pasing. Ich hab ihr immer welche geschenkt. Gestern Nacht auch noch. Da war Konny schon tot. Das werden ihre letzten sein.«

Jetzt nahm Schorsch ein kleines Fläschchen aus der Brusttasche und hielt es hoch. »Das hab ich in Konnys Hose gefunden.«

Scheiße, dachte Plotek. Kotzübel war ihm jetzt. Das Riesenrad drehte sich noch immer und mittlerweile schon unendliche Male. Immer wieder tauchte die Frauenkirche auf. Immer ein bisschen heller. Weil die Sonne aus Amerika wieder da war. Jetzt nicht nachlassen, dachte Plotek, den Schorsch nicht zum Denken kommen lassen. Fragen stellen, immer weiter bohren.

»Und Thea?«

»Welche Thea?«

Schorsch war gar nicht mehr richtig da.

»Die Bedienung aus Estland.«

»Keine Ahnung.«

Schorsch nahm wieder einen Schluck aus der Speziflasche. Plotek war heiß, sein Mund war ganz trocken.

»Darf ich auch mal?«, fragte er und zeigte auf die Flasche.

»Das wäre dein letzter Schluck«, sagte Schorsch und lächelte.

Schorsch reichte ihm die Flasche.

»Überleg's dir!«

Plotek musste es sich gar nicht mehr überlegen, weil er plötzlich gar keinen Durst mehr hatte.

»Sehr vernünftig«, sagte Schorsch und nahm einen letzten, kräftigen Schluck. Dann rutschte er ganz auf den Boden.

»Apropos Vernunft, noch eine Frage, Schorsch, nicht einschlafen, hallo!«, schrie Plotek jetzt auf Schorsch ein. Dann verpasste er ihm links und rechts eine Ohrfeige. Und noch mal eine. Schlug Schorsch tatsächlich noch mal die Augen auf.

»Der Oberländer, warum hat der Oberländer überhaupt die Genehmigung für die Wiesn bekommen?«

Schorsch lächelte. Und Plotek war klar: Der weiß es. Muss er es nur noch sagen. Da fielen ihm die Augen schon wieder zu. Verpasste Plotek ihm noch eine Ohrfeige. Schorsch schlug noch mal die Augen auf und murmelte: »Erpressung.« Ganz leise, so dass Plotek das Ohr an seinen Mund halten musste. Dann wieder Augen zu, Ohrfeige und: »Brauereien.«

Augen zu, Ohrfeige: »Preu-Aid.«

Ohrfeige.

»Reinheitsgebot.«

Ohrfeige.

Nur noch Substantive kamen aus Schorsch heraus. Eine Ohrfeige, ein Substantiv. Plotek musste aus dem Schorsch quasi die Wahrheit herausprügeln.

Ohrfeige.

»Wasser.«

Ohrfeige.

»Malz.«

Ohrfeige.

»Hopfen.«

Ohrfeige.

»Zusatzstoffe.«

Ohrfeige.

»Panscherei.«

Ohrfeige.

Nichts mehr.

Noch mal Ohrfeige.

Ohrfeige, Ohrfeige.

Die Augen blieben zu.

»Scheiße!«

Schorsch war tot, und Plotek tat die Hand weh.

Die Uhr der Frauenkirche schlug jetzt zwei Mal. Es war halb sieben. Plotek saß neben dem toten Schorsch in der Gondel und fuhr noch immer im Kreis, rauf und runter. Irgendjemand wird das Riesenrad schon sehen und sich wundern, dass es sich um halb sieben in der Früh schon dreht, hoffte Plotek. Aber vergiss es! Die wenigen Menschen, die sich jetzt am vorletzten Tag in der Früh auf der Wiesn befanden, waren entweder mit sich selbst und ihrer Arbeit beschäftigt oder so ignorant, dass ihnen ein Riesenrad völlig egal war. Ob es sich nun drehte oder nicht. Scheiße, dachte Plotek, ich könnte schreien. Aber vergiss es! Als er gerade ansetzen wollte, klingelte es. In der Brusttasche von Schorsch. Ging Plotek natürlich dran.

»Ja?«

»Du Saukerl, du Wichser, du Drecksau, du Arschloch!«, schwappte eine Schimpftirade aus dem Handy.

Das war Maren. Zuerst laut und kräftig, dann immer schwächer, immer leiser. Zuletzt gar nicht mehr. Auf jeden Fall hörte Plotek nichts mehr. Nur noch ein Piepen. Das gibt's doch nicht, dachte Plotek. Gab es schon. Der Akku war leer!

Konnte er also auch keine Hilfe herbeitelefonieren. Musste er dann auch gar nicht mehr. Als er nämlich aus der Gondel nach unten schaute, lief gerade jemand in Richtung Oberländer-Zelt, den er kannte. Also beugte er sich aus der Gondel und schrie, was die Stimme hergab.

»AAAAGNEEES!!!«

13

Das Riesenrad wurde angehalten. In Ploteks Kopf drehte sich aber noch immer alles. Die Welt war in seinen Augen jetzt ein Kreisel. Sein Magen eine gärende, rebellische Grube aus halb Gegorenem. Sein Mund eine Sprinkleranlage für Kotze. Soll heißen, es war so weit. Als Plotek gerade aus der Gondel steigen wollte, gestützt von einem Polizisten, musste er sich übergeben. Er spie dem Beamten auf die Uniformjacke. Der schrie: »Du Sau!«, und war gar nicht begeistert. Seine Kollegen auch nicht.

Dann wieder Überraschung. Oder Missverständnis, je nachdem. Die Polizisten sahen also Plotek in der Gondel stehen und daneben einen Toten liegen. Fingen sie natürlich an zu denken. Und wenn Polizisten anfangen zu denken, kommt oft etwas anderes heraus, als drinnen ist. Nahmen sie Plotek einfach fest. Der Grund war Plotek in dem Moment nicht klar. Vielleicht weil er jetzt dem Beamten über die Uniformjacke gespien hatte oder weil die glaubten, er hätte den Schorsch auf dem Gewissen oder Konny oder beide, keine Ahnung. Auf jeden Fall wurde Plotek zuerst mal in die Ettstraße, ins Polizeipräsidium abtransportiert. Und da glaubte ihm zuerst auch niemand. Vielmehr hörte ihm gar niemand zu.

»Das ist ein Missverständnis«, wiederholte Plotek auf der Fahrt ins Polizeipräsidium ständig. »Ich bin nicht der Mörder!«

»Das sagen sie alle«, sagten die Kriminaler. Und dann: »Halt endlich dein Maul!«

Machte Plotek dann auch. Blieb ihm auch nichts anderes übrig. Gar nichts konnte er mehr sagen, weil ihm niemand mehr zuhörte. Verhört wurde er auch erst viel später.

Zuerst steckten die Kriminaler ihn in eine Zelle. Gürtel, Schnürsenkel und alles, womit man sich sonst in der Regel ans Zellengitter hängt, wurden ihm abgenommen. Die wussten schon, warum. Dunkel, kühl und unbehaglich war es da zwischen den nackten grauen Wänden. Zwei unwirtliche Stockbetten, ein Klo und ein Waschbecken, mehr war da nicht. Wer da keine Depressionen bekommt, kriegt sie nirgends mehr. Kaum dachte Plotek daran, hat er sie schon gehabt. Grau wurde es in ihm, düster und schwer. Er musste an Genua denken, an den G8-Gipfel, als Globalisierungsgegner für Tage oder sogar Wochen hinter Gittern verschwanden und niemand wusste, wo sie waren. Wenn da niemand ist, der nach einem sucht, verschwindet man, ohne dass es jemand merkt, orakelte Plotek. Und dann musste er an Agnes denken. Sie war die Einzige, die ihn vielleicht vermissen würde. Und sie war auch die Einzige, die alles daransetzen würde, um ihn aus dieser verhängnisvollen Lage zu befreien. Für Agnes muss es doch Mittel und Wege geben, bei 30 Jahren journalistischer Erfahrung. Bis zum Oberbürgermeister und Polizeipräsidenten würde Agnes sicher nichts unversucht lassen. Diese kleine Zuversicht konnte Plotek aber das Dunkle im Kopf auch nicht vertreiben.

Die Kopfschmerzen meldeten sich jetzt wieder zurück. Und durch den Schlafentzug auch Glieder- und Rückenschmerzen. Wie ein Wrack saß er auf dem unteren Stockbett und starrte vor sich hin. Über ihm raschelte es. Plotek war nicht allein in der Zelle. Ein Gefangener in einem der oberen Stockbetten machte sich jetzt bemerkbar. Auch er schien nicht unbedingt eine Stimmungskanone zu sein. Kein Wunder, der starrte schon mehrere Tage und Nächte gegen die Decke und wünschte sich einen Schnürsenkel herbei. Irgendwie war der Mitgefangene jetzt erleichtert, nicht mehr nur mit sich selber sprechen zu müssen. Wobei Plotek jetzt natürlich auch keine Plaudertasche war. Aber egal.

»Richard«, sagte der Mann von oben herunter.

»Plotek«, sagte Plotek hinauf und dachte: Die Stimme kommt mir doch irgendwie bekannt vor.

»Scheiße, alles hier«, kam es wieder von oben.

Das ist doch der ...

Der Mann beugte sich nach unten und sagte: »Ich werd verrückt!«

Der Bierfahrer aus dem *Froh und Munter*, der Plotek an den Dichter Gottfried Benn erinnert hat.

»Was machst du denn hier?«, fragte Richard.

Das hätte Plotek auch gerne gewusst.

»Blöde Geschichte«, sagte Plotek und hatte gar keine Lust, dem Bierfahrer alles zu erzählen. Der Bierfahrer hatte auch keine Lust, Plotek zuzuhören. Viel größere Lust hatte er, selbst zu erzählen. Tat er dann auch.

»Mir ist was Saublödes passiert«, sagte der Bierfahrer. »Ich hab eine Tote gefunden, und jetzt glauben die Idioten hier, dass ich der Mörder bin.«

Das soll vorkommen, dachte Plotek und fragte: »Wo?«

»Du wirst mir das nicht glauben, aber es stimmt. Ich bin nach der Wiesn mit meiner Braut, na ja, Braut ist vielleicht ein bisschen übertrieben, mit einem steilen Zahn eben, aus Australien, hab ich da beim Schottenhamel kennen gelernt, bin ich also nach der Wiesn mit der noch ein wenig Arm in Arm und schon ziemlich knülle herumgelaufen, zuerst zum ehemaligen Messegelände hoch, dann hinunter zur Ruhmeshalle und ...«

»... da lag die Alte dann tot in der Bavaria«, sagte Plotek.

Jetzt verschlug es Richard die Sprache. Lange sagte er nichts mehr, dann: »Ich werd verrückt!« Und dann: »Das ist doch alles Wahnsinn!«

»Stimmt«, erwiderte Plotek. »Aber helfen tut uns das jetzt auch nicht!«

Am Mittag wurde Plotek dann in Handschellen in ein Büro geführt. Da musste er sich auf einen Stuhl setzen. Am Tisch saß ein dicker Kommissar, der aussah, als ob er auf ihn gewartet hätte. Halbglatze und Schnauzbart. Daneben stand ein anderer Kommissar. Der war nicht ganz so dick, halb so alt und hatte dichtes schwarzes Haar. Beide waren mit Strickwesten und Cordhosen bekleidet.

»Das ist Kommissar Bohl«, sagte der dicke Kommissar und zeigte auf den dünnen. »Und mein Name ist Behringer. Hauptkommissar Behringer. Sie wissen, was das bedeutet?«

Plotek schüttelte den Kopf.

»Dann sage ich es Ihnen. Sie werden verdächtigt, den zweiundvierzigjährigen Georg Stramm kaltblütig umgebracht zu haben«, sagte Kommissar Behringer.

»Darüber hinaus wird Ihnen auch der Tod des erst einundzwanzigjährigen Konrad Purucker zur Last gelegt«, ergänzte Kommissar Bohl.

»Blödsinn!«

»Sie reden, wenn wir es erlauben!«, schrie Behringer Plotek jetzt an.

Ganz giftig klang das, so als ob er schon verurteilt worden wäre. Bohl ließ daran ebenfalls keinen Zweifel und sagte: »Das macht lebenslänglich, Herr Plotek.«

Dann taxierten die beiden Plotek und erwarteten eine Reaktion. Aber da kam nichts. Gar nichts. Plotek schaute ins Leere. Dann legte Hauptkommissar Behringer nach.

»Das Einzige, was wir uns noch fragen, ist: warum?«

»Das Motiv, Herr Plotek, helfen Sie uns«, sagte Kommissar Bohl. »Wenn Sie sich kooperativ zeigen, ein umfassendes Geständnis ablegen, dann kann sich das durchaus haftmildernd auswirken.«

»Ich hab kein Motiv«, sagte Plotek, ganz ruhig und emotionslos. »Ich hab auch keinen Mord begangen.«

»Ach so, dann hat sich Herr Purucker ganz allein an den Ochsenspieß gehängt«, schrie Behringer wieder.

»Nein.«

»Interessant«, sagte Bohl. »Sie waren es aber nicht.«

»Nein.«

»Wer dann?«, brüllte Behringer wieder.

»Schorsch.«

»Welcher Schorsch?«

»Georg Stramm.«

Kommissar Behringer lachte zuerst, dann schrie er noch lauter, sodass die Speicheltropfen aus seinem Mund direkt in Ploteks Gesicht sprangen. »Willst du mich verarschen? Der Stramm soll den Purucker an den Ochsenspieß gehängt und dann sich selbst umgebracht haben, was?«

»Genau.«

»Blödsinn!«

Behringer ging zum Waschbecken und nahm einen Schluck aus dem Wasserhahn.

»Und warum, bitte schön?«, versuchte es Bohl jetzt sachlich.

»Wegen dem ›Glücklichen Ende‹«, antwortete Plotek.

Die Kommissare waren jetzt sprachlos und kapierten natürlich überhaupt nichts. Plotek versuchte, es ihnen zu erklären. Aber vergiss es! Erklären Sie mal einem toten Hasen ein Bild. Plotek erzählte den Kommissaren dann das, was der Schorsch ihm in der Gondel gebeichtet hatte. Entweder brachte Plotek in der Aufregung einiges chronologisch irgendwie durcheinander oder er war einfach nicht überzeugend genug, keine Ahnung. Auf jeden Fall kapierten die Kommissare noch immer nichts. Dafür tippten sie sich synchron an die Stirn.

Dann sagte Behringer zu Bohl: »Der hat doch nicht mehr alle Tassen im Schrank!«

Bohl nickte und sagte: »Ich fürchte, das ist ein Fall für die Klapse!«

Dann schrien beide: »Abführen!«

Kaum lag Plotek wieder auf seiner Pritsche, wurde er schon wieder zu Behringer und Bohl ins Zimmer transportiert. Entweder was vergessen oder Schikane, dachte Plotek noch. Aber falsch gedacht. Als Plotek wieder im Büro war, gab's dann eine Überraschung. Jetzt sahen die beiden Kommissare nicht mehr ganz so selbstsicher aus wie zuvor. Irgendetwas war während der halben Stunde, die Plotek in der Zelle verbracht hatte, vorgefallen.

»Sind Sie verlobt?«, fragte Behringer jetzt, viel sanfter als vorher.

Nein, nicht mehr, vor vielen Jahren mal, ja, aber das war ein Fehler gewesen, hätte Plotek jetzt sagen können. Ließ es aber. Er nahm sich vor, gar nichts mehr zu sagen. Quasi, ihr könnt mich alle mal. Oder einfach der Plotéksche Dickschädel.

»Ihre Verlobte ist da.«

Die ist im Knast, lebenslänglich, wie soll die jetzt hier sein?, zerbrach sich Plotek den Kopf. Völlig überflüssig. Die Tür ging auf und Agnes stand im Büro. Neben ihr ein untersetzter Mann mit Oberlippenbart und Nickelbrille.

»Da schaust du, was?«, sagte Agnes und lächelte. »Es ging nicht anders. Das ist der Herr Doktor Weidner, Rechtsanwalt.«

Der nickte nur und knöpfte sich gleich die beiden Kommissare vor. Quasi, Spieß umdrehen.

»Meine Herren, ich hoffe, Sie haben gute Karten in der Hand, zumindest bessere als ich, sonst kommen Sie in eine ganz ekelhafte Erklärungsnot, und Sie wissen ja, was das zur Folge hat: Dienstaufsichtsbeschwerde, Pressekampagne und,

und, und. Der Polizeipräsident kann sich wahrlich keinen weiteren Skandal mehr leisten. Also, darf ich bitten?«

Stotterten die Kriminaler herum: »Dringender Tatverdacht« und »Gefahr im Verzug«, »Fluchtgefahr«, »Eindeutige Sachlage« und so weiter.

»So eindeutig, wie Sie es gerne hätten, ist es aber nicht«, sagte Rechtsanwalt Doktor Weidner ganz souverän und zog jetzt seinerseits die Trümpfe aus der Tasche. Also: *Glückliches Ende*, Internet-Homepage-Auszug, Zeugenaussage Sophie, Zeugenaussage Agnes, Maren-Konny-Schorsch-Connection, die Toten mit dem Lebkuchenherz, die sowjetischen Uhren, das Altenheim und was nicht sonst noch alles.

»Und dass die Leiche aus dem Englischen Garten, die aus der Bavaria und die hinter den Klowagen in irgendeinem Zusammenhang stehen könnten und vielleicht gar nicht auf natürlichem Wege, wie von Ihnen angenommen, aus dieser Welt geschieden sind, das ist an Ihnen offenbar spurlos vorbeigegangen. Meine Herren, das zeugt nicht gerade von einem Ermittlungsgespür erster Güte. Ich möchte sogar sagen, da tun sich eklatante Ermittlungsdefizite auf. Der Polizeipräsident und vor allem die Öffentlichkeit werden das gar nicht gerne hören. Nicht wahr, Frau Doktor Behrendt?«

Agnes nickte.

»Ach so, verzeihen Sie,« ergänzte Doktor Weidner und zeigte auf Agnes. »Ich habe Ihnen die Frau Doktor Behrendt noch gar nicht vorgestellt. Frau Doktor Behrendt ist leitende Chefredakteurin beim Bayerischen Rundfunk, mit den besten Beziehungen zu allen öffentlich-rechtlichen Sendeanstalten. Darüber hinaus natürlich auch zu allen Printmedien, Fernsehanstalten, et cetera. Sie wissen hoffentlich, was das bedeutet.«

Zaghaftes Nicken der Kommissare. Da wurde es plötzlich eng für die Herren Behringer und Bohl. Als Außenstehender hätte man jetzt fast den Eindruck gewinnen können, die Kriminaler hätten Konny, Schorsch und die Alten auf dem Gewissen.

»So, und jetzt nehmen Sie schleunigst meinem Mandanten diese lächerlichen Handschellen ab.«

Das hat der Anwalt nicht einmal ausgesprochen gehabt, waren die Hände schon frei.

»Ich nehme nicht ernsthaft an, dass Sie mich daran hindern wollen, meinen Mandanten aus Ihrer schon viel zu lange währenden Obhut zu befreien.«

Wie versteinert standen die Kommissare Behringer und Bohl jetzt an der Wand, die Gesichter im selben Beigeweiß, und beobachteten, wie der Rechtsanwalt Doktor Weidner zur Tür ging.

»Gehen wir«, sagte der Anwalt und meinte Agnes und Plotek.

Plotek stand auf und folgte Agnes zur Tür.

Der Anwalt sagte noch: »Ach so, beinahe hätte ich es vergessen. Das wird natürlich ein Nachspiel haben, das versteht sich von selbst.«

Dann zu Plotek: »Herr Plotek, ich nehme mal an, Sie haben den beiden Herren schon ausführlich darüber berichtet, was Sie in dieser Angelegenheit wissen.«

Plotek nickte.

»Wenn Sie gut aufgepasst haben, können Sie das dann ja aus dem Gedächtnis zu Protokoll bringen. Zum Zeitpunkt der Vernehmung hielten Sie es ja offenbar nicht für nötig.«

Der Mann ist nicht nur Anwalt, sondern auch Hellseher, dachte Plotek.

»Ach ja, noch was ... Herr Plotek, eine letzte Chance für unseren Freund und Helfer. Geben Sie den Herren noch einen Tipp.«

Plotek musste erst ein wenig nachdenken, was der Rechtsanwalt damit wohl gemeint haben könnte. Dann fiel es ihm ein.

»Schauen Sie doch mal bei Maren Oberländer, Halbschwester des Zelt- und Brauereiwirts Oberländer, nach. Die müsste nach den Angaben von Schorsch von ihm vergiftet in ihrer Wohnung liegen«, sagte Plotek.

Welcher Schorsch?, wollten die Kommissare noch fragen. Aber vergiss es!

»Habe die Ehre!«, bellte Rechtsanwalt Doktor Weidner ins Büro und ist vornweg. Agnes und Plotek hinterher.

Die Kommissare kamen dann doch noch selber drauf.

14

Einen Tag später stand das alles schon in den Abendausgaben der Zeitungen. Manchmal dezent, manchmal weniger dezent. An der einen und anderen Stelle auch mal grausam und bis ins Detail beschrieben. In jeder Zeitung stand etwas anderes, sodass man, hätte man sie alle gelesen, ganz verschiedene Varianten von ein und derselben Geschichte serviert bekommen hätte. Aber wer liest schon alles, geht ja gar nicht. Da wird man ja blöd, wenn man mit so viel Müll abgefüllt wird. Das meiste von dem, was in diesen Zeitungen steht, braucht man weder zu lesen noch zu wissen. Vollkommen überflüssig! Offenbar brauchen das aber die Menschen. Sonst wäre es wohl nicht dringestanden. Oder umgekehrt, keine Ahnung. Auf jeden Fall haben *AZ, TZ, Merkur, Bild*, und *SZ* darüber berichtet. Sogar auf den Titelseiten. Das Aufmacherthema immer das *Glückliche Ende*. Es gab auch viele Bilder zu sehen. Vom Oberländer-Zelt mit dem Ochsenspieß, allerdings ohne Konny. Vom Oberländer selbst, von Maren, Schorsch und Konny. Auch Konnys Z3 war abgebildet.

Neben den Oktoberfest-Morden, den Opfern und Tätern fand man auch schwere Vorwürfe gegen die Kriminaler in den Zeitungen. »Eklatante Versäumnisse in der Ermittlungsarbeit« wurden festgestellt, sodass der Polizeipräsident mal wieder »schonungslose interne Untersuchungen« ankündigte: »Bei Verstößen werden wir selbstverständlich die entsprechenden

Konsequenzen ziehen.« Das heißt dann in der Regel: Versetzung in den Vorruhestand oder an eine andere Stelle.

Rechtsanwalt Doktor Weidner wollte den Kriminalern aber noch einen Denkzettel verpassen: Er verklagte die Kriminalpolizei auf Schadenersatz.

»Das ist doch chancenlos«, sagte Agnes.

»Na und, dadurch hat die Exekutive aber ordentlich Dreck zu schlucken und die Sache bleibt länger in den Medien«, sagte Doktor Weidner. »Unangenehm für die. Sehr unangenehm.«

Plotek war es egal. Hauptsache, er selbst war nicht in der Zeitung. Nicht mit Bild, auch nicht mit vollem Namen, nur Paul P. stand da. Der Journaille war das natürlich zu wenig. Die bedrängte ihn. Jeder wollte ein Interview, alle wollten sie eine Story mit ihm, über ihn, über alles machen. Auch Summen wurden geboten. Nicht nur von der regionalen Presse. Nein, auch Fernsehsender meldeten sich. Talkshowangebote, Home-Storys und Portrait-Features. Auch von ganz renommierten Adressen. Fünfstellige Summen wurden genannt. Aber Plotek blieb stur. Wenn er nicht will, dann kann auch Geld nichts bewirken. Da hätten die ihm einen Laster voll nagelneuer Euroscheine vors Haus fahren können – vergiss es. Plotek hatte kein Interesse an dieser Art von Publicity. Das wollten diese Medienvertreter aber gar nicht verstehen. Außer Agnes. Die schirmte Plotek dann ab vor den Kollegen. Die wusste theoretisch schon, wie man das macht. Praktisch auch. Zog Plotek nach der Wiesn für ein paar Tage zu ihr.

Über Plotek stand also nichts Näheres in den Zeitungen. Dafür umso mehr über den Herrn Oberländer. Und von ihm.

»Schleierhaft ist mir das alles«, wurde er zitiert und: »Der Mensch ist doch ein Abgrund.« Für Konny hätte er die Hand ins Feuer gelegt, für den Schorsch auch. »So kann man sich täuschen!« Er hoffe, dass die Stadt die ganze Angelegenheit um die Morde und das alles jetzt nicht gegen ihn verwenden werde.

»Ich habe damit nichts zu tun«, sagte der Herr Oberländer. Und mit seiner Halbschwester schon gar nicht. Für ihn sei die noch nie integer gewesen. Deshalb habe er sie ja auch aus dem Haus gewiesen.

Dann kam eine Schimpftirade auf die verstorbene Maren. Von Pietät hatte der Herr Oberländer scheinbar noch nichts gehört.

Es gab noch Wortmeldungen vom Oberbürgermeister, der Oktoberfestleitung, von einzelnen Stadträten und Prominenten. Alle waren natürlich entsetzt, betroffen und stärkten schlussendlich dem Herrn Oberländer den Rücken. Was zur Folge hatte, dass der Herr Oberländer auch fürs nächste Jahr die Wiesn-Zusage bereits in der Tasche hatte. Mehr noch: Am letzten Tag der Wiesn war das Oberländer-Zelt dann die absolute Oktoberfest-Attraktion. Jeder wollte einen Blick auf das Zelt werfen. Jeder wollte eine letzte Maß an den Tischen trinken, an denen die Alten ihren vergifteten Kartoffelsalat verspeist hatten. Bis nach Australien, nach Japan und Amerika sprach es sich herum, dass das Oberländer-Zelt was ganz Besonderes ist, dass da »ein Hauch von Exotik in der Luft liegt«. Na ja, zweifelhafte Exotik. Aber das war Plotek alles egal.

Abends trank Plotek mit Agnes dann wieder Weißbier. Sophie kam kurz vorbei. Als sie aber Agnes in schwarzer Unterwäsche und Spitzen-BH auf Ploteks Sofa sitzen sah, sagte sie: »Ich will nicht stören!« und ging gleich wieder.

Agnes blieb dafür wieder die ganze Nacht. Und nóch ein anderer ist gekommen. Als Plotek kurz aufs Klo ist und gleich wieder zurückkam, lag Fritz in Agnes Schoß.

»Wo kommt der denn her?«, fragte Plotek.

»Das wollte ich dich auch gerade fragen.«

Da wird Frau Wammerling sich aber freuen, dachte Plotek. So, wie der aussah, musste man das allerdings bezweifeln. Als ob er 16 Tage lang auf der Wiesn beim Oberländer im Zelt gearbeitet hätte. Die Haare standen in alle Richtungen ab, dreckig war er, abgemagert und gestunken hat er. Über dem rechten Ohr hatte er eine verschorfte Wunde. Und die Pfoten waren voller Farbspritzer.

»Mit dem geh ich morgen erst mal zum Tierarzt«, sagte Plotek.

Nicht so sehr wegen Fritz, sondern wegen den Krankheitserregern. Als Krankheitsüberträger sind Katzen nicht zu unterschätzen.

»Und wir gehen jetzt ins Bett«, sagte Agnes.

Plotek nickte und Fritz maunzte.

»Was haben Sie zu Ihrer Verteidigung vorzubringen?«

»Ich weiß nicht, was Sie meinen.«

»Sie streiten also ab, dass sie Jossif Wissarionowitsch Dschugaschwili sind?«

»Wer?«

»Stalin!«

»Ich?«

»Natürlich, wer denn sonst?«

»Aber ich ... ich bin doch bloß der Plotek!«

»Wer?«

»Der Paul Plotek aus München, Neuhausen, Stadtviertel von München.«

»So, so, und da leben Sie also unbekümmert vor sich hin und scheren sich einen Dreck um nichts und niemanden. Sogar Stalin geht Ihnen am Arsch vorbei.«

»Na ja, eigentlich schon, ja!«

»Blödsinn!«

»Sie sind Jossif Wissarionowitsch Dschugaschwili, genannt Stalin, und in Ihrem Auftrag wurde unser aller Führer Wladimir Iljitsch, genannt Lenin, einbalsamiert und in diesem geistlosen Mausoleum der Lächerlichkeit und dem Voyeurismus preisgegeben.

»Ich?«

»Ja, Sie!«

»Nein, das muss ein Irrtum sein. Im Gegenteil, ich selbst war doch mal dieser Lenin, im Mausoleum, zwar nur im Traum, aber trotzdem.«

»Was?«

»Also, nur im Traum ...«

»Du behauptest unser Genosse Wladimir Iljitsch Lenin gewesen zu sein?«

»Nein, ich habe nur gesagt, ich war ...«

»Schnauze!«

»Ich ...«

»Schnauze! Du bist also nicht Stalin, sondern Lenin?«

»Nein.«

»Also, doch Stalin!«

»Nein.«

»Na, was jetzt?«

»Im Traum war ich der tote Lenin, aber im Leben noch nie Stalin.«

»Ich würde sagen, du wirst nie, nicht einmal im Traum, Lenin sein, dafür aber in Kürze der tote Stalin.«

»Was? Aber warum?«

»Weil diese Kugel hier durch deine Stirn in dich eindringen und zwischen deinen Innereien ein Gemetzel anrichten wird.«

»Bitte nicht, nein!«

»Ich zähle bis null, dann ist es aus mit dir!«

»Nein!«

»Zehn, neun, acht, sieben, sechs, fünf, vier, drei, zwei, eins ...«

»Neeeiiin!!!«

»Warum schreist du so?«, fragte Agnes.

»Glück gehabt«, stellte Plotek erleichtert fest, als er die nackte Agnes in seinem Bett sah.

»Was ist denn?«

»Schlechter Traum«, sagte Plotek und dachte, diese Scheißrussen. Seit dem Toten hinter den Hendl-Kartons, der wie Lenin ausgesehen hatte, verging keine Nacht, in der Plotek nicht von irgendeinem Russen träumte. Dabei war er wahlweise Lenin, Trotzki, Berija, Jagoda, Breschnew, Chruschtschow. Tot oder lebendig. Sogar Gorbatschow war er mal, für einen halben Traum lang, auch Iwan der Schreckliche aus dem Sergej-Eisenstein-Film. Und jetzt Stalin. Danach wachte er jedes Mal schweißgebadet auf und fühlte sich schrecklich. Jetzt auch. Der Kopf schmerzte wieder und der Körper fühlte sich an wie nach tagelanger Folter. Jetzt wusste Plotek natürlich nicht genau, wie sich Folter anfühlte – aber in seiner Vorstellung hinterließ die genau solche Schmerzen.

Mit dem Schlaf war es jetzt natürlich auch wieder vorbei. Draußen ging gerade die Sonne auf und drinnen roch es nach kaltem Rauch. Plotek stieg aus dem Bett. Dafür kuschelte sich hinter seinem Rücken Fritz zu Agnes.

Plotek zog sich an, setzte sich aufs Sofa und dachte nach. Aber Vorsicht, das sollte man nicht tun. Da wird man dann durchlässig, empfindsam, feinnervig. Im Prinzip ja nichts Schlechtes. Hin und wieder ist das aber eine Katastrophe. Da kommen dann Gedanken hoch, die man schon lange erfolgreich verdrängt geglaubt hatte. Bei Plotek waren das vor allem Kindheitserinnerungen. Familienleben auf der Schwäbischen Alb, Lauterbach, Vater, Mutter, Bruder, die Landwirtschaft.

All das Unleidliche, das Belastende tauchte da wieder auf und hinterließ einen fahlen Geschmack bei Plotek. Die Glocken der St.-Anna-Kirche läuteten jetzt die Zeit an und Plotek musste sofort an die Kirche in Lauterbach denken. Wie ein Dia schob sich das Bild von der Lauterbacher Barockkirche in seinen Schädel. Das wäre ja nicht weiter schlimm gewesen, hätte man denken können, wenn es bei der Kirche geblieben wäre. Ist es aber nicht. *Eine Schwalbe macht noch keinen Sommer.* Wieder so ein blödes Sprichwort. Tauchten eben ganze Schwärme auf und brachten Plotek wieder zum Schwitzen. Ein Bild nach dem anderen folgte der Barockkirche. Quasi Diavortrag. Plotek bei der Kartoffelernte. Plotek beim Schweineschlachten. Plotek als Ministrant.

Das ist auch wieder so etwas. Zwischen dem fünften und zehnten Lebensjahr hat Plotek das Ministrantengewand getragen, den Messwein serviert, die Schellen bei der Verwandlung geschüttelt und dem Geistlichen seinen Voyeurismus befriedigt. Daher Ploteks Problem mit der Sauna, dem Schwimmbad und dem Sonnenbaden – psychologisch jetzt. Wenn dir als Bube ständig ein Geistlicher auf den Arsch starrt, dann ist dir im Erwachsenenalter jeder Blick unangenehm. Konkret war das in der Sakristei der Barockkirche in Lauterbach. Der Bube war Plotek, der Geistliche der Hochwürden Thanwälder. Der schaute den Ministranten beim Umziehen ganz genau zu. *Da* stimmte etwas nicht, *da* saß die Krause nicht richtig, *da* war eine Kordel locker, *da* war die Kutte nicht richtig geknöpft – ständig musste korrigiert werden. Oft musste alles noch einmal aus- und wieder angezogen werden. War eben penibel, der Hochwürden Thanwälder, hätte man denken können. Nein, pervers war er, der Pfarrer. Dem ging es nicht um die Kutten, dem ging's um die Buben. Manchmal half er den Ministranten auch in die Kutten und legte die dicken Hände mit an. Im Prinzip nichts Verwerfliches, wenn er die Pratzen von den Bubenärschen gelassen hätte. Aber vergiss es!

Plotek steckte sich jetzt eine Zigarette an und spürte schon wieder die Lunge oder vielmehr einen Druck auf der Brust. Wäre auch mal wieder eine Röntgenaufnahme zu machen, dachte Plotek, und schon war er wieder durchlässig und dünnhäutig. Nicht nur für den Schmerz in der Brust, nein, jetzt auch für Thea. Plotek war jetzt ganz mit den Gedanken in Estland, Tallinn, bei Thea. Na ja, ob Thea jetzt überhaupt in Estland ist, das ist eine andere Frage, dachte Plotek. Dann überlegte er, ob er vielleicht doch noch den Kriminalern von ihrem überraschenden Verschwinden erzählen sollte. Natürlich machte er sich auch ein paar Vorwürfe, quasi Gewissensbisse und alles, dass er das nicht schon längst getan hatte. Aber mit den Kriminalern ist es wie mit diesen Bullterriern. Der Besitzer sagt: »Der ist ganz lieb!«, und wenn man ihn streicheln möchte, beißt er einem in die Wade. Da macht man dann natürlich lieber einen großen Bogen drum herum. Plotek auch.

Jetzt geh ich erst mal zum Tierarzt, dachte Plotek, dann sieht man weiter. Fand er Fritz natürlich nicht. Wie auch, der lag ja bei Agnes unter der Decke. Schon wieder verschwunden, dachte Plotek. Gesucht hat er trotzdem. Gefunden hat er ihn nicht. Erst als Agnes dann aufstand, war Fritz auch da. Dann rein in die alte *Adidas*-Umhängetasche und ab zum Tierarzt.

Irgendwie kam Plotek sich blöd vor, wie er da mit dem Fritz in der *Adidas*-Umhängetasche in der U-Bahn zum Tierarzt fuhr. Bestätigt wurde er durch die Reaktion der anderen Fahrgäste. Manche lächelten mitleidsvoll, andere schüttelten ungläubig den Kopf. Einer zeigte ihm sogar einen Vogel. Der dachte wohl: Schau dir diesen Deppen an! Bestimmt ein Künstler, missbraucht die arme Katze für sein krankes Hirn. Plotek versuchte Fritz in die Tasche zu drücken. Aber vergiss es. Fritz wollte auch was von der Welt sehen. Oder vom Münchner Untergrund. Streckte er also am Reißverschluss vorbei den Kopf aus der Tasche und guckte heraus. Das sahen die Tierschützer wiederum nicht gern. Katzen in Taschen sind wie Hühner in Legebatterien, muss sich eine Frau gedacht haben, sonst hätte sie Plotek im Vorübergehen bestimmt nicht »Halsabschneider!« zugebellt. Plotek war natürlich froh, als er endlich bei der Tierarztpraxis ankam. Und da gab es dann wieder eine Überraschung. Die Tierärztin untersuchte Fritz. Sie versorgte die Wunde über dem Auge und fragte dann: »Wie lange war denn der Fritz verschwunden?«

»Fast zwei Wochen«, sagte Plotek.

Wieder machte sich das schlechte Gewissen bemerkbar.

»Und dann war er plötzlich wieder da?«

»Ja.«

»Und Sie wissen nicht, wo er gewesen ist und was er gemacht hat?«

»Nein.«

»Tja, ich könnte es Ihnen sagen«, druckste die Tierärztin herum.

»Ja?«

»Soll ich?«

»Ja!«

»Ihr Fritz hat sich ordentlich durchvögeln lassen.«

Plotek erschrak, dann wurde er rot. Er dachte: Für eine Tierärztin ist das eine ungewöhnliche Ausdrucksweise. Und dann: für Fritz ein ungewöhnliches Verhalten. Frau Wammerling erzählte Plotek immer, dass sich ihr Fritz für nichts anderes interessieren würde als für seinen Schlaf und zweimal am Tag für Kitekat. Da hat sich Frau Wammerling wohl getäuscht. Plotek schaute ungläubig auf Fritz. Der maunzte.

»Die Folge ist«, sagte die Tierärztin, »Ihr Fritz ist schwanger.«

Also doch Katze, dachte Plotek und dann: Ob sich Frau Wammerling darüber freuen wird? Dann bezahlte Plotek die Rechnung für die Untersuchung, packte den schwangeren Fritz wieder in die *Adidas*-Tasche und machte sich wieder auf den Weg.

»Sollen wir das Frauchen besuchen?«, fragte Plotek Fritz.

Fritz schaute, als ob Plotek nicht mehr alle Tassen im Schrank hätte. Dann maunzte er.

Haben sie also Frau Wammerling dann doch besucht. Die war aber wieder nicht in ihrem Zimmer. Die Bettnachbarin schon. Sie schaute auf den Fernsehapparat und zeigte mit dem Finger auf den Stuhl. Plotek setzte sich und stellte die *Adidas*-Tasche auf die Knie. Dann guckte er auf den Bildschirm. Fritz auch. Wieder Fußball. Dieses Mal WM-Finale '74. Deutschland gegen Holland.

»Glück, alles Glück«, sagte die Alte. »Ein Elfmeter, der keiner war, ein Pokal, der nicht verdient war.«

»Aber immerhin waren das noch Spieler-Typen«, sagte Plotek. »Müller, Breitner, Netzer, Beckenbauer ...«

»Pfui Deibel!«, schrie die Alte. »Das ist das Ärgerlichste überhaupt. Spieler, die früher mal ganz ordentlich waren, sind heute nur noch Kotzbrocken.«

Fritz wurde langsam ungeduldig. Fußball gehörte offenbar nicht zu seiner größten Leidenschaft. Ständig maunzte er und streckte nicht nur den Kopf aus der Tasche, sondern fast den ganzen Katzenkörper.

»Da gibt es doch aber auch den Cruyff«, sagte Plotek.

»Jaaaa, der Cruyff!«, schrie die Alte begeistert. »Der Cruyff, das war einer, ja, das war noch ein richtiger Spieler-Typ. Aber mehr noch! Der war auch noch ein richtiger Trainer-Typ. Der wollte nicht nur den kurzfristigen Erfolg, nicht nur am Samstag gewinnen. Der wollte noch Dribblings, Technik, Rhythmus, Schnelligkeit und schönen Fußball. Und das mit einfachen Mitteln und Regeln. Die Eins, der Torwart, muss den Ball mit den Füßen so sicher beherrschen wie mit den Händen. Die beiden Außenverteidiger Zwei und Fünf markieren die gegnerischen Außenstürmer und stoßen in den Angriff vor, wenn die Mannschaft in Ballbesitz ist. Die Drei hat den Druck des gegnerischen Angriffs aufzufangen. Die Vier hat den Spielmacher des gegnerischen Angriffs zu neutralisieren sowie das Spiel nach vorne anzukurbeln, also für Tempo und Rhythmus zu sorgen. Die zwei Flügelstürmer, Sieben und Elf, rollen die gegnerische Verteidigung von den Flanken her auf. Die Spieler Sechs und Neun müssen den zentralen Angriffsbereich beherrschen – die Neun im Winkel auf die kurze, und die Sechs auf die lange Ecke. Die Spieler Acht und Zehn besetzen die zweite Angriffslinie und kanalisieren das Spiel zu den Flanken hin. So einfach ist das. Schöner Fußball, erfolgreicher Fußball.«

»Siehe Barcelona«, sagte Plotek.

»Eben!«

Jetzt hüpfte Fritz aus der Tasche und versteckte sich unterm Bett.

»Aber heutzutage haben die deutschen Fußball-Technokraten den zerstörerischen Kraftfußball durchgesetzt, der auf Freude verzichtet, die Fantasie verkümmern lässt und den Mut zum Risiko verbietet.«

»Hin und wieder gibt's Ausnahmen.«

»Selten!«

»Die Freiburger Finke-Buben.«

»Ja.«

Dann schwiegen Plotek und die Alte wieder und verfolgten einen Angriff – über Beckenbauer, Overath, Breitner, dann wieder Overath, dann Doppelpass mit Netzer und dann Steilflanke. Abgeschlossen, halb fallend, fast liegend vom Bomber der Nation.

»Aber auch das wird sich ändern«, sagte die Alte dann wieder. »Wie sich alles verändert im Sport, in der Gesellschaft, in der Welt. Leider zum Schlechten. Immer nur zum Schlechten!«

Na ja, so pessimistisch muss man das jetzt auch alles nicht sehen, wollte Plotek sagen. Er hat es aber dann doch nicht gesagt, weil plötzlich die Tür aufging und Fritz einen Abflug machte.

Scheiße, dachte Plotek jetzt. Die Alte schaute das erste Mal vom Bildschirm weg und Plotek an. Er sah ihre Augen. Das waren aber keine Augen, das waren schwarze Löcher. Die ist blind, dachte Plotek, dann an den flüchtenden Fritz und dann an Frau Wammerling. Im Hinausgehen fragte er die Alte noch: »Frau Wammerling ...«

»... ist tot!«

»Was?«, sagte Plotek und dachte, die ist nicht nur blind, die spinnt auch noch.

»Frau Wammerling ist hin.«

»Aber ... wie ... wann ... also ... warum ist die ...«

»Sie ist heute Morgen gestorben.«

»Aber vor ein paar Tagen war Frau Wammerling doch noch quietschfidel.«

»So schnell kann es gehen.«

Scheiße, dachte Plotek schon wieder und suchte Fritz im ganzen Altenheim.

Er fand ihn zuerst nicht. Alle Zimmer durchkämmte er, alle Pfleger machte er närrisch, alle Altenpflegeheimbewohner animierte er zum Suchen. Es ging jetzt im Altenheim zu wie damals im Tempel von Jerusalem, kurz bevor Jesus alle hinausgeschmissen hat. Jeder suchte jetzt den Fritz. Erst an der Pforte wurden sie fündig. Fritz hielt es offenbar nicht allzu lange in einem Altenheim aus und hatte die Flucht ergriffen. Wobei er entweder die Glasschiebetür am Eingang nicht gesehen hatte oder einfach zu schnell für den Lichtschrankenmechanismus gewesen war. Keine Ahnung, auf jeden Fall war er gegen das Glas gerannt und benommen liegen geblieben. Der Pförtner hatte ihn vom Boden aufgekratzt und ihn zu sich ins Pförtnerkabuff genommen. Jetzt übergab er ihn Plotek. Von da wurde er dann wieder in die *Adidas*-Tasche verbannt. Und zur Strafe zog Plotek den Reißverschluss ganz zu.

Am Rotkreuzplatz traf Plotek dann Sophie. Sophie sah gar nicht gut aus. Ihre Augen waren verquollen, ihr Gesicht gerötet. Sie sah aus, als ob sie lange und viel geweint hätte. Was ist denn mit dir los?, hat Plotek fragen wollen. Aber nicht fragen können. Einerseits verunsichert ihn das Leid anderer sowieso immer, außerdem hatte er gerade den Mund voll mit einer Leberkässemmel. Andererseits kam ihm Sophie zuvor. Quasi Mitteilungsdrang.

»Scheiße, irgendwie geht mr dem sei Tod halt nah«, platzte es aus ihr heraus. Tränen folgten. Jetzt hätte Plotek Sophie tröstend in die Arme nehmen können, aber vergiss es. Erstens hatte er in der einen Hand die *Adidas*-Tasche mit Fritz und in der anderen die Leberkässemmel. Da war Plotek auch dankbar für. Nickte er also nur betreten, schaute betroffen und schwieg. Ab da traute er sich dann nicht mehr in die Leberkässemmel zu beißen. Essen war jetzt nicht nur unmöglich, sondern in Anbetracht der Tränen, dem Geschluchze und der Trauer auch pietätlos. Sophie schüttete ihm gleich das ganze Herz auf dem Rotkreuzplatz aus. Das Herz war voller Probleme mit Männern, Beziehung, Liebe und allem.

»Erscht vor kurzm hat mi mei Freind sitza glassa. Dia Drecksau hat sich mit meiner beschta Freundin vergnügt«, sagte Sophie.

Irgendwoher kam Plotek das ziemlich bekannt vor.

»Dia hat zwar alles abgstritta. Aber wie kommt denn

ihr Schlüpfer und ihr BH in dia Wohnung von meinem Freind?«

Plotek dachte nach. Die *Adidas*-Umhängetasche maunzte. Sophie war aber so mit sich selbst beschäftigt, dass sie die Tasche gar nicht beachtete.

»Das hat die mir au net erklära könna.«

Plotek dachte noch immer nach und sagte dann: »Vielleicht war es ja gar nicht ihrer.«

Sophie schmunzelte zum ersten Mal wieder. Nicht wegen der Freundin und dem Freund, sondern wegen Plotek. Quasi, der denkt mit. Dann sagte sie schon fast triumphierend: »Doch! Dr BH und dr Schlüpfer habat ihr ghört. Des hat's vorher scho zugäba ghabt.«

Jetzt fiel Plotek auch nichts mehr ein. Sophie weinte wieder und schluchzte leise.

»Scheiße! Mei Freind hat's dann gstanda!«

Sie zog ein *Tempo*-Taschentuch aus ihrer Tasche und schnäuzte.

»Und jetzt hab i dacht, der Konny, vielleicht ...« Und wieder Tränen.

»Der hat so schön erzähla könna und so schöne Sacha hat er gsagt. Des gibt's selte.«

Jetzt nickte Plotek wieder. Die *Adidas*-Tasche maunzte. Lauter als zuvor. Außerdem schabte es von innen.

»Was isch denn des?«, fragte Sophie und zeigte auf die Tasche.

»Der Fritz!«, antwortete Plotek und zog den Reißverschluss ein wenig auf. Sofort schoss dem Fritz sein Kopf heraus.

»Ein Kater!«

»Katze«, sagte Plotek. »Und schwanger.«

»Scheee!«

»Na ja«, sagte Plotek und zeigte dann auf Fritz. »Tut mir leid, aber ich muss!«

»Scho recht«, sagte Sophie und: »I ruf di an!«

Dann ist sie schniefend davon.

Scheiße, jetzt ist die Leberkässemmel auch kalt, dachte Plotek und ist auch davon.

Agnes saß wieder in ihrer schwarzen Unterwäsche auf dem Sofa. Plotek in seiner *Schiesser*-Unterhose und dem Bademantel. Sie stopften Haselnüsschen in sich hinein und tranken Weißbier. Dazwischen haben sie immer wieder eine geraucht. Zusammen zappten sie sich durch die Wiesn-Zusammenfassungen der verschiedenen Kanäle und schüttelten hin und wieder den Kopf über die auf den Tischen tanzenden Menschen mit den *Schicken ist föhn*-T-Shirts. Dann bestellte Plotek Pizza. Von den Haselnüsschen allein waren die beiden nämlich nicht satt zu kriegen. Dafür wurde es ihnen aber langsam immer übler. Als der koreanische Pizzamann die italienische Holzofenpizza aus seiner Warmhaltetasche zog, lief Plotek sofort der Speichel im Mund zusammen. Agnes auch. Das ist eine auffallende Gemeinsamkeit der beiden. Ein gesunder Appetit und ein guter Hunger. Der koreanische Pizzamann sagte: »Dlei funf eins und dlei dlei null«, und meinte die Pizzen. Plotek nickte. Agnes sagte: »Stellen Sie's hier drauf!«, und zeigte auf den Tisch.

Dann war der koreanische Pizzamann plötzlich wie verändert. Er sagte nichts mehr, schaute nur noch. Abwechselnd auf die beheizte Edelstahl-Thermobox und auf Agnes' schwarze Unterwäsche. Dann nur noch auf die schwarze Unterwäsche.

»Vorsicht!«, schrie Plotek, als dem koreanischen Pizzamann vor lauter Unterwäschegucken fast die »Dlei dlei null« von der Schippe gefallen wäre. Ob jetzt in Korea schwarze Spitzenunterwäsche verpönt ist oder er einfach geil wie ein junger Dobermann war, keine Ahnung. Agnes war's egal. Plotek ein wenig peinlich. Agnes hat einfach ein anderes Verhältnis zu ihrem Körper. Selbstbewusst und offen geht sie damit um. Gern zeigt sie mal ein wenig Haut. Obwohl es da auch die eine oder andere Problemzone gibt. Kennt man ja – Orangenhaut, Fettgewebe, Busen, Taille und alles. Agnes ist eben auch nicht mehr die Jüngste. Aber vergiss es. Agnes saß dem koreanischen Pizzamann gegenüber, als ob sie zusammen auf den Bus warten würden. Der Pizzamann sah dabei aus, als ob er gleich aufs Klo müsste. Ganz hippelig war der. Und geschaut hat er, als ob es schon zu spät wäre. Aber noch einmal vergiss es!

»Wiedelsehen!«, sagte er noch und fuhr dann mit quietschenden Reifen wieder davon.

Plotek knöpfte den Bademantel wieder auf. Agnes sagte: »Komischel Kauz«, und beide machten sich über die Pizzen her. *Pizza Frutti di mare* und *Pizza Calabrese* – auch im Geschmack sind sich Agnes und Plotek nicht unähnlich. Während des Essens hielten einige Prominente ihr Gesicht in eine Kamera und wollten kluge Sachen in ein Mikrofon hineinsagen. Das ging wie immer schief. Herausgekommen ist Schwachsinn. Auch der Oberbürgermeister sank jetzt auf Ulknudelniveau. Ob der betrunken war oder gedacht hat, weil Sprücheklopfer: *Lieber den Spatz in der Hand als die Taube auf dem Dach* oder gar immer so geredet hat, bloß dass es bisher keinem aufgefallen ist, keine Ahnung. Agnes lachte jedenfalls ständig und verschluckte sich dabei zweimal. Plotek klopfte ihr auf den Rücken und grinste. Dann grinste er nicht mehr, weil ... Plotek vermisste Thea mal wieder und dachte an Tallinn. Und Agnes merkte es.

»Ich werde morgen mal unseren Baltikum-Korrespondenten auf diese Thea ansetzen«, sagte sie. »So groß ist doch dieses Estland nicht.«

»1,6 Millionen«, erwiderte Plotek.

»Und dieses Tallinn gleich zweimal nicht.«

»500 000.«

»Da muss doch diese Frau zu finden sein.«

Plotek erzählte Agnes alles, was er wusste, also Studentin, Sprachfakultät, deutsch, Anfang zwanzig, Aussehen, verheiratet und so weiter.

Und weil Plotek so richtig in Fahrt war, erzählte er Agnes auch gleich noch den gesamten *DuMont*-Reiseführer Estland. Also vom Kalksteinplateau im Norden bis zu den südlichen Hügelketten mit dem höchsten Punkt des Baltikums, dem 317 Meter hohen Suur Munamägi, den Hochmooren, den Wacholderlandschaften bis hin zu den riesigen, fast unberührten Mischwäldern im Osten. Dann erzählte er auch noch von der Hauptstadt Tallinn, der mittelalterlichen Stadtmauer, der Bischofsburg von Kuressaare, den Wehrkirchen, auch Mittelalter, dann Gotik, Klassizismus und ... alles.

Am Ende zog Agnes Plotek den Bademantel aus und sagte: »Könnte man auch mal hinfahren!«

Dann die *Schiesser* und ergänzte: »Zusammen.«

Plotek nickte und dachte: Warum eigentlich nicht?

Agnes schaltete das Radio ein. Plotek guckte auf die Uhr und wusste nicht, warum.

»Hahaha!«, lachte es aus dem Radio sirenenhaft heraus. Die Silberfischchen gingen in Deckung. Auf Agnes' Stirn bildeten sich tiefe Furchen, die nichts Gutes erwarten ließen. Komisch, dachte Plotek, *Von Mensch zu Mensch* kommt doch immer am Sonntag, jetzt ist aber schon Montag.

»Verlegt«, sagte Agnes, als ob sie seine Gedanken hätte lesen können. Und dann: »Das darf doch nicht wahr sein!«

Plotek nickte und dachte, das wird mir aber langsam unheimlich.

Agnes wurde es auch unheimlich. »Hör dir das an, das ist ein Anschlag auf die Vernunft, den Verstand, Journalismus,

Geschmack, alles! Nein, das ist ein Terrorakt auf den Menschen schlechthin. Fundamentalismus im Radio!«

»Ein Fall für Amnesty«, sagte Plotek und wieder kam »Hahahaha!« aus dem Radio.

Jetzt muss man wissen, dass es ja heutzutage weit verbreitet ist, bei Seelennöten, Herzschmerzen und handfesten Depressionen nicht mehr zum Arzt zu gehen, sondern in eine Talkshow. Man ruft nicht mehr nach fundierter medizinischer Hilfe. Nein, in diesen Zeiten ruft der Hilfsbedürftige im Radio an. Da sitzen dann so genannte Therapeuten und geben Auskunft. Ob die jetzt im Radio sitzen, weil sie da, wo Therapeuten normalerweise sitzen, nicht mehr sitzen dürfen, oder ob ihnen der Stuhl vor die Tür gestellt wurde, keine Ahnung. Auf jeden Fall behandeln die jetzt fernmündlich *Von Mensch zu Mensch*. Auch im Bayerischen Rundfunk, einmal die Woche spätabends, im *Nachtgespräch*. Normalerweise sonntags, jetzt ausnahmsweise montags. Die Moderatorin hatte jetzt schon den ersten Hörer am Wickel.

»Hallo, ich habe jetzt einen Mann in der Leitung, schön, ja, hahaha! Mal sehen, was uns der Robert aus München erzählen will. Ich grüße dich, Robert, schön, dass du anrufst, ich darf doch Du zu dir sagen?«

»Klar.«

»Schön, dass wir miteinander reden können. Sag mir, Robert, was kann ich für dich tun?«

»Ich lebe bei meiner Mutter. Meine Mutter ist schwer krank und schikaniert mich.«

Den kenn ich, dachte Plotek, das ist der Typ von der Feldherrnhalle.

»Du bist 32, Robert, und wohnst noch bei deiner Mutter? Hast du nicht schon mal das Gefühl gehabt, so ganz tief drinnen in dir, einmal wegzugehen von deiner Mutter?«

»Doch.«

»Hahahaha! Schön, ja, hahaha! Aber du hast die Kraft, den Willen nicht aufbringen können, diesem Wunsch, der ganz tief innen in dir ist, nachzugeben, ihn zu verwirklichen ...«

So plätscherte das dahin, immer wieder unterbrochen durch die lebensbedrohliche Silberfisch-Attacke: »Hahahaha!«

»Das ist das Ende, der Niedergang des Individuums«, sagte Agnes. »Das ist eingeschrumpftes Ich! Das ist in Fleisch und Blut übergegangenes Mittel zum Zweck. Der Zweck: Dummheit, Konformität, soziale Kontrolle oder besser: Fremdkontrolle wird zur Eigenkontrolle. Big Brother im eigenen Hirn.«

»Pscht!«, zischte Plotek.

»Was soll ich nur machen?«, fragte Robert.

»Robert, hör mir jetzt gut zu, du musst dich von deiner Mutter lösen, du musst dein eigenes Leben leben. Jetzt sofort. Deine Mutter wird sich schon zurechtfinden.«

»Aber ... aber, meine Mutter hat schwerste Arthrose, Rheuma und kann nur noch im Bett liegen.«

»Hahaha! Ja, Robert, trotzdem, Robert! Wir machen das jetzt so ...«

Plotek stand jetzt auf und ging aufs Klo. Dann holte er noch zwei Weißbier aus der Küche. Als er wieder zurück war, wurde schon der nächste Fall therapiert. Auch diese Stimme kam ihm bekannt vor.

Scheiße, dachte Plotek, auch das noch.

»Hahahaha!«, lachte die Moderatorin wieder, und die Anruferin erzählte.

»Es ist so, ich habe mit dem zusammengelebt, nicht lang, nur ein paar Wochen. Eigentlich auch nicht richtig zusammengelebt, wir hatten halt ein Verhältnis. Er ist sehr verschlossen, redet kaum und kann seine Liebe nicht richtig zeigen.«

»Aber er liebt Sie und Sie lieben ihn auch von ganzem Herzen.«

»Ja, ich glaube schon. Bei mir ist es auf jeden Fall so. Und jetzt bin ich schwanger. Aber er bekennt sich trotzdem nicht zu mir. Das Kind ist auch gar nicht ...«

»Wie? Moment, Monika, du, ich darf doch Du sagen?«

»Klar.«

»Du bist also schwanger von einem Mann.«

»Ja.«

»Schön. Hahaha! Aber du liebst einen anderen, obgleich der nichts von dir wissen will.

»Ja.«

»Gut, dann wollen wir uns mal gemeinsam dem Problem nähern und nachspüren, wo überhaupt das Problem liegt, und du, liebe Monika, als starke, selbstbewusste Frau, hahahaha, du machst dich auf die Reise, auf eine Reise zu dir selbst. Ich helfe dir. Hahahaha! Okay?«

Nein, bloß nicht, dachte Plotek, bloß keine Reise – und wollte ausschalten. Agnes wollte aber überhaupt nicht ausschalten. Eher Gegenteil.

»Pscht!«, zischte sie.

Jetzt robbte Plotek splitternackt auf Agnes zu und hakte ihr den Büstenhalter auf. Da konnte Agnes natürlich nicht mehr anders, als sich mit Plotek zu beschäftigen. Und nicht mit dem Radio. Plotek zog dann den Stecker raus und setzte sich durch.

15

»Houston, we've got a problem! We have a main buss under volt! Hier Gagarin, bitte melden!«

»Spinnst du?«

»Please repeat! Please say it again!«

Plotek träumte wieder. Wieder von einem Russen. Dieses Mal von Jurij Gagarin. Plotek war Jurij Gagarin, der erste Kosmonaut auf dem Weg ins All.

»Spinnst du!«, hörte Plotek als Jurij Gagarin im Kosmonautenanzug aus dem Kopfhörer. »Das ist ein sowjetisches Raumschiff, sprich also gefälligst russisch! Außerdem sind wir hier nicht Houston, sondern Moskau, du Idiot!«

»Please could you repeat?«

Jurij Gagarin erschrak und dachte: Ich spreche doch russisch, von Kindesbeinen an spreche ich russisch, nichts als russisch. Meine Eltern haben russisch gesprochen, mein Vater, meine Mutter, mein Bruder auch. Bis er mir mit dem Deutz über die Oberschenkel gefahren ist, da hat er nicht russisch gesprochen, da hat er geschrien. Ich auch. Das hat auch irgendwie nach russisch geklungen. Nach viel Gefühl, Schmerz und Tränen.

»Please say again!«

Ich bin russisch, ich war russisch und werde immer russisch bleiben! Oder?

Meine Welt spricht doch russisch. Ich auch! Aber von hier oben, aus 10 000 Metern über der Erde, kommt unten nichts an. Nichts kommt unten so an, wie es oben gedacht und abgesendet wurde. Ob jetzt alles von unten wie gedacht und gesendet oben ankommt, keine Ahnung. In der Schwerelosigkeit gibt es ohnehin weder ein Oben noch ein Unten, dachte Plotek als Gagarin und versuchte es dann noch einmal. Plotek. Gagarin. Plotek als Gagarin. Aber vergiss es.

»Houston, we've got a problem! We have a main buss under volt! Hier Gagarin, bitte melden!«

Und wieder von unten: »Wie du willst, du Idiot! Soll dir eben Houston helfen! Sollen dir eben diese verdammten Yankees helfen! Du wirst schon sehen, was du davon hast!«

Hatte er keinen Kontakt mehr, meldeten die sich nicht mehr. Gagarin flog jetzt allein im Weltall herum und schaute in die Dunkelheit hinein. Jeder andere hätte jetzt Panik bekommen. Plotek als Jurij Gagarin nicht. Gagarin gondelte langsam an den Sternen vorbei und beobachtete sie beim Leuchten. Und wie die leuchteten. So hatte Gagarin sie noch nie leuchten gesehen. Plotek schon, über dem *Froh und Munter*, als Stern von Bethlehem. Vielleicht sollte ich auf einem der Sterne parken, dachte Gagarin in die Schwerelosigkeit hinein. Ein neues Leben beginnen, weit weg von Russland, von Vater, Mutter und Bruder. Ein Versuch wäre es wert, und zu verlieren gibt es nicht viel. Also schaute Jurij Gagarin auf seine Rodina und sah, dass es bereits fünf vor zehn war. Dann legte er den Hebel um, und ab ging die Post. Ob es jetzt der falsche war oder der richtige falsch reagiert hatte, keine Ahnung. Auf jeden Fall stieg das Raumschiff nicht wie erwartet, sondern fiel. Gagarin sank in seinem Raumschiff immer weiter. Im Sturzflug nach unten. Immer schneller, immer weiter.

»Houston we've got a problem! We have a main buss under volt! Hier Gagarin, bitte melden!«

Jetzt sah er wieder die Erde.

»Houston we've got a problem!«

Dann drang er in die Erdatmosphäre ein.

»We have a main buss under volt!«

Er sah Europa, Deutschland, München, Neuhausen, das *Froh und Munter*.

»Hier Gagarin! Bitte melden!«

Dann seine Wohnung, sein Bett, eine Frau ...

»Seit wann sprichst du russisch?«, fragte Agnes und ging angezogen am nackten, im Bett liegenden Plotek vorbei.

Ich?, dachte Plotek. Aber gesagt hat er nichts. Er hat auch nichts sagen müssen, weil Agnes keine Zeit mehr hatte.

»Servus, ich muss, bin spät dran, bis heute Abend!«

Agnes rauschte ab und ließ noch einen Handkuss zurück. Und Plotek fiel ein Stein so groß wie das ganze Oktoberfest vom Herzen, dass er nicht dieser Gagarin sein musste, sondern einzig und allein nur Plotek sein konnte. Quasi unermessliche Freude. Jetzt hatte Plotek wieder ein Problem, nämlich die Freude richtig zu zeigen. Er konnte einfach nicht die Arme hochreißen und jubeln. Er konnte nicht »Ja!« schreien, in die Hände klatschen und ganz außer sich sein. Nein, das hat Plotek noch nie gekonnt. Beim Applaus im Theater nicht, beim Fußball nicht, nirgends. Umgekehrt auch nicht. Also nichts mit Weinen, Tränen und Trauer. Das ist einfach nicht seine Stärke. Plotek ist ein stiller Trauernder. Jetzt ein stiller Genießer. Da saß er auf seinem Sofa und strahlte in sich hinein. Eine Minute, fünf, zehn, eine Stunde, keine Ahnung. Vermutlich würde er noch immer da sitzen, hätte er nicht Agnes' Büstenhalter unter dem Couchtisch hervorschauen sehen. Die vergisst doch immer irgendetwas, dachte Plotek. Jetzt ihren Büstenhalter. Und schon war der Gedanke an die Freude dahin. Dafür jetzt Freude über den Büstenhalter. Oder über Agnes. Oder beides. Plotek zog den BH unter dem Couchtisch hervor. Gut lag die feine schwarze Seide in der Hand. Ist das jetzt schon wieder Fetischismus? Keine Ahnung. Dann roch Plotek daran. Das schon eher. Plotek ist einfach ein olfaktorischer Mensch. Alles muss er mit der Nase auskundschaften. Da war jetzt in diesem bisschen Stoff ein wenig von seiner Lieblingsgaststätte drin, auch ein wenig Rosengarten und ganz viel Agnes. Eine teuflische Mischung war das. Dass so ein kleines Stückchen Stoff so gut riechen kann, dachte Plotek und: Sicher gibt's dafür auch einen Interessenverband, eine weltweite Zeitschrift und einen regen Austausch. Alles, was institutionell organisiert ist, ist Plotek schon immer suspekt gewesen. Früher auch schon. Der Kindergarten, die Schülermitverwaltung, der Fußballverband, die Pfadfinder, die Ministrantengruppe, die katholische Kirche, Katholiken, Protestanten und der Landfrauenverband. Später dann die Schauspielervertretung, die Theatergewerkschaft, der Bühnenverein, die ZBF, die Lichterketten, die Anti-AKW-Bewegung. Heute alles. Die WTO, UNO, DFB, NATO, SCHUFA, die Parteien, die Firmen, Banken sowieso, die Mietervereinigung, der ADAC, einfach alles. Also auch der Schnuppernasen e.V. – Folge: Vergiss es. Plotek legte den Büstenhalter zum Schlafanzug. Der freute sich.

Dann ging er in den Hausflur zum Postkasten hinunter und fischte einen Brief heraus. Das sagt sich jetzt so einfach, stimmt aber. Da der Schlüssel vor langer Zeit im Schloss vom Postkasten abgebrochen war, konnte Plotek die Post nur noch durch den Schlitz herausfischen. Jetzt einen Brief und eine Überraschung. Der Brief kam aus Estland. Mit klopfendem Herzen hat Plotek den Brief noch im Hausflur aufgerissen und ganz schnell gelesen. So schnell, dass er gar nicht mitbekam, was eigentlich wirklich drinstand. Also ließ er sich den Brief in der Wohnung noch einmal ganz langsam Wort für Wort auf der Zunge zergehen.

»Lieber Plotek«, stand da. »Sicher hast du dich gefragen, wohin ich so plötzlich verschwunden bin. Hier das Erklärung. Nachdem ich zur Oberländer gesagt habe: Oberländer, da liegen zwei Toten in das Kühlraum, hat die Oberländer plötzlich selber ausgesehen wie eine Toter. Er hat gesagt: Scheiße. Und dann: Hier hast du ein Abfindung. Ich will dich ab sofort nicht mehr hier sehen. Als ob ich das Mörder gewesen bin. Er hat noch gesagt: Du fährst sofort zurück nach das Zuhause, sofort. Dann hat er mir 2500 Euro in der Hand gedrückt und eine Taxi bestellt. Bin ich in das Jugendherberge, hab meiner Koffer gepackt und zurück nach Estland gefahren. Was hätte ich mache sollen? Ich war ja illegal, also ohne das Arbeitserlaubnis. Und die 2500 Euro, da kann ich lange für die Geld in Estland leben. Ach, Plotek. Ich vermisse dich eine wenig, das Konny und das Schorsch auch. Ich würde mich freuen, wenn ihr mich besuchen kommen würden. Vielleicht nächste Jahr. Du kannst der andere ja mal fragen, vielleicht könntet ihr zu dritt. Das wäre schön. Liebes Grüße, Thea.«

Zu dritt geht nicht mehr, dachte Plotek, allein schon. Auch zu zweit, dachte er, und dann an Agnes. Mal sehen. Jetzt könnte sich so mancher fragen, woher hatte Thea Ploteks Adresse. Hatte sie gar nicht. Auf dem Kuvert stand nur: »Plotek, München, Neuhausen, in das Nähe die Gaststätte *Froh und Munter*.« Und in Klammern: »Wenn das Empfänger nicht gefunden, bitte in das Gaststätte *Froh und Munter* hingeben.«

Manchmal überrascht einen sogar die Deutsche Bundespost.

Am Abend wurde dann doch ein wenig gefeiert. Erstens, dass Thea noch lebte, und zweitens, dass dieser ganze Wahnsinn vorbei war. Mit dem Oktoberfest war es jetzt zum Glück für ein ganzes Jahr lang erst mal wieder Schluss.

Plotek und Agnes saßen wieder im *Froh und Munter* und

tranken Weißbier. Der *Abendzeitung*-Verkäufer kam herein und brachte die Zeitung von morgen.

»Mann verbrennt sich selbst!«, stand ganz groß auf der Titelseite. Und darunter: »Der zweiunddreißigjährige Robert M. hat in der Wohnung seiner schwer kranken Mutter aus noch ungeklärten Gründen einen Kochtopf mit Benzin übergossen. Er hat den Kochtopf angezündet und ist dabei verbrannt. Die Mutter liegt mit lebensgefährlichen Verbrennungen auf der Intensivstation. Das Motiv ist völlig unklar. Lesen Sie weiter auf Seite 10.«

Das haben Agnes und Plotek dann nicht gemacht.

Agnes sagte: »Ich sag ja, das Individuum wird zerstört.«

Plotek nickte und sagte: »Susi, zwei Tequila!«

Sie tranken den Tequila, und Plotek schaute anschließend lange in den Weißbierschaum.

Agnes ist kurz aufs Klo. Als sie zurückkam, sagte Plotek »Panscherei!« in den Schaum hinein.

»Was? Bist du verrückt?«, erwiderte Agnes. »Das *Unertl*-Weißbier wird nach dem bayerischen Reinheitsgebot von 1526 gebraut. Da ist nichts anderes drin als Wasser, Hopfen und Malz.« Dann lachte sie. »Gott erhalt's!«

»Panscherei, das war im Riesenrad das letzte Wort vom Schorsch«, sagte Plotek noch immer in den Schaum hinein.

»Was hat er damit gemeint?«

»Ich glaube das Wiesn-Bier.«

»Verstehe!«, sagte Agnes und schwieg.

Beide dachten nach und kamen schließlich zum gleichen Ergebnis.

»Das lässt sich nicht beweisen«, sagte Agnes. »Nicht mit dem toten Schorsch.«

»Leider!«, sagte Plotek.

»Prosit!«, sagte Agnes und hob ihr Glas.

»Prosit!«, dann wieder Plotek.

Dann stießen sie an und tranken die Gläser leer.

»Susi, noch zwei.«

Plotek schaute wieder in den Schaum und Agnes ihm dabei zu.

Dann sagte Plotek: »Sechs unnatürliche Tote und ein natürlicher – in 16 Tagen.«

»Macht in zweieinhalb Tagen fast einen«, erwiderte Agnes.

Plotek nickte. »Auch das ist das größte Volksfest der Welt.«

Jetzt nickte Agnes. »Bloß gut, dass es jetzt vorbei ist!«

Plotek schaute Agnes an und in ihre strahlend blauen Augen. Er dachte: *Blaue Augen Himmelsstern, küssen und pousieren gern.* Wieder so ein blöder Spruch jetzt. Dann schaute er wieder in den Schaum vom Weißbier und dachte nach. Dann sagte er, ganz leise wie zu sich selbst: »Und ich bin nicht einmal unglücklich!«

Ob die Agnes das jetzt gehört hat oder nicht, keine Ahnung. Auf jeden Fall nickte sie, nahm wieder ihr Glas und sagte noch einmal: »Prosit!«

Dann stießen sie wieder an und nahmen beide einen kräftigen Schluck aus dem Weißbierglas.